KEIGO HIGASHINO

東野圭吾作品集——9

黎明破曉的街道

夜明けの街で

東野圭吾 著

劉子倩 譯

導讀——

全天下的男人都會犯的錯——談《黎明破曉的街道》

推理作家/既晴

1

自從《嫌疑犯X的獻身》（二〇〇五）發表後橫掃日本推理書市，獲得「日本推理大獎」、「直木賞」以及年度「本格推理Best 10」、「這本推理小說了不起」、「《週刊文春》推理Best 10」的首位，成為五冠王以後，東野圭吾的作家生涯終於登上了前所未有的高峰，不但後續的新作屢創銷售佳績，早期的作品也全都翻出來重新評價，輪番改編成電影、電視劇，不只風靡日本國內，甚至席捲台灣、中國、韓國等整個大東亞地區，可謂日本推理的新科帝王。

事實上，東野浮沉文壇二十多年以來，歷經社會派當道的「本格不毛時期」及浪漫風格復興的「新本格時期」，在這段漫長的時間裡，他多半不是引領風潮的掌旗人物，也沒有因為跟隨什麼潮流而獲得廣泛注目，縱使總有零星作品受到年度排行榜的肯定，也僅屬陪襯的綠葉角色，而不是鎂光燈下的焦點，此間唯一的重要肯定，是榮獲第五十二屆日本推理作家協會獎的《秘密》（一九九八）。

觀察東野的創作傾向，可以發現，他沒有什麼不能寫的。以校園推理《放學後》（一九八五）出道的他，早期以青春推理為主，儘管他有意識地建立個人風格，每年都有作品問世，但始終沒有讓他大紅大紫。為求立足文壇，他開始拓展寫作範圍，舉凡解謎、科幻、幽默、戀愛、運動等等，無不涉獵，大多數的作品不僅富有創意，在人物、情節的平衡度高，內容也決不空泛，是易讀易感的佳構，但，由於成色較為質樸，缺乏鮮明、強烈的衝擊力，所以往往在各類文學獎項的競逐裡少了臨門一腳，止步於候補。

然而，就在長年的砥礪、磨練之下，東野竟然逐漸把被稱為缺陷的「質樸」，轉化為獨有的個人風格，再配合他原就擅長的本格推理鋪展技術，才終於在百花齊放、撩亂無常的現代日本文壇中綻放異彩，登踞日本推理龍頭之座。

這項源自「質樸」而來，屬於東野特有的個人風格，或可稱為「常情之眼」。亦即，獵奇乖離的主題素材、炫目華麗的文采工筆、理論規則的毀壞突破、厚重繁雜的精湛推敲，這些占據了書店大半空間、為了吸引讀者短暫目光的作品所使用的表現手段，東野毫不仰賴地全部捨棄，回歸到以常人之姿，以普遍性的觀點來勾勒事件、踏入謎團、體驗水落石出的過程。

無論是《信》（二〇〇三）的犯罪者家屬、《殺人之門》（二〇〇三）的損友、《徬徨之刃》（二〇〇四）的尋仇之父、《流星之絆》（二〇〇八）的手足之情，這些讓我們早已習以為常的周遭人事物，透過東野單純、無飾的筆觸，引發內心更多的共鳴。而就在讀者被吸入劇情後，東野再發揮其機巧的佈局功力，讓讀者體驗近乎真實的撕扯與震撼。

本作《黎明破曉的街道》（二〇〇七），曾獲得「這本推理小說了不起」第三十五位，排名雖不特出，但所選擇的主題依舊符合普遍性的觀點，緊守「常情之眼」的原則——那就是婚外情，日本人稱之為「不倫」。

2

知名男演員石田純一曾有過這樣的發言：「不倫是文化。」事實上，他指的是有許多文學、藝術創作是來自於不倫戀。不過，如此過於簡化、斷章取義的言論，儘管受到批判，卻也反映了真正的現實。與台灣的民情不同，日本的法律並沒有通姦罪，與有婦之夫（有夫之婦）私通，只可能會有民事責任，無須擔負刑事責任。尤其在傳統日本的男尊女卑觀念中，已婚男性的外遇往往能得到更寬容的對待，已婚女性不容易被原諒。在這種社會風氣的助長之下，男人會認為除了工作上的成就之外，還必須同時擁有妻子與情婦，才能稱得上成功。甚至，更誇張的還有這種說法——有外遇的男人，才是有價值的男人。

然而，現代社會愈來愈重視男女平權，婚姻也多有戀愛基礎，不倫戀即使曾經被睜一隻眼閉一隻眼地允許過，如今也被正視為道德上的罪惡了。但是，陳舊的思想仍未徹底拔除，不倫戀不僅從未消失，只是轉為低調，就連已婚女性也不再畏於外遇了。

東野以「常情之眼」做為寫作手段，並不是單純地取材於容易耳聞到的日常事件，而是在收納、彙整了這些大量的同類事件後，從中取得一個最大的交集，這個大交集，可以當成是引起一般讀者共鳴的基礎，但是，只是這樣仍然不夠，東野還得針對構成這個交集的本質，做進一步的解析，抽取出「牽一髮，動全身」的絲線，然後才能考慮加入謎團的可能。這與先有詭計，再對詭計添加血肉的作法，並不相同。

立基於這種做法的故事，對多數讀者來說有一種「經驗效應」的攻擊力。只要一進入故事，讀者就可能會發現其中的部分描述，與自身曾經發生過的經驗極為相似。這樣的認同感，將使東野取得情節的主導權，拉引讀者往東野設置好的佈局前進。而這個佈局，卻是讀者鮮少經驗的、關乎犯罪的謎團。由於過程與自身經驗雷同，謎團也就變得非常真實了。

以《黎明破曉的街道》為例，關於不倫的種種元素——邂逅的巧合、窺探的好奇、秘密的分享、甜美的迷惑、壓抑的偽裝、抉擇的掙扎、臨崖的膽怯……這些大交集裡的共通點，無不在東野的剖析下一一現形，並且巧妙地化為構築謎團的積木。

3

在推理小說的世界裡，絕對少不了婚外情。

不倫，往往是引發殺意的鑰匙。它是本格派推理中檢討犯罪動機時的「必疑」、社會派推理中反映人生百態時的「必題」、冷硬派推理中嘲諷俗世冷暖的「必議」、警察程序小說中執行偵搜任務時的「必查」。

莫里斯・盧布朗（Maurice Leblanc）的《虎牙》（Les Dents du tigre，一九二〇）裡，發生了疑似不倫導致的毒殺案；松本清張的《點與線》（一九五八）與《沙漠之鹽》（一九六七）中，有不倫男女的殉情事件；他的短篇〈證言〉（一九五九）和夏樹靜子的《目擊》，主角們則為了隱瞞自己的不倫戀，選擇在警察面前製造偽證。

在《黎明破曉的街道》裡，我們看到了不倫戀在東野的設計下，出現了豐富的變化。首先是主角渡部為了與情人仲西私會，從最初只要跟妻子隨口扯謊即可，一直隨著秘戀益加熾烈，相處機會的製造也變得愈來愈困難。為求溫存，渡部不斷設法乘隙、獲得不在場證明的手法，其實就是一種犯罪手段的日常應用。

其次，隨著渡部與仲西交往日久，仲西的過去也逐漸被挖掘、暴露出來。這是昔日與她有關的未破舊案，謎團隱隱然也指向不倫戀，引起他的高度興趣。於是，渡部不僅在不倫戀裡愈陷愈深，在陳年懸案裡也愈陷愈深，兩樁不倫戀相隔十數年卻開始出現疊合，一直到了劇情發展的最後，真相與抉擇同時抵達終點，在讀者面前出現了一個難以預料的結局。

東野圭吾歷經文壇長年考驗，終於累積出「平凡中見逆轉」的深厚功力，本作《黎明破曉的街道》集平凡的題材與逆轉的情節於一書，是代表他當今表現的最典型作品。

1

我以前覺得搞外遇的傢伙很傻，既然愛著妻兒，那樣不就足夠了？只因一時鬼迷心竅而偷吃，結果玩火自焚，毀掉自己辛苦建立的家庭，實在是愚蠢至極。

當然世上的確有許多美好的女性，即便我自己，也不可能不多看兩眼，身為男人，這是理所當然的。但是偷看，和連心都被偷走卻是兩碼子事。

因外遇而離婚，房子被老婆收歸名下充作贍養費，並且還得負擔小孩的養育費——不久之前，我們公司裡也有這樣的人。此人由於不慣獨居生活導致健康出了狀況，連帶有點精神衰弱的味道，終於在工作上發生無可挽救的嚴重失誤，最後因此引咎辭職，而當初導致他離婚的外遇對象，聽說到頭來也沒和他在一起。換言之，他只是失去了一切，並未得到任何東西。想必他每晚瞪著廉價公寓的天花板，都在思考這究竟是怎麼一回事吧。

我要再說一次：搞外遇的傢伙很傻。

然而，現在我卻不得不對自己說出這句話。不過，在這句話的後面，我會接著這麼說：

只是，有時候就是身不由己……

2

所謂的邂逅，並非每次都那麼戲劇化，至少我的情況是如此，它摻雜在平凡無奇的日常生活中。那段邂逅產生光輝，是在更久之後的事。

秋葉以派遣社員的身分來到我們公司，是在中元節連假過後的頭一天。那天非常熱，她卻穿著筆挺的套裝現身，她將長髮綁在腦後，戴著細框眼鏡。

這位是仲西小姐，課長如此向大家介紹。

「請多指教。」她向大家打招呼。

我只瞄了她一眼，立刻將視線落在自己的記事本上。派遣社員加入並不稀奇，況且我當時滿腦子都是之後要開的會議，我正在思考，一定得為之前發生的問題辯解。

我任職的建設公司位於日本橋，職稱是第一事業本部電燈一課主任。現場的燈光系統出狀況時我得在第一時間趕到，向施工現場的負責人說明，向客戶道歉，被上司修理，最後再寫報告自我檢討——這就是我扮演的角色。

我們課裡除了課長還有二十五名社員，秋葉加入後變成二十六人。以我們公司的情形，桌子是面對面並排靠在一起。秋葉的位子在我的後兩排，等於可以從斜左後方看見我的背影。而我只要把椅子向後轉，便可看見她，但她面前放著大得誇張的舊式電腦螢幕，所以當她把臉湊近螢幕時，我只能看到她戴耳環的白皙耳朵。不過，我開始意識到這種事，是在她坐到那個位子過了多日之後。

那個週末舉辦了秋葉的歡迎會，不過那其實純屬藉口，簡而言之只是課長想找人喝酒，或許任何職場都是這樣，擔任中級主管的人動不動就喜歡聚餐喝酒。位於茅場町的居酒屋是歡迎會的會場，那裡我們常去，所以即使不看菜單，大致也知道有些什麼菜色。

秋葉坐在從邊上數來的第三個位子，雖然主角是她，但她似乎極力不讓自己引人注目。我坐在她的斜對面，暗自想像她一定正覺得這種歡迎會無聊透頂。

那時候是我頭一次仔細端詳她的臉，在那之前我對她的唯一認識，就是她有戴眼鏡。雖然在我看來她非常年輕，但其實已經三十一歲，偏小的臉蛋是漂亮的鵝蛋臉，鼻梁像用尺畫出來般挺直。那樣的臉孔架上眼鏡，令我不禁聯想到鹹蛋超人。但她的確有傳統日本美女的秀麗五官，也難怪一名女同事會問起她有無男友。

秋葉微微一笑，然後低聲回答：「如果有男友，現在我早就結婚了，而且，應該也不會坐在這裡了。」

正想喝啤酒的我，不由得停手看著她。她的回答，開門見山地顯示出她對人生的態度。

「妳想結婚嗎？」有人問。

「當然想，」她回答：「我不會跟無意與我結婚的人交往。」

畢竟已經三十一了嘛！坐我旁邊的同事在我耳邊咕噥。幸好她似乎沒聽見。

妳的理想對象是怎樣的人？照例有人提出這個問題。秋葉腦袋一歪。

「怎樣的人適合自己，和怎樣的人在一起才能幸福，這些我並不清楚，所以沒有所謂的理想對象。」

那麼反過來說，妳絕對不會接受的是哪種男人呢？

秋葉當下回答：「無法盡到丈夫職責的人我不要，會移情別戀的人沒資格。」

可是，萬一妳老公偷吃呢？

她的答案簡單明瞭：「我會殺了他。」

有人咻──地吹了一聲口哨。

首度出場亮相就這樣，公司的男同事們這下子完全被嚇到了。

「就算她那個年紀會意識到結婚是應該的，但老公外遇就要殺夫這未免也太那個了吧！而且她好像是認真的。那個女人一定出過什麼事，比方說被男人背叛、心懷怨念之類的。」一個未婚男同事如此說道。

我和她在工作上沒有直接關聯，所以幾乎沒有私下交談過。這個狀況出現變化，是從某夜開始的。那同樣是個週五夜晚，我與大學時代的三名友人睽違已久地在新宿喝酒。我們全都已婚，連我在內有三人當爸爸，我們四個以前都是登山社的，但是現在已經沒有人在爬山了。

大學畢業超過十年後，共同話題漸漸愈來愈少，工作上的牢騷、說妻子的壞話、孩子的教育──這些都不是會令人聊得眉飛色舞的話題。

難道就沒有再來勁一點的話題嗎？其中一人說。他姓古崎，平日沉默寡言。算是所謂的最佳聽眾，但即便是這樣的他似乎也受不了了。

「整個社會都不來勁，我們幾個怎麼可能自己來勁。」叫做新谷的男人玩笑帶過。

「不過話說回來，我們聊來聊去的確都是喪氣的話題。」黑澤這傢伙環抱雙臂。「以前，我們都聊些什麼來著？」

「應該是登山的事吧！」我說。

「那是大學的時候，我不是說那麼久以前，是比現在早一點，我們總不可能打從很久之前就老是聊喪氣的話題吧？」

看著噘起嘴的黑澤，我暗想，的確如此。我們並非打從很久以前，就老是聊上司無能很傷腦筋、和妻子娘家的親戚來往很麻煩，和健康檢查的結果不理想這類話題。如果一邊談這種事，一邊喝酒，酒也不會好喝到哪去。

我們以前，到底都在聊些什麼呢？四人針對這個主題抱頭苦思了半晌。

最後黑澤幽幽說道：「是女人。」

啊？全體愕然看向他。

「聊的是女人，我們以前聊女人聊得可起勁了。」

好一陣子，舉座陷入沉默，但隨後降臨的是尷尬的氣氛。

「那個除外。」新谷面帶不悅地說：「我們正在想的是，除了女人的話題之外，我們還起勁聊過什麼。」

「就只有女人的話題。」黑澤惱火地說：「根本沒有起勁聊過其他話題，每次不都是這樣嗎？你自己也一樣最愛談女人，只要一見到人，就猛問人家有沒有聯誼的計畫。」

我哈哈大笑。我想起來了，的確沒錯。

「也許是那樣沒錯，但現在講那種事也毫無意義吧！難道以前聊女人聊得很開心，所以現在也要這樣嗎？在座當中，哪個傢伙有資格談女人？女兒和老婆的話題可不算數喔！因為那兩者都不算女人。對了，母親也得排除在外。」新谷連珠炮似的一口氣說。

比起母親居然先把妻子排除在女人的範疇之外，這點恐怕會令他遭受全球女性的猛烈抗議。但我也沒有資格譴責他，因為我覺得他的說法並沒有什麼不妥。

「女人的話題，我想聽。」古崎冷不防說：「聽新谷吹噓如何把妹很有意思。」

「所以你要叫我去把妹，只為了博君一笑？」

「以前新谷不是在這家店打過賭嗎？」我說：「賭他可不可以把坐在吧檯的女孩叫到我們這一桌來。」

沒錯沒錯，黑澤與古崎連忙點頭附和。

「你知道嗎，渡部？」新谷轉身朝我坐正。「那已是十年前的往事了，而且當時我還沒結婚。你認為現在的我還做得出同樣的事嗎？你看，那邊有女孩子，對吧？」他指著坐在吧檯穿迷你裙的女孩繼續說：「長得很可愛，是我喜歡的類型。但是我啊，連多瞧人家兩眼都不敢，因為我怕會被當成變態歐吉桑。在世人眼中，我們是歐吉桑，連男人都不是，這點你最好有自覺。」

「不是男人？你說我？」

「你和我，還有這傢伙和這傢伙。」新谷依序指向每個人。「每一個，統統已經不是男人，就像老婆不是女人，我們也不再是男人，我們已經變成老公或父親甚至大叔這類身分了，所以女人的話題，即使想聊也不能聊。」

新谷看起來並沒有什麼醉意，但他似乎正在吐出胸中積鬱。他一口氣喝光中型啤酒杯中還剩一半的啤酒。

「是嗎？我們已經不算是男人了嗎？」古崎咕噥。

「想重新當男人就去風月場所。」新谷說：「不過，千萬不能讓老婆和公司發現。」

「即使我們想重振男人雄風，也得偷偷摸摸嗎？」黑澤灰心地嘆氣。

離開了那家店後，忘記是誰提議的，我們決定去棒球打擊練習場。

我們租了兩個打擊包廂，輪流上場打擊。照理說大家的運動神經都不算差，偏偏幾乎沒擊出半支安打。我在半途發覺，原來我們都已不再是會運動的身體了。

發現秋葉的身影，是當我站在左側的打擊位置揮棒時。隔壁兩間的打擊區中，站著專心在擊球的她。

起初我以為看錯人了，但是用有點嚇人的表情瞪視發球機的那張臉孔，確實是她沒錯。只不過，她在揮棒擊出的瞬間那種猙獰模樣我還是頭一次見識到。揮棒落空後，她憤然吐出的那聲：「呸，媽的！」也是我之前從未聽過的。

當我呆愣地眺望之際，她也察覺到視線把臉轉向這邊。她先是驚愕得杏眼圓睜，接著忐忑不安地低下頭後，再次朝我看來。然後，這次她莞爾一笑，我也回以一笑。

古崎察覺我的樣子，問我怎麼了，我向他解釋遇到了公司同事。

「公司的同事……」古崎追著我的視線望去，脫口驚呼一聲：「是女的耶！」

我朝她走去。她一邊拿毛巾擦汗，一邊走出打擊區。

「妳來這裡幹嘛？」

「打棒球。」

「這我當然知道……」

「你們認識？」身後冒出聲音。轉頭一看，新谷笑嘻嘻地站在那裡，古崎和黑澤也湊過來了。

秋葉困惑地看我，無奈之下，我只好向她介紹我的朋友。

「女孩子一個人來打球很少見呢，妳常來這裡嗎？」新谷問秋葉。

「偶爾。」她如此回答後，看著我說：「請你別在公司說出去。」

「啊……我知道了。」

週末晚上一個女人獨自來打棒球傳揚開來，也許並非是什麼值得高興的內容。

「真好，你和以前的老朋友到現在還能保持來往。」

「呃，會嗎？」

「我們幾個，待會兒要去唱歌。」新谷對秋葉說：「不嫌棄的話，要不要一起去？」

我吃驚地看著新谷，說：「人家肯定不會去啦。」

「為什麼？」

「你想想看，對象是四個歐吉桑耶。」

「所以才好啊。」新谷轉向秋葉。「包括這傢伙在內，全都是有婦之夫，所以不用擔心會纏著妳窮追不捨。」

「照他的說法，我們已經不算是男人了。」我對秋葉說。

「不算是男人？」

「對，人畜無害。」新谷說：「如果唱到太晚，我會讓渡部護送妳回家。這傢伙尤其無害，而且無味無臭，就算不見了也沒人會發覺，八成也沒有生殖能力，是安全牌。」

秋葉笑著打量我們。

「那，我就去一下下。」

「妳真的要去？」

「只要你們不嫌我礙事就好。」她看著我說。

「當然是不可能嫌妳礙事啦……」我抓抓頭說。

離開棒球打擊練習場，我們進了ＫＴＶ，另外三人都一臉興奮。明知一票男人聚在一起唱歌有多無趣卻仍走進ＫＴＶ，然後再一邊感嘆那種空虛滋味比預期中更嚴重，一邊走出ＫＴＶ，這樣的情形已重複好幾年了，所以秋葉不啻是救命的女神。但就算是女神，也不保證一定很會唱歌，就算唱歌不好聽，也不見得會討厭唱歌。

秋葉一首接一首地選曲，我們四人之一唱過後她就接著唱，等於每兩首就有一首輪到她。她看起來唱得非常過癮，還趁著唱歌的空檔喝琴酒萊姆汁。別人唱歌時，她就繼續叫酒喝。

這點我敢打包票，我們之中絕對沒人灌她酒，大家也都很擔心她的返家時間。酒是她自己要喝的，當我提議差不多該散會時，一再要求再延三十分鐘、再延三十分鐘的也是她。

等我們走出ＫＴＶ時，秋葉已醉得一塌糊塗，不開玩笑，真的非得護送她回去不可了。我扶她坐上計程車，開往高圓寺。就連問出她住在高圓寺，事實上都費了好人的工夫。

我們在車站旁下了計程車，如果放任不管她就無法筆直走路，於是我扶著她，按照她猶如夢囈的喃喃指示，以時速一公里左右的速度前進。稍一不注意，她就歪身蹲下。我吃驚地湊近她的臉，檢視她的狀況。

「妳沒事吧？」

她低著頭，不知咕噥什麼。我納悶她在說什麼，仔細一聽，當下又吃了一驚。

她居然在說：「揹我。」

我心想別開玩笑了，但她動也不動，我只好無奈地投降，把背部轉向她。

她默默地趴上來，我猜她的身高應有一六五左右，算是偏瘦型，但感覺還挺重的。這讓我想起以前登山社的負重訓練。

好不容易終於抵達公寓前，我正準備把一路喃喃嘟囔的秋葉放下來，沒想到這次她又開始呻吟。我甚至還來不及問她怎麼了，她毫無預警就吐了，我的左肩一片溫熱。

「哇！」我慌忙脫下西裝外套，深藍色西裝的左肩已經黏糊糊地沾上白色物體。

倒在路邊的秋葉，緩緩起身。她那混濁的雙眼凝視我，繼而望向我的外套，碰觸自己的嘴巴，然後再次望向外套。她彷彿要喊「啊——」似的張大嘴，不過並沒有發出聲音。她踉蹌走近我，一把奪走我的外套。然後就這麼跌跌撞撞地走進公寓去了。

我在原地站了一會兒。少了西裝外套，襯衫的左肩有點臭，我定睛注視她消失的公寓入口。

天已經快破曉了。

3

高中時，班上的女生說有事要跟我說，叫我放學後留下。聽到這種話，期待愛的告白應是理所當然的反應吧。但是面對興奮等候的我，那個女生一開口就向我抱怨運動會的成員。她說，她討厭和合不來的女同學一起參加蜈蚣競走。當時，我是運動會的執行委員，她找我當然只是為了那件事，說完想說的話後，她就匆匆離去了。

同樣的事發生過很多次。那種事一再發生後，對於女性主動表示有話跟我說，我已不再想入非非。反倒是最近，碰上這種時候我多半會感到不安，因為大抵對方只是要向我抱怨。

即便如此，週一的下午，當我看到「有事相談，如有時間，今日下班後能否抽空見個面？」這樣的電子郵件時，我還是睽違已久地心跳加快。

寄信人是秋葉。

我扭過脖子，轉頭看向斜後方。她對著電腦，依舊在默默工作，絲毫沒有朝我看來的跡象。

我考慮了很久，才打出以下這封信：「知道了，那就在水天宮的十字路口旁的書店見，我會在陳列商業書刊的角落。」

雖然心如小鹿亂撞，但其實我知道她為何會找我，八成是為了前幾天的事道歉吧，同時肯定也是要還我西裝外套。到時也許會去咖啡店坐一下，但八成也就只有這樣了。她大概會立刻離開，然後自明日起態度又和過去一樣。

明知如此，只因為很久沒和年輕小姐因私事約定碰面，就令我迫不及待地等著時鐘的指針指向下班時刻。男人真的、真的是一種很滑稽的生物。

宣告下班的鐘聲一響，我立刻抱起公事包起身，我怕再磨蹭下去會被課長攔下來。上司這種人，關鍵時刻通常不在位子上，可是當我另有急事時偏偏總在這時被他叫住。

順利逃出公司的我，大步走向約定的書店。現在才九月，猶有暑氣未消，所以抵達書店時我已滿身大汗。

在吹得到冷氣的地方，我翻閱電腦雜誌耗了十幾分鐘，這才赫然感到身旁好像有人佇立——這麼說其實是騙人的，打從老早之前我就已察覺秋葉走進書店。雖已察覺，卻默默等待她發現我，朝我走近，出聲喊我。

「對不起，收拾東西費了一點時間。」秋葉表情僵硬地說。

「沒關係，反正我也剛來。」

她拎著紙袋，我猜裡面八成裝著我的外套。

我們走進位於書店二樓的咖啡店，我喝咖啡，她點了冰紅茶。

「妳的身體還好嗎？會不會宿醉？」

「我沒事。」秋葉的表情依然很僵，完全不肯看我。

「那就好，妳每次都喝得那麼醉？」

「那天是例外，因為有點不愉快的事。」說到這裡，也許是醒悟沒必要連不該說的都說出來，她暫時噤口不語，然後才又鄭重補上一句：「醉成那樣是第一次。」
「今後妳最好還是小心點。」
「我不會再喝酒了。」秋葉語帶怒氣地說。
「我倒覺得用不著那麼極端。」我瞄向放在她身旁的紙袋。「呃，所以……我的外套怎麼樣了？」
秋葉一聽，倏然挺直腰桿，猛地縮起下顎看著我。我有點手足無措。那是女孩子要向我抗議什麼時，經常出現的表情。
她自皮包取出一個信封放在桌上。
「請你收下這個。」
我困惑地打開信封一看，裡面有五張萬圓大鈔。
「這是什麼？」
「置裝費，請讓我賠償。」
「等一下，妳根本用不著這麼做。」
「這是我的心意。」
「如果妳真的感到抱歉，在拿出這種東西之前好像應該先做一件事。」見她露出聽不懂我在說什麼的表情，我只好繼續說道：「所謂的道歉之詞，我還沒從妳的口中聽到。」
秋葉在一瞬間蹙眉，用力深呼吸。只見套裝的胸口上下起伏。
她帶著下定決心的表情說：「我很後悔那晚醜態畢露，給渡部先生造成麻煩，也絕非我的本意。」

簡直像政治家的答辯。

「妳這算什麼？聽起來一點也不像道歉。」

「所以，這就是我道歉的表示。」她把信封朝我推過來。

「這種玩意，我才不稀罕。」我扯高嗓門，開始有點不愉快了。「只要妳把外套還給我就沒事了，雖然那件西裝很便宜，早已不流行，對我來說卻是珍貴的行頭之一，沒有那件我就無法出差。」

「你不能拿這筆錢再去買一套新的代替嗎？」

「不行，沒那種道理。因為，那只是有點髒而已吧？只要送去乾洗就能解決了。」

「本來是這樣沒錯啦。」她垂下眼。

我指著紙袋。

「我說，那個，該不會就是我的外套吧？我一直這麼以為。」

秋葉神情倉皇地拽住紙袋的袋口。「是的。」

「那麼，妳只要把那個還給我不就好了？啊！難道說，該不會，衣服還沾著髒東西沒處理？」

她搖頭。「不，已經洗過了。」

「那麼——」我把後半截的話吞回肚裡。洗過了？誰洗的？

我有種不妙的預感。

「那個，仲西小姐。不管怎樣，先讓我看看那件衣服，好嗎？」

秋葉雖然躊躇，還是把紙袋遞過來。裡面裝著眼熟的衣服，但是我正想取出時——

「別在這裡拿出來。」她說。

「啊？為什麼？」

「沒有，就是那個，總而言之，這裡有點不妥……」她好像很在意周遭的人們。

我愈來愈不安了。

「好吧，請妳在這裡等我一下，好嗎？」

留下默默點頭的她，我抱著紙袋走進咖啡店的廁所。從紙袋取出的衣服，正是那天被她弄髒的西裝外套，現在很乾淨，也燙得筆挺。但是一套上身，我嚇了一跳。袖子居然變成七分袖，肩膀也變得很緊，前面的釦子也扣不起來了。

回到座位，秋葉一臉賭氣地正在喝冰紅茶。

「我問妳。」我一邊坐下，一邊開口問道：「妳為什麼不送去乾洗？」

「我不能送去。」

「為什麼？」

「會被誤會。」

「被誰？」

「乾洗店的老闆娘，她會以為我有男人了。」

「所以妳就自己洗？」

秋葉緘默。

「傷腦筋。」我嘆口氣，抓抓腦袋。

「所以我才說要賠你錢，請你收下。」

「我倒覺得問題不在那裡，總之這錢我不能收。」

「你不收下我會很為難，因為我無法忍受自己給人添麻煩卻沒解決。」

秋葉把信封往我面前一推，抓起帳單就起身。

「等一下。」我追上她，把信封塞進她的套裝口袋。「這樣或許妳覺得一筆勾銷了，但我卻無法認同。」

「不然，我該怎麼辦？」

「妳還問我怎麼辦……」

其他客人都朝我們行注目禮了。不管怎樣先離開吧，我說著從她手中取過帳單。

出了店，秋葉正板著臉等我。

「妳是有錢人家的千金吧？」

「為什麼這麼說？」

「因為我看妳好像以為什麼事都能用錢解決，但是那種東西無法讓人感到妳的歉意，真正必要的是態度與行動。」

她狠狠瞪著我。「只要用行動表示就行了嗎？」

「可以這麼說。」

「我明白了，那麼，明天可以請你跟我在這兒再見一面嗎？」

「明天？非得等到明天不可？」

「今天已經晚了，而且我沒有準備。」

我很納悶這需要什麼準備，但我沒問，因為對於她會用什麼態度表明歉意，我漸漸產生好奇。

「那麼，明天，同一時間在這裡碰面。」

「一言為定。」她說著點點頭。她那隱約帶著挑戰的目光令我耿耿於懷。

翌日，我按照約定在書店等候，一身白色褲裝的秋葉出現了。這天我一直待在施工現場沒進公司，所以直到這時才見到她。

「請跟我來。」她小聲說完，便一個轉身，大步走出。

她出了書店，沿著馬路往前走，最後走近停放在投幣式停車場的汽車，是一輛黑色的富豪XC70。

「請上車。」秋葉開鎖後說。

「要去哪裡？」

「總之，請你上車就對了。」

我雖然覺得事態好像愈變愈奇怪了，但多少也感到有點興奮。我開始期待她到底打算做什麼。

我一打開副駕駛座的車門，秋葉也鑽上車。

她猛然發動車子。本來打算暫時不問任何事的我，看到車子駛進箱崎的收費站，終於無法再保持沉默。

「那個地方非得走高速公路才能到？距離那麼遠？」

「三十分鐘就會到。」她只有這麼回答。

車子進入灣岸線，秋葉高速駛過最右邊的車道。

「妳該不會，打算去橫濱？」

「去櫻木町。」她逕自瞪視著前方回答。

「意思是要在那裡做些什麼囉？」

「到了就知道。」

看樣子在抵達之前她什麼也不會透露。我放棄追問，決定眺望窗外。想想不知已有多少年沒去橫濱兜風了。當然，這是我有生以來頭一次坐女人開的車去。

「這是妳的車？」

「沒錯，有什麼不對嗎？」

「不是，我只是覺得妳的品味很特別，不太像一般年輕小姐喜歡買的車。」

秋葉呼地吁出一口氣。「是為了衝浪。」

「衝浪？」

「對，因為要裝很多行李。」

「原來如此，妳是衝浪客？」

「不行嗎？」

「不是，我是覺得很羨慕，打從以前我就想試一次看看，可惜到頭來一直沒機會嘗試就老了。」

秋葉沒說話，讓我猜不透她在想什麼。

車子經過跨海大橋，從山下町駛離高速公路。她對目的地依舊隻字不提，逕自操縱方向盤。

等她終於停車時，是在從主要幹道稍微往裡深入的地方，放眼望去淨是時髦商店。

「請下車。」秋葉說著關掉引擎。

一下車，她便走進旁邊的店，櫥窗內裝飾著男性西服，上面標有除非彩券中獎否則絕對買不起的價錢。我瞪大雙眼尾隨在她身後。

店內，秋葉正與一名年約五十歲的男士互打招呼，那是個看起來就像對外國貨瞭若指掌、頗有紳士氣質的男士。

男士瞇起眼走近我。

「歡迎光臨，那麼先讓我替您量身，好嗎？」

「量身？」我看著秋葉。「這是怎麼回事？」

「我要請這間店替渡部先生做一套西裝，以此表達歉意。」

「來吧，這邊請。」男士想帶我去後面。

「請等一下。」我輕輕朝他伸手制止。「我不需要。」

「啊？」男士愣住了。

我走近秋葉。

「我可不是想讓妳做這種事才跟來的。」說完，我就直接推開店門離開。我朝富豪轎車停放處的反方向邁步走出，打算搭電車回家。

我的腦中又浮現秋葉在棒球練習場的身影，也想起在ＫＴＶ唱個不停的她，當時的她和現在的她，簡直是判若兩人。

「請等一下。」好像另一個秋葉的她追上來。「你到底是對哪裡不滿意？」

「妳的想法。」

「你不是說只給錢不行嗎？所以我不是用行動表示了嗎？」

「這樣子不叫做用行動表示，妳真以為這樣做我就會高興嗎？不要太瞧不起人！」

「不然我到底該怎麼做才對？」

我湊近端詳語帶憤怒的秋葉臉孔。

「妳是真的不明白？」

「就是不明白才會問你。」

我搖頭，做出投降的姿勢。

「給別人造成麻煩，如果感到抱歉，首先該做的只有一件事。這種事連小學生都知道，連幼稚園小朋友都知道──對不起──應該要這麼說，對不起弄髒了你的衣服。為什麼妳就是說不出這句話？我根本不想要什麼錢，也不希望妳替我訂做什麼高級西服。我之所以跟著妳來到這種地方，是因為我以為能夠聽到妳說句話，因為我期待妳道歉。什麼狗屁量身，別他媽的開玩笑了！」

我是真的很火大，忽然有種被人糟蹋的感覺，令我一肚子火氣。

「夠了，這件事就當作沒發生過吧！既然妳不肯道歉，那也不用勉強，除此之外我對妳別無——」講到這裡，我立刻僵住。

秋葉站在原地如石像一樣動也不動，她的眼中含著大顆淚珠。在我驚愕的凝視中，淚珠終於開始流淌，在臉上形成道道淚痕。

這也太扯了吧！我暗忖。在這種時候哭泣太奸詐了。

但她接著說出的話，卻令我更困惑。

「要是做得到不知該有多輕鬆……要是能夠坦然道歉，我，就不會這麼痛苦了……」

老實說，雖然當場呆住了，但我心中卻也有某種熾熱開始膨脹。如果說得更淺白點，那是一種「心動」的感覺，從未經驗過的事物、自己沒遭遇過的事將會發生的期待感，朝我步步迫近。

秋葉自皮包取出手帕，快速擦過眼下，然後做個深呼吸，看著我。她的臉上已經沒有淚痕。

「失禮了。好了，那現在要怎麼辦？」

搞什麼？什麼叫怎麼辦，這話該我問才對吧！

我本來直到剛才還很生氣，但那股怒氣被她的眼淚平空抹消。失去怒氣的我，頓時變成洩氣的空殼子。

「總之……我要先回去了。」我總算擠出話：「反正待在這裡也沒什麼意義。」

秋葉微微點頭。

「那，我送你回去。」

「不用了，這樣妳還要繞個大圈子吧。」

「可是，總不能就在這裡草草解散。」

「不然，妳送我到橫濱車站好了，我從那裡回去也比較方便。」

她好像不太同意，但最後還是點點頭。「好吧。」

一路走回秋葉的車子，我倆鑽上車，我一邊暗忖事情愈搞愈離譜了，一邊拉過安全帶。從明天起我該用什麼面目對待她呢？想到這裡我有點不安。

我下定決心不管怎樣今天一定要貫徹堅定的態度，我不想讓她以為我是因為她的淚水而妥協。

可是偏偏在這種想要帥的時候，身體總會出現可笑的反應。秋葉把車鑰匙插進去，正要轉動之際，我的肚子竟發出聲音。咕——嚕嚕嚕嚕——

四下沒有車子行駛，也沒有任何算得上噪音的動靜。一片靜寂中，唯有那個聲音聽起來格外響亮。

秋葉正要發動引擎的手停下。

「你肚子餓了吧？」秋葉說。語氣聽起來格外正經。
「因為這是我平常吃晚飯的時間。」
「怎麼辦？」
「什麼怎麼辦……」
這一瞬間，我的腦中閃過種種念頭，我並無邪念，首先想到的是該怎麼做才能保住我的面子，如此而已。
「要去吃點小東西嗎？」我說。
「小東西……是指什麼？」
「不，不是小東西也無所謂，普通食物就行了。」
「可是吃少一點比較好吧？」
「為什麼？」
「因為，你如果現在吃太飽，就吃不下晚飯了。」
原來是為了這個啊。我總算明白她何以堅持「簡餐」，她是顧慮到我回家後八成要吃妻子做的飯菜，所以覺得非得這樣不可吧。
「今晚，我在外面吃也沒關係。」
「是這樣嗎？」
「因為妳沒說今晚到底要做什麼，我怕也許來不及趕回家吃晚飯……不，呃，我並不是要跟妳一起吃晚餐，我是想說如果拖到比較晚，我也可以自個兒找個地方吃完飯再回家。」

說實在的，我其實期待過與秋葉共餐。下班後要和年輕小姐見面，所以暗懷這點期待應該是正常反應吧？

「橫濱車站的東出口有棟大樓，裡面有一間義大利餐廳可以吃到正統的義大利菜。」秋葉說：「要去那裡看看嗎？」

「妳決定就好。」

她點點頭，這次終於發動引擎。

那間餐廳位於大樓的二十八樓，窗口的禁菸席可以放眼眺望橫濱街景，店內彷彿為了尊重夜景，把燈光調成恰到好處的昏暗。

我有點緊張，一邊問起她對新職場是否習慣、工作是否有趣等等問題，對於這類問題，秋葉起初臉色僵硬，一再重複那種想怎麼解釋都行的含糊答覆。也許她是覺得如果說錯話，將來被公司其他人傳揚開來會很不利。

關於我的西裝外套，我已決定在此按下不提，因為我怕如果提起那個，會把好好的晚餐搞砸。雖然我也非常在意她為何哭泣，但我決定忍住。

「妳是什麼時候開始玩衝浪的？」

「大約三年前吧……」

「起因是什麼？」

「沒什麼特別原因，是在玩衝浪的朋友邀我。」

我們的對話漸漸變得順暢。

「衝浪啊，真酷！我本來也一直想嘗試看看。」
她拿叉子的手停下，定睛看著我。
「那句話你剛才也講過，你說一直想試試看。」
「我的確講過。」
「不過，那是騙人的吧？」
「怎麼說？」
「你只是在隨口附和我的話吧？其實你根本沒有那麼想嘗試。」
「沒那回事。」我噘起嘴。「我幹嘛非得附和妳不可？我是真的覺得有機會的話很想試試看，就連現在也這麼想。」
「真的？」
「對。」
「那好，我們就去吧，去衝浪！」秋葉目不轉睛地凝視我。
她肯定認為，反正我絕不可能答應。事實上，我是很為難，我的確覺得要是能夠衝浪該多好，但事到如今我已沒有那麼大的興致去挑戰，但我又不甘心如此坦白招認。
「好啊！」我說：「去就去。」
這次輪到秋葉的表情略顯變化，她顯然措手不及，但並未退縮。
「你大概以為反正我絕不可能開口邀你，但我偏偏就是會邀你喔！因為我向來不開那種空頭支票。」

「沒問題！不過我也有我的行程安排，所以最起碼也要在兩、三天前先通知我。」
「我真的會邀你去喔！不是唬人的。」
「我也是認真的。」
「你現在，不會緊張嗎？」
「一點也不，緊張的應該是妳吧！」
雖然莫名其妙地鬥起嘴，但我很愉快，我覺得她激動起來很可愛，而還能夠激動的自己也不賴。
吃完飯，秋葉想買單。但我提議各付各的。
「不，這餐讓我付。」她的眼神很認真。
我考慮了一下才點頭。
「好吧，那麼外套的事就算扯平了。」
秋葉露出赫然一驚的表情後，嫣然一笑。
她的笑容很美。

4

從橫濱車站搭電車回家的路上，我沉浸在幸福中。但這時，我還不忘告訴自己這只是今晚一時心動而已。

察覺這個想法大錯特錯，是下一次在公司見到秋葉時。她的身影看起來閃閃發光，就像眼睛的鏡頭焦點鎖定在她身上，別的東西全都模糊不清，唯有她的身影看起來分外清晰。我的心跳急促。

即便在工作，不知不覺中我也忍不住用眼角餘光偷瞄她，耳朵則是敏感地對她發出的聲音做出反應。不僅如此——令我目瞪口呆、自己都很驚訝的是，看到其他男同事找她說話，我竟然輕微，不不不，是相當嚴重地感到嫉妒。

至於秋葉，壓根沒有任何在意我的跡象，只能用完美來形容她的一如往常，這點令我更加焦躁。

在這樣的狀態下，當我收到她發來的電子郵件時，體溫一口氣上升了五度之多。我腦門充血暈乎乎地讀信：「這個週六，我要去湘南❶。渡部先生，你去嗎？或者你要逃？」

她也許是挑釁男人的高手，但我可不是會對這種話裝聾作啞的高手，所以我忍不住寫下：

❶神奈川縣南部的相模灣沿岸。

「我當然會去，倒是妳自己，可別臨陣脫逃喔！」

總之就這樣，我們約好了要去衝浪，自那天起，我的心就不斷動搖。能夠和秋葉再次約會的喜悅當然有。但是，「這下子事情鬧大囉」的焦慮也不小，因為我作夢也沒想到，這把年紀竟然還會去衝浪。

接下來，我每天都抱著對週六的接近既歡喜又不安的複雜心情度日。其間，在公司看到秋葉成了我的樂趣，聽到她的聲音也會臉紅心跳。

週六午後我離開家門，我和妻子說和公司同事約好要去練習高爾夫球，高爾夫球那種玩意我其實很少碰，但除此之外我想不出別的藉口。

我與秋葉相約在橫濱車站會合。我在站前等著，她果然又開著那輛富豪出現了。車上沒有衝浪板。照她的說法，好像是寄放在鵠沼海岸某間她常去的店。她大概幾乎不曾在其他海域衝浪吧。

說到衝浪，我一直以為是一大清早玩，所以這種時間出發令我頗為意外。

「那一帶要到傍晚才有好浪。」對於我的疑問，秋葉回答得很爽快。

天空陰霾，彷彿隨時會下雨，根據氣象預報，有一個低氣壓正在接近。

「天氣沒問題嗎？」

「這點小意思不算什麼，難道你想打退堂鼓？」

「我又沒有那麼說，妳好像非得把我當成膽小鬼才甘心。」

「你沒有逞強就好。」她皮笑肉不笑。

上了高速公路，在朝比奈交流道出來。自那時起，天空變得更加晦暗，風也很強，但我刻意不提天氣。因為我猜她八成會認為我果然在害怕。

沿路與載著衝浪板的車子擦身而過的情形漸增，那些人應該不是一早就去衝浪，而是跟我們一樣為了傍晚的浪而來的玩家吧！想必是因為波濤洶湧所以只好放棄回頭。

就在這樣的過程中，終於開始下雨了，而且雨勢相當大，但秋葉依舊繼續踩油門。

「今天還是取消比較好吧？」我說：「何況很多人好像都打道回府了。」

「你果然想逃。」她說出我早已料到的話。

我雖然惱怒，還是努力忍住。「嗯，我想逃。」

秋葉原本笑得很惡意的臉，倏然正經起來，她放慢速度，把車子停靠路肩。

「你要逃避嗎？」她直視著前方問我。

老實說我的確嚇到了，也很想逃，但一方面也是擔心她。如果繼續這樣下去，不管海上的浪有多大，她恐怕都會下水。我估計她的技術應該不怎麼樣，讓她做超出能力的事，萬一造成無法挽回的後果，那比什麼都可怕。但是我如果照實說，她大概只會更逞強。

「嗯，我投降。」我舉起雙手。「我們回頭吧。」

秋葉定睛凝視我的臉，舔舐嘴唇。「果然是成年人的處理方式。」

「啊？」

「你一定在想不能讓我逞強吧？」

被她猜中了，但我當然不可能說出口。

「我沒心思顧及那個，總之，今天就饒了我吧！等天候狀況好一點的時候再來挑戰，畢竟我可是新手，平時缺乏運動，對體力也毫無自信。」

她盯著我又看了半晌，最後撇開眼吁了一口氣，然後面向前方，發動車子。確認後方後，猛然掉頭迴轉。

「真可惜，今天應該會有好浪。」

「抱歉。」我對著她的側臉說。

雨愈下愈大了。秋葉加快雨刷的速度。

「渡部先生，你平時最好也做點運動喔！」

「我是這麼想，可惜找不到機會。」我抓抓頭。「謝謝妳這次邀我。」

她露出有點意外的表情，然後莞爾一笑。

「你以前是登山社的吧？現在不去爬山了嗎？」

「一個人去也沒意思。」

「那麼，下次我陪你一起去吧。」

「真的？」

「當然是真的，我可不會逃。」

「那好，我可要選個超級吃力的路線。」

「請便，奉勸你先衡量一下自己的體力。」

沿著與來時相同的路線，車子駛入灣岸線，結果之前的大雨就像關緊水龍頭般戛然而止，連晴朗的天空都出現了。

「你可真幸運，一取消衝浪，天氣就放晴了。」

「這和下雨無關吧，是因為海浪太猛了。」

車子駛過跨海大橋，我提議休息一下，她也同意了。

秋葉把富豪停在大黑埠頭的停車場。正值週六傍晚，所以停車場很擁擠，餐廳也座無虛席。

我們買了漢堡和飲料，走上可以眺望埠頭的廣場。雨已完全停了，空氣清新涼爽非常舒服。

秋葉「啊」了一聲指向天空，朝那方向一看，我也不禁驚呼。天上隱約出現短短的彩虹。

「不曉得有多少年沒看過彩虹了……」

抓著漢堡，那美景令人看得如痴如醉，周遭的人們也揚起歡呼聲仰望天空，秋葉也是其中之一。

「我們真幸運，看到了美景。」我說。

她微笑頷首，然後朝我走近一步，神情突然變得很嚴肅。

「那個，渡部先生。」她遲疑不定地開口：「外套的事，呃，我很抱歉……對不起。」她的聲音像硬擠出來的。她低著頭，又咕噥了一次對不起。

那一瞬間，我的腦中一片空白，種種想法、堅持和戒心全都拋到九霄雲外，只覺得現在能這樣和她在一起是何等美好。

我做個深呼吸後才說：「難得有這機會，不如去喝一杯吧！」

秋葉抬起頭，臉上既沒有訝異也沒有不快。

難得有這機會──我又說一次。

秋葉考慮了五秒後，簡短答聲好。

在大黑埠頭看到彩虹的我們，從那裡先開往東白樂，因為她的老家在那裡，富豪好像要開回老家的車庫停放。

我很好奇她家不知長什麼樣子，沒想到她在東白樂車站前先放我下車，因為秋葉說趁著把車開回車庫停放，想順便回家換件衣服。放我下車後，富豪彎過馬路，駛上陡峭的坡道。

我在車站旁的便利商店打發時間之際，秋葉穿著黑色小可愛、外罩白色寬身束腰外套出現了。從小可愛可以窺見她的胸前溝壑，我有點臉紅心跳。

「妳家有誰在？」我問。

她搖頭。「誰也不在。」

「啊？可是，妳父母呢？」

「我媽在我小時候就過世了，我沒有兄弟姊妹。」

「那妳父親呢？」

「我父親……」講到這裡，她吞了吞口水。「我父親有也等於沒有，那個家沒有任何人在。」

充滿謎團的言詞令我困惑，好像有什麼複雜的內情喔，我心中開始警鈴大作。這種時候，轉移話題是上上策。

「不管怎樣，先去橫濱，可以嗎？」

秋葉表情一緩，點頭同意。

去橫濱吃過飯後，我們進了酒吧，在吧檯並肩坐下，我們喝了好幾杯雞尾酒。秋葉知道很多雞尾酒的名稱，但是她對於這些雞尾酒的實際成分似乎並不清楚。她說，這是因為認識的人在經營酒吧。

聊了一些不關痛癢的話題後，我決定鼓起勇氣深入一步。

「剛才，妳向我道歉了，對吧？」

秋葉移開視線，把玩著雞尾酒杯。

「上次，妳說無法道歉。妳還說，若是做得到不知有多輕鬆，那到底是什麼意思？」

我暗忖此舉說不定會惹惱秋葉，因為這肯定是她不想碰觸的話題，但站在我的立場卻不能不問。

秋葉依舊盯著雞尾酒杯，我覺得她好像會翻臉走人，不禁忐忑不安。

「對不起。」她咕噥。

「啥？」我看著她的側臉。

「對不起——這句話可真方便，聽到這句話的人想必不會不高興，而且只要說出這句話，小小的失誤便能得到原諒。以前，在我家隔壁有塊空地，附近的小孩常在那裡玩球。他們的球三天兩頭打到我家圍牆，有時還會越過圍牆掉進我家院子。每當那種時候，那些小孩就會按我家的對講機，用可憐兮兮的聲音說：『對不起，請讓我們進去撿球。』我媽雖然成天抱怨他們玩球，但被小孩子這麼一說，什麼難聽話都罵不出口了。那些小孩當然也很清楚這點，所以才能輕易說出對不起，他們根本不是真心覺得對不起。對不起這句話，好像是萬能的。」

「所以妳討厭這句話？」

「我只是不願輕易說出口，除非是內心深處湧起某種情緒，不由得不吐不快時。」秋葉啜了一口雞尾酒後又說：「至少，我認為那並非被人命令然後才說出的字眼。」

她的意思我很能理解，「對不起」的確是一句很方便的話，也確實常在未經深思的情況下反射性地說出，那樣想必不算是原本的道歉吧。但是話說回來，她又為何執意堅持到這種地步呢？

「就不會這麼痛苦……妳當時也這麼講過吧？妳說如果能坦誠道歉，就不會這麼痛苦，那句話又是什麼意思？妳現在有什麼苦悶心事嗎？」

看得出來秋葉微微蹙眉，我有點慌張。

「啊……我無意刺探妳的隱私，只是有點好奇，如果妳不想說就算了，對不起。」

結果她轉向我，噗哧一笑。

「對不起這句話，渡部先生動不動就能說出口耶！」

「啊……」我摀住嘴。

「那樣應是正常的吧，我明白，是我自己不正常。」然後她翻轉手腕，垂眼看向手錶。

我也確認時間。「差不多該走了吧。」

她報以微笑，微微點頭。

把剩下的酒喝光，我站起來。

這時，秋葉說：「等到明年四月……」

啊？我愕然看向她的臉。她用雙手包覆雞尾酒杯，做個深呼吸。

「正確說法，是三月三十一日，只要過了那一天，也許我就能說出種種事情。」

「那天，是妳的生日還是什麼紀念日？」

「我的生日是七月五日，巨蟹座。」

這個要記起來，我暗想。

「那天，對我的人生而言是最重要的日子，為了那天的來臨我已等待多年……」說到這裡，她微微搖頭。「我在胡說什麼，請你忘了吧！」

聽到這種話應該沒有人能夠忘記，但我還在思索該說什麼之際，她已起身離席。

坐計程車去橫濱後，我們搭電車回東京，她要回的不是老家，而是位於高圓寺的住處。

我一直以為她會在老家度過週末，所以有點意外，我甚至多心地猜測這該不會是某種暗示吧。換言之，也許她覺得邀我回她的住處也沒關係。

返回東京的途中，我浮想聯翩，愈來愈緊張，她則是一直望著窗外。

抵達品川車站時，我正想提議送她回家。沒想到秋葉逕自下了電車，面對著我說：

「今晚讓你破費了。晚安。」

她完全沒給我說話的機會，我只能回應一聲晚安。

但和她分手後，我還是發了一通簡訊給她，內容如下：「今天很愉快，雖然聽到令人好奇的話，但不管怎樣我會忘記。還想再邀妳，不行嗎？」

回信是在我返抵位於東陽町自家門前時收到的，我站在公寓大門前，興奮地打開簡訊，內容很短：「你認為不行嗎？」

我一邊苦惱沉吟，一邊關機。我看不透秋葉的真心，但我早就心猿意馬，不知已有多少年，沒有享受過這種與異性之間的心理攻防戰了。

但是，我一邊走向電梯間，一邊告誡自己，切記不可興奮過頭。自己已經結婚，也有了孩子。對秋葉暗懷愛戀雖是事實，但那必須徹底保持在擬似狀態。

說穿了，這是遊戲，千萬不能認真。

我家位於公寓五樓，兩房一廳，是前年秋天買的。

自己拿鑰匙開門進屋後，只見妻子有美子坐在餐桌前不知正在幹嘛。她抬起頭，說聲「怎麼這麼晚」後，看著牆上的時鐘，快十二點了。

「因為去喝了一杯。」

「我就知道，你肚子餓不餓？」

「我吃過了。」

「吃了什麼？」

「吃什麼啊……呃，很多。比方說炸雞啦、串烤啦。」

我是假借與公司同事練習高爾夫球的名義出門的，所以用餐的場所也得符合這個藉口才行。如此一來，唯一能說的地方就是居酒屋。

不過話說回來，做妻子的為什麼總是想知道老公在外面吃了什麼呢？新谷也說過同樣的話。或許無論哪個家庭都是這樣吧。

換上居家服回到客廳，有美子還坐在餐桌前，桌上躺著五、六個抽掉蛋液的雞蛋殼。鮮豔的碎布也散落桌面。

「妳在做什麼？」我問。

有美子抬起頭，拿起放在一旁的東西給我看。蛋殼外面包著紅布。一端的圓形部分露出蛋殼沒有裹上布。

「這個，你說看起來像什麼？」

「紅蛋。」

「那，這樣呢？」說著，她把紅色的小圓錐放上去。

「噢！」我驚呼：「看起來像聖誕老公公。」

「答對了，很可愛吧？」

「妳幹嘛做這種東西？」

「有一堂課的主題是做聖誕節的裝飾品，我正在做事前準備。」

「可是，現在才九月。」

「聖誕節的裝飾，手腳快的家庭一進入十二月就會立刻開始了，所以那堂課必須在十月底或十一月初就上。」

「嗯……」我拿起蛋殼，好像是整齊地切掉尖端部分，取出裡面的蛋液。

「別弄破喔。」

「我知道啦。」我把蛋殼放回桌上。

有美子每週一次在文化中心當兼職講師，那裡類似才藝教室，雖然兼職薪水不多，但她自從生產後，和外界社會幾乎已完全斷絕聯絡，所以現在每天好像都過得很開心。

我和有美子相識於學生時代，之後交往、分手、又復合，這樣的過程重複數次後，終於在九年前的春天結婚。直到四年前生下小孩為止，她本來一直在證券公司上班，年紀比我小兩歲。

當時生下的孩子，現在正睡在紙門隔開的隔壁和室，是女孩，名叫園美，現在唸幼稚園。

自從園美出生後，我和有美子就分房睡了。

我從冰箱取出罐裝啤酒，有美子停下做勞作的手。

「要弄點什麼小菜嗎？」

「嗯……清爽的東西比較好。」

「清爽的東西啊……」她一邊歪頭思量，一邊遁入廚房。

我一邊喝啤酒，一邊看電視新聞。啤酒喝了三分之一時，有美子端著盤子出來了。盤子裡裝的是涼拌粉絲。

「味道如何？」我吃了一口後，她如此問道。

我比個ＯＫ的手勢，有美子滿意地點點頭，這才回去繼續做蛋殼聖誕老公公。對她來說，做盤涼拌粉絲，恐怕比卸除指甲油更簡單吧。

吃著涼拌小菜、喝掉兩罐啤酒後，我走向臥室。對於有美子，我有輕微的罪惡感，雖然並未做出嚴重的背叛行為，但我的確騙了她。

躺進被窩後，我確認自己的心情。

不要緊，我根本沒有動真心，只不過和年輕小姐走得比較近，有點心猿意馬罷了。最好的證據，就是只要踏進家門一步，我立刻能夠變回和往常一樣的丈夫、和往常一樣的爸爸。我怎麼可能和秋葉有什麼越軌的行為呢？

我沒問題的——

5

關於外遇的定義因人而異。

有人如是說：「和配偶以外的異性單獨見面，就已經是外遇了，約會更不用說。因為這人的妻子或丈夫要是知道他做了這種事，一定會受傷。一旦傷害到配偶，那就算是外遇。」

也有人這麼反駁：「縱使結了婚，我們依然是有七情六慾的平凡男女，要我們不對其他異性產生情愫是強人所難。雖說絕對不可讓妻子或丈夫發現，但約個會應該沒關係吧！甚至可以說應該要有點刺激感，人生才會更快樂，就結果而言夫妻關係也會更和諧。我認為到接吻為止都還可以原諒，關鍵還是在於有沒有上床吧！」

每個人的價值觀不同，所以定義自然也各不相同。另外，意見也會根據當時置身的狀況而改變。就像我自己，以前和前者持同樣意見，我本來認為已婚者絕對不能約會。

但是遇到秋葉後，我的想法急速傾向後者，只要不上床就不算外遇，我開始如此認為。當然，因為這樣對我比較有利。

某日，熟識的業者送了餐廳招待券給我，那家餐廳位於橫濱某飯店內。一聽在橫濱，我的雀躍自不待言。

「招待券可以招待兩個人，但我沒有其他人可邀，妳能不能陪我去？」

我向秋葉寄出這樣的郵件。

和你太太去不就好了——如果她回信如此表示，我打算就此徹底死心。我不想找藉口說什麼妻子必須照顧小孩忙不過來。

她終於寄來的回信是這麼寫的：「如果是正式的餐廳，應該需要穿正式一點的服裝吧？」

我在電腦前偷偷歡呼。

距離上次約會已過了十天，我倆再次來到橫濱，在可以看到巨大摩天輪的餐廳共進晚餐。菜餚和葡萄酒都非常美味，身穿黑色洋裝的秋葉，在我眼中宛如女明星一樣美麗。

在飯店的餐廳吃飯是一種極微妙的狀況，飯店裡也有時髦的酒吧，而且既然是飯店，當然也有可能開房間。但是，我壓根沒有想像過飯後出其不意的玩火遊戲，也不抱任何期待。或者該說，我在乎的只是不能把單身女性留得太晚。

用餐期間的話題以公司和個人嗜好為主，秋葉對於我們公司處理工作的方式，似乎有她個人的種種不滿，她不動聲色地向我傳達那些不滿，也許是現在稍微相信我的口風很緊了，但她絕口不談別人的壞話。

聊到休閒嗜好，對秋葉來說當然是衝浪，至於我就是登山了。不過，她的嗜好是以現在進行式來敘述，我的嗜好卻已是過去式。

「丹澤❷有一個小川谷，當地有十個以上的瀑布相連。以前每逢夏天，我們經常揹著登山包，濕淋淋地攀登。那一帶的溪魚很少與人接觸，所以戒心也很低，只要放根繩子下去立刻就能

❷位於神奈川縣西北部的山地，有完善的登山路徑。

釣到。那裡還有光滑的大岩石，從那邊下去時，要像溜滑梯一樣滑下去。然後就這麼一路溜呀溜地撲通掉進河裡。」

我活靈活現地如此描述後，秋葉問：「你現在，已經不做這種事了嗎？」

這短短一句話令我登時洩氣，我只能一邊淺笑，一邊小聲回答現在太忙了。

我不得不自覺，這十年來自己失去這麼多的東西，即便有機會這樣和年輕女性共餐，我也完全沒有能夠以現在進行式談論的新鮮話題。美好的體驗、自豪的功勳，全都屬於遙遠的過去。

秋葉問起我的家庭，是在主菜端上來時。說到家庭倒也不是問我的妻小，而是我的父母與兄弟姊妹。

我父母都還健在，現在住在埼玉的新座市，至於手足，我有一個妹妹，七年前與公務員結婚，如今在川崎的公寓忙著帶小孩。

「很普通。」秋葉點頭說：「是普通的家庭呢。」

「對呀，的確沒什麼值得一提的特徵，說平凡是很平凡，不過那樣或許也好。」

「也許就是因為生長在普通的家庭……才能建立普通的家庭。」

「妳這話，是什麼意思？」

秋葉搖頭。

「沒什麼深奧的意思，我是在說渡部先生。」然後她開始切主菜的肉。

她想問的是我的妻小吧？我暗忖。關於那個，到目前為止她隻字未提。而我，也沒有主動談過。

我問起她的父親，只是「令尊從事哪一行」這種簡單的問題，秋葉卻在霎時之間垂下眼瞼，表情似乎也變得凝重。踩到她的地雷了嗎？我做好防禦準備，如果氣氛變得不對勁，那我必須立刻自這個話題抽身撤退。

秋葉終於開口：「我父親從事很多種工作，每天在各地奔波。他雖然已六十歲，但是非常有活力。」

她的話令我鬆了一口氣，因為我沒感到險惡氣氛。

「令尊住在東白樂的房子？」

「不，他幾乎從不待在那裡，他有好幾間房子，會配合工作需要而移動。」

看樣子，似乎是個相當幹練的企業家。

「如此說來，家中通常都沒人在囉？」

「是這樣沒錯。」

「那妳為什麼不住在那裡？從東白樂通車，到日本橋上班應該不用太久時間。」

秋葉一臉意外地凝視我。「要我一個人住那種房子？」

「呃，我是不知道那是哪種房子啦……啊，我懂了，房子太大了，是吧？」

「是大是小……我也不知道。」她歪起頭，朝酒杯伸手。

看來這不是什麼吸引人的話題，我決定另尋主題。

走出餐廳後，我們決定到頂樓的空中酒吧小酌一杯，望著夜景喝啤酒之際，我想起上次在新宿的事。

「最近，妳沒玩那個？」我問。
「哪個？」
「就是這個呀。」我比個揮棒的動作。
秋葉噢了一聲，表情有點尷尬。
「其實我並不常玩，那陣子有點缺乏運動，也累積了很多壓力……只是偶一為之。」
「可是一個女孩子自己去棒球練習場，好像有點那個。」
「不行嗎？」
「不，倒也不是不行。」
「以前有段時間我也熱中過保齡球。」
「保齡球？很厲害嗎？」
「相當不賴。」她鼻梁高挺的臉蛋，微微向上傲然仰起。
「打保齡球的話我倒也頗有自信，因為學生時代我常玩。」
秋葉翻眼看著我。「那，要去打保齡球嗎？」
「好啊，隨時候教。」我點點頭喝啤酒。
「你不會逃吧？就像衝浪那次一樣。」
「我才不會逃，就連那次衝浪，也只是結果變成那樣——」看到秋葉不等我把話說完就站起來，我當下打住。「妳怎麼了？」
她一臉平靜地俯視我。「走吧。」

「去哪？」

「這還用說，當然是保齡球場！」

三十分鐘後，我倆置身在日出町車站旁的某間保齡球館。秋葉鬥志十足，我也卯足了勁決心非得好好表現一下不可。

但是，鬥志十足和卯足全勁不見得就會有好成果。我們倆的分數都很慘，積分表上難得掛上全倒記號，只有一次又一次的失誤。

「這種分數我以前從來沒有過，真的。」

「大概是太久沒打了吧，我也一樣，狀況差了一點。」

「這絕對有問題，我們再打一局，可以吧？」她不等我回答，便按下發球鍵。

可惜第三局的成績也慘不忍睹，最後一球也以失誤告終後，她沮喪地垂頭。

等我在櫃檯付完帳回來一看，秋葉站在鑲嵌在牆上的鏡子前，還在反覆做出丟球的動作。仔細一瞧，她連高跟鞋都脫掉了。

我想起在新宿的棒球練習場撞見她時的情景，現在的表情一如當時。我暗忖，說不定這才是秋葉的本質。她在餐廳和酒吧展現的做作舉止和言語、表情，和她的本來面目恐怕是兩回事吧！

即便離開保齡球館，她依然很沮喪。

「不該是這樣的，今天我一定是哪裡不對勁。」

我差點忍俊不禁，但還是硬生生憋住，答了一句也許吧。

我們攔下計程車，前往橫濱車站。但在途中，秋葉驚叫一聲。
「我本來要回老家有事的。」
「那，我送妳過去吧。」
「不了，我在這裡下車。」
「沒關係，反正距離又不遠。」
秋葉微微頷首，說聲好吧。
車子開到東白樂的車站旁後，她請司機開上坡道。那是一條相當陡峭的坡道，而且路不怎麼寬。
駛過那條路後突然來到大馬路，原來是私人道路在此會合。馬路的斜度也徐緩多了，隔著馬路，兩邊淨是圍牆高聳的氣派豪宅。
開至一幢不像透天厝、應該稱為豪門大院的宅邸前，秋葉請計程車停車。可以看到門柱上刻有「仲西」二字，我忍不住吹了一聲口哨。
「好氣派的房子。」
「那只是外觀。」秋葉興味索然地說著便想下車。但她的動作突然停住，她看著旁邊的車庫。
眼熟的富豪和國產高級轎車並排停放，而國產轎車旁站著一名男性，看樣子本來正要上車。花白的頭髮梳理得很整齊，是個相貌看起來很高雅的男人，額頭寬闊、鼻梁挺直。
「是令尊？」

對於我的詢問，秋葉默默頷首，側臉帶著些許緊張。

我也跟在秋葉身後下了車，她父親似乎有點驚訝，來回審視著我們。

「你來家裡幹嘛？」秋葉問父親。

白髮男人的表情依舊困惑，縮起下顎。

「我順路過來拿點資料。」

「噢。」她點點頭然後轉向我。「這位是渡部先生，是我現在任職的公司同事，我們剛去橫濱吃飯。」

我沒想到她連吃飯的事都會說，所以有點吃驚。雖然慌張，我還是客氣地道聲幸會。

「我是秋葉的父親，小女承蒙照顧了。」

男人用沉穩的嗓音客套，一邊開始觀察我，是那種如果和女友的父親面對面一定會遭遇的、算不上友好的視線。

「人家送妳回來嗎？」他問秋葉。

「嗯。」

「是嗎？」他再次看我。「讓你特地跑一趟不好意思，回去的路上請小心安全。」

我本想說那我就告辭了，但我還來不及開口，「關於渡部先生，」秋葉已搶先插話：「我正想請他喝杯茶。可以吧？」

我驚愕地看著秋葉，她目不轉睛地盯著父親。

「啊……這樣子嗎？」秋葉父親的眼神摻雜了困惑與非難。但下一瞬間他已放緩表情。

「那麼，請多坐一會兒，慢慢聊。」他的笑容顯然是硬擠出來的。

秋葉走回計程車，一邊向司機解釋，一邊付錢。我慌忙取出皮夾時，計程車已關上後座車門。

「多少錢？」我問。

但她只是默默搖頭，然後轉向她父親。

「那就這樣，爸，晚安。」

她父親微露狼狽神色後，「嗯，晚安。」他說。

「渡部先生，請進。」秋葉浮現至今為止難得一見的溫柔笑容，邁步朝門口走去。

我向她父親行了一禮，也隨後追上她。我可以感覺到他的視線，但是最後只聽到背後傳來關車門的聲音，接著是引擎發動的聲音。

秋葉站在門口，定定注視父親的車子開走，眼神和之前判若兩人，變得異常冰冷，我不禁在瞬間嚇了一跳。但也許是察覺到我的注視，她轉向我，嫣然一笑，然後說聲請進，打開大門。

大宅比外觀更氣派，自大門到玄關的步道很長，玄關的門扉巨大，門內的門廳寬敞，但屋子裡的空氣冰冷，可以感覺得出來，已經有好一陣子無人在此生活，彷彿在此刻之前，時間一直是靜止的。

我被帶進約有二十坪左右的客廳，褐色皮沙發呈ㄇ字形排列，中央放著人力難以推動的大理石製巨大茶几。我應她所請，在三人沙發的中央坐下。

家具和用品看起來都很昂貴，就連牆上掛的風景畫恐怕也是出自名家之手，客廳矮櫃上放著電話分機，即便是那個，看起來也和平民老百姓用的貨色不一樣。

不知遁入何處的秋葉回來了，手上捧著放有白蘭地酒瓶和杯子的托盤。
「不是要喝茶嗎？」
我這麼一說，她微微睜大雙眼。「你比較想喝茶嗎？」
「不，我喝什麼都可以。」
秋葉在我身旁坐下，在兩個應是法國名牌巴卡拉（Baccarat）的杯子裡注入白蘭地。我接下其中一個杯子後，她主動舉杯與我的相碰，然後就一口喝下白蘭地。
「那個，」我看著她的嘴唇說：「我有點搞不清狀況。」
「狀況？」
「妳為什麼突然邀我進來喝茶？坐計程車時，並未提過這回事吧，是令尊有什麼問題嗎？」
秋葉凝視杯中半晌，然後抬頭微笑。
「你不用在意我父親，不管我做什麼、帶誰回家，他都不會有任何意見。」
「我不是問這個，我只是想知道妳為什麼臨時起意邀我進屋來？」
秋葉拿著杯子站起來，繞到沙發後面，拉開窗簾。大片落地窗外好像是庭院，但庭院裡一片漆黑，只能清楚看見她倒映在玻璃上的身影。
「沒什麼大不了的理由，只是莫名地想讓你看看這間屋子。」
「看屋子？這的確是一棟非常氣派的屋子。」我再次環視室內。「可是，妳父親好像不太高興。」

「就跟你說不用在意我父親。」她轉過身來。「我想，他八成是察覺渡部先生已經結婚了。但他還是什麼也沒說。他就是這種人。」

她是基於什麼心態說出這種話，我不太明白。

秋葉閉上眼深呼吸，看起來像在品味屋內的空氣。

「我已經好幾個月沒有進過這個房間了。」

「啊？真的嗎？」

「即便回到這個家，我也只會去自己位於二樓的房間。」

「為什麼？」

但她沒回答，彷彿在確認什麼般將視線轉向室內各處。

「我父親很想賣掉這棟房子，反正已經沒人住，況且也沒留下什麼好回憶。可惜遲遲找不到買主，他自己固然不用說，就連房屋仲介商好像也很傷腦筋。」

「也許是因為過於氣派了吧。」

秋葉舉杯，一口氣喝光白蘭地，一邊抹嘴，一邊看著我。

「這種房子，不可能有人想買。」

「不會吧。」

「因為，」她眼也不眨地盯著我的雙眼。「這是鬧過命案的房子喔。」

「啊？」

我無法理解她的話中之意，一再在腦中反芻她的這句話。命案，命案——命案！

秋葉來到我身旁。

「就在這裡像這樣。」她突然往大理石桌面一躺，張開手腳呈大字形。「人就躺在這裡，是被殺死的。就像那種兩小時電視影集，片頭音樂鏘鏘鏘鏘～的推理殺人劇。」

我終於發覺，她好像已經醉了。我想起在棒球練習場相遇的那晚。我放下酒杯，站起來。

「我該回去了。」

「為什麼？」她保持大字形的姿勢問。

「因為妳好像醉了。」

我邁步欲走，腿卻被秋葉緊緊抓住。

「不要走！」

她拽著我的褲腳，從桌上滑落，趴在沙發與茶几之間。

我彎下腰，把手放在她肩頭。「妳該去睡覺了。」

「渡部先生，你呢？」

「我要回去了。」

「不要！」

她撲過來抱住我。

「不要把我一個人留在這種地方。」

6

如果以漫畫表現，我的腦袋現在八成冒出一大堆的「？」，一時之間，莫名其妙的事實在太多，我無法釐清腦中思緒。

但即便在混亂中，我仍可確定一件事，被她這麼一抱，我的心立刻如小鹿亂撞。

我緩緩擁抱秋葉的身體，指尖可以感到她的柔軟曲線，她的體溫靜靜朝我流淌過來。

我不懂她為何哭泣，這是我第二次見到她的眼淚，雖然不懂，但我不想去追究理由，某種事物令她哭泣——只知道這點就足夠了。

我們的嘴唇貼合，頓時，前一秒還在我腦中蔓延的種種迷惘，如冰山瓦解般開始崩塌，繼而融解，流出。它形成巨大的漩渦在我的腦中汩汩盤旋，最後被吸入某個洞中，就像倏然拔起浴缸的塞子。

當我們的唇鬆開時，腦海的浴缸中已變得空空如也，就連本來有過什麼，都已無從得知。

「要去我房間嗎？」秋葉問。

「可以去嗎？」

「不過，這陣子我沒打掃。」她站起來，手依舊抓著我的右手。

我任她牽著手，走出客廳拾級而上，天花板是挑高的。

二樓有好幾扇門，秋葉打開其中一扇，但立刻關起，她看著我說：「請你在這裡等一下。」

我猜大概是房裡有什麼東西不想讓我看到，於是點點頭。

我被獨自留在昏暗的走廊上。一看手錶，早已過了十二點，今天不是假日，明天也不是。光是這種時間待在這種地方，就已逐漸演變成相當棘手的狀況。比方說，我該如何對有美子交代呢？今早出門時，我告訴她的說法，是要和客戶在橫濱聚餐云云。

徹夜不歸，會讓事態更加惡化，再怎麼說都很不妙，難道要說是客戶邀我去唱歌嗎？在二十四小時營業的ＫＴＶ？不行，一定會露出馬腳。

就在我這麼左思右想之際，房門開了。

「請進。」說這話的秋葉已換過衣服，是一件質料輕飄飄看似連身洋裝的衣服，大概是家居便服吧。

我說聲打擾了，走進房間。雙眼環視室內，隨即有點吃驚。

這是高中生的房間，而且是十幾年前的高中生。

室內約有四坪大吧，壁紙是以白色為基調的碎花圖案，面向陽台的落地窗旁放著書桌，桌上排滿高中的參考書。小書架上的書不多，倒是被小擺飾和首飾占據大部分空間。床上放著小狗的絨毛玩偶。

「打從我高中起就幾乎完全沒變動過，剛才我也說過，從某個時期開始就不再使用這個屋子。」

「是哪個時期？」

於是她目不轉睛地朝我直視，好像在刺探什麼。

「現在告訴你比較好嗎？」

「如果妳不想說，我也不勉強。」

她移開視線，略微沉默，最後張開雙唇看著我。

「嗯，我不想說，今晚不想。」

「那，我就不問。」我把手放在秋葉的肩上，將她拉向我懷中。

她沒有抗拒，我們就這樣自然而然地抱在一起，再度接吻，等於又回到和剛才一樣的狀態。

一邊親吻，我一邊暗想，做這種事會讓事態陷入無法挽回的地步，但是另一方面，卻也亢奮不已。我預感將有無比美好的時間降臨，我想和秋葉做愛，想脫光她的衣服，碰觸她的肌膚，讓彼此的身與心合而為一。

我正欲將她帶到床上時，她說話了：「燈，關掉。」

「也好。」

我關上燈，在黑暗中，我倆再度互相確認嘴唇的觸感，眼睛稍微習慣黑暗後便移向床鋪，同時坐下。

「對不起。」秋葉說。

「為什麼要道歉？」

她沒回答。

我倆緩緩躺倒身體。

就這樣，我們越過了本來絕對不能逾越的界線，逾越之前，我一直以為在那條界線上有高牆矗立，但是一旦越過，才知道那裡其實空無一物，牆壁只是自己創造出來的幻覺。

所以這沒什麼大不了──我並不是想這麼說，其實正好相反。

即便是幻覺吧，可以說之前正因看得到牆壁，才會連想都沒想過要去越過那條界線，如今已看不見高牆的我，此後必須單憑自己的意志去控制感情。

我決定客觀地將這晚的事視為一時意亂情迷，但這樣真的就能解決嗎？既已得知界線彼端是個甜美得令人目眩的世界，今後我還能夠永遠不去逾越嗎？事到如今，既已得知界線上根本沒有高牆屏障，只需輕輕跨出一步就好，我開始覺得已經不可能到了非現實的地步。

晨光自窗簾縫隙透入，我似乎小睡了一會兒。醒來時，她纖細的肩膀枕在我右臂中。她正睜著眼，目不轉睛地凝視我。

「要走了？」她問。

我拿起放在床邊的手錶，不到清晨六點。

「總不能一起去上班吧。」

「那樣倒也有趣，不過，的確不可能。」她坐起上半身，露出雪白的背部，在晨光下如陶瓷般晶瑩透亮。

我一邊穿衣服，一邊慌亂地動腦筋。無論如何都得想個藉口給有美子交代。我把手機關機了，想必裡面已塞滿她的簡訊和留言。

整裝完畢後，還不忘仔細檢查自己身上是否殘留任何可疑痕跡。秋葉的書桌上有面小鏡子，我拿起那個把自己的臉孔和脖子也檢查了一遍。雖然覺得不可能，但萬一真的留下口紅印或吻痕可不是鬧著玩的。

客廳裡，秋葉已泡好咖啡等候。我在沙發坐下，雖然手上拿著咖啡杯，心情卻七上八下。我頻頻看錶。

「放心。」秋葉把手放到我膝上。「喝完那個，你就可以馬上回家了。」

她是看穿了我的心事才這麼說，正因被她一語道破，讓我更想反抗。

「我才不急著回家。」

秋葉咯咯笑。

「別逞強了，我又不是在諷刺你。」

我喝下咖啡，是沒什麼香氣的咖啡，想必咖啡豆也放了很久。

「妳接下來怎麼辦？」

「我從這裡直接去公司。」

「這樣啊。」

在秋葉的目送下，我離開仲西大宅，室外已完全沐浴在晨光中。我邁步走向通往東白樂車站的道路，是陡峭的下坡。

我在途中駐足，檢視手機，果然，有美子發過簡訊，而且有三封。內容都一樣，隨著時間愈來愈晚，緊迫程度也漸漸不同。你到底是怎麼了？出了什麼事？看到簡訊請立刻跟我聯絡——我看著看著不禁心痛，她八成壓根沒想過我會出軌，只擔心我是否發生意外，說不定到現在都還沒睡，一直在等我跟她聯絡。

我理妥思緒之後才打電話，電話立刻有人接起。喂？有美子的聲音傳來。光是這樣，便可感到她的緊張。

「是我。」

「怎麼回事？」她問。看來她已認定，一定是發生什麼不好的事了。

「別提了，碰上一點小麻煩。」

和客戶連換了好幾個地方喝酒後，對方竟然睡著了，好不容易把人抬上計程車，但對方根本無法自行返家。無奈之下只好一路護送客戶回家，但對方竟然住在橫須賀❸。就這樣千辛萬苦地把人送回家中，現在才終於踏上歸路——我編出這樣的故事。

「搞什麼，你之前不是也說過這種事？」

「啊？有這回事嗎？」

「你說西裝外套被喝醉酒的女孩子弄髒。」

「啊。」

被妻子這麼一說才想起，現在我用的藉口，正是之前送秋葉回家時的狀況。

❸位於神奈川縣東南部，三浦半島中央。

「被妳這麼一說，的確是。」

「你這人，好像經常碰上這種事耶，做人未免也太好了吧？就像上次，也是新谷先生他們把人硬推給你的吧？」

「可是，這次是我的客戶……」

「總之，你沒出事就好，不過，至少也該打個電話回來吧，害我窮緊張。」

「我以為妳已經睡了嘛，不過，對不起，今後我會注意的。」

令我驚訝的是有美子對我的說法竟然毫不起疑。掛斷電話後，我呼——地嘆口氣，再次邁步走出。

我邊走，邊恍然大悟，有美子根本沒有理由懷疑。這些年來，我一次都沒出過軌，也不曾撒過這樣的謊。在她的思考迴路中，本來就沒有安裝「千萬要小心丈夫徹夜不歸」的警報器。然而，這當然不代表今後也會一路順遂，因為我已撒下了第一個謊。這次的經驗，想必會嵌進有美子的記憶之中吧。那遲早會刺激女性特有的直覺。

撒謊僅此一次下不為例，我暗想。光是想到東窗事發時的情景，我便毛骨悚然。

但是老實說，此刻的我絕非僅只是一再自戒。走在黎明破曉的街頭，與秋葉如夢似幻的一夜也不斷在我的腦海中重播。如果有人正在觀察我，想必會發現此刻我的表情非常墮落吧。

我認識的某位女性曾說：「僅此一次叫做偷吃，讓人感到有後續時叫做外遇。」的確，在連續劇和小說中，好像是這麼區分的。

而我如果也按照這個準則使用文字，只要我與秋葉停留在偷吃，或許不會有太大問題。僅僅是一夜的錯誤，是一時情迷，酒後亂性——總之，有很多種形容方式。

去公司前我本來是這麼打算，即便與秋葉碰面，我以為也能像平時一樣若無其事地打招呼，一如既往地恢復在工作上沒什麼來往的關係。

但是，看到秋葉的那一瞬間，我發現那是不可能的。我的心情激昂、體溫上升，令人目眩神迷的念頭當下復活。

週末，我們在台場的餐廳吃飯，之後在事先預訂的飯店共度夜晚。我向有美子謊稱出差，這是常見的手法。

罪惡感當然有，有美子沒有任何錯。身為妻子，身為母親，她都非常稱職，我甚至覺得背叛這樣的她，我簡直不是人。這的確是不倫之戀，是不合人倫、違背人道的行為。

但是和秋葉在一起，我還是感到好幸福。我喜歡她，不知不覺中，對她的感情已多到連自己都無法控制。本來光是見面就很開心了，現在卻能進展為一起吃飯、一同喝酒，甚至上床的交情。一旦得到不久之前甚至不敢夢想的時光，我已無法再考慮放手。

週六早上，我在飯店房間的床上撫著秋葉的頭髮，暗自下定決心，今後唯有小心注意絕對不能讓任何人知情，對於撒謊和演戲這種過去嚴格說來並不擅長的事，也只好去習慣。

「你在想什麼？」秋葉碰觸我的胸膛。

「不，沒什麼。」我含糊其詞。

她嘆息。「你想逃吧？」

「妳這麼認為？」

「不是嗎？」

我凝視秋葉的雙眼。

「如果妳厭惡這種關係了，我無話可說。」

她褪去口紅的櫻唇展露微笑。

「我也一樣，自認會對於自己的行為負責，也早有心理準備。」

我點點頭，吻著她擁入懷中。

我沒有任何方針可言，今後我倆會變成怎樣，我毫無頭緒。

過去我認為搞外遇的傢伙很傻，只為追求快樂，把好不容易到手的幸福家庭都毀掉，實在太愚蠢了——這個想法至今依然不變，我覺得自己很愚蠢。

但是，唯有一點我以前搞錯了，那就是——外遇並非只是一味的追求快樂，或許本來是如此，可一旦開始，就再也無法說那種溫吞的風涼話。

這是地獄，是甜美的地獄，哪怕是千方百計想逃離，自己內心的惡魔也絕不容許。

7

約會的次數多了之後，我和秋葉之間已建立起某種模式。基本上我們只在週四約會，因為那天兩人通常都可以早點下班。碰面的地點是新宿某大型體育用品店，此舉並無特殊理由，只是因為不知第幾次約會時選擇那裡做為碰面地點，從此自然而然地形成固定模式。

見面後，除非兩人之中有誰提議，否則通常在伊勢丹百貨旁的居酒屋用餐。秋葉喜歡日本酒，而我只喝啤酒，也許是因為上次她曾在棒球練習場出醜，所以她再也沒有飲酒過量。

走出居酒屋後，我們會去搭電車，目的地是高圓寺，也就是她住的公寓。

秋葉的住處是一房一廳的小套房，沒有餐桌，木頭地板上鋪著毛茸茸的地毯，上面放了玻璃茶几和兩個扁平的圓形坐墊。

寢室和餐室比起來顯得格外狹小，放著一張小號雙人床和有很多抽屜的收納櫃。

一走進她的住處，我會在扁平的坐墊坐下，打開電視。倒也沒有特別想看的電視節目，只是覺得沒有半點聲音會很冷清。

換上居家服的秋葉會端出啤酒和簡單的下酒菜，我們不用杯子，各自舉著啤酒罐乾杯。今天一天也辛苦了，這是我們每次必說的話。

我畢竟還是有點做賊心虛，所以不可能完全放輕鬆，但在秋葉的住處舒坦地伸長雙腿，總會讓我湧起和戀人廝守的幸福感，這是我已忘懷許久的感覺。這種感覺，早在與有美子結婚的一年前便再沒體會過。我就像有生以來第一次交到女友的高中生或大學生，一心只想碰觸秋葉的身體，就連和有美子已多年未有的真心接吻，我與秋葉做過的次數也不計其數。當然做愛也是。

我在秋葉的住處，頂多只能待兩個小時，但其間做愛超過一次以上的情形並不罕見。這個事實嚇到了我自己，至少半年前的我根本無法想像，自己居然會有性慾這麼強的一天，我一直以為，自己做為男人早已經日漸枯竭了。

原來自己內心還殘留如此強烈的熱情啊！我驚歎，也因為得知這點而喜悅。想到自己本來或將在一無所知的情況下結束一生，就不禁毛骨悚然。

然而男人是徹頭徹尾的自私，雖然覺得重新發現了自我，卻還是堅決渴望保有現在的家庭，所以即便與秋葉共度蜜月時光，我的眼睛仍頻頻瞄向時鐘。

「差不多該走了吧？」秋葉總會彷彿相準時機般主動問起，這句話也適時替我解圍。

「嗯，是該走了。」我只要點頭就行了。

秋葉從來不會挽留我，也不會露出寂寞的表情，她總是一臉爽朗，在玄關目送我離開。

「可別在電車上睡著。」這是她每次必說的話。

我點點頭，道聲晚安。她也回了一句晚安便關上門，這就是週四約會的尾聲。

到了電車上我也不可能一味的沉浸在甜美的回憶中，我必須檢查手機，確認自己的服裝儀容，還得確定身上沒有沾染到秋葉的香味，然後在腦海中編造故事。

今晚我該說跟誰去喝酒了呢？該捏造晚餐吃了什麼、在哪裡喝酒、談了些什麼內容呢？我任由思緒忙碌來去，過於沉默想必不妥，但過於饒舌連不該說的都說出來更糟糕。

走進自家公寓的電梯時，是我最緊張的時刻。有美子一定還沒睡覺在等我，她會用什麼表情迎接我呢？該不會已發覺我的外遇，等我一踏進家門就開始連番審問吧？這樣的不安在我腦海閃過。

「你回來啦！喝了很多嗎？」

但有美子在這晚的表情也和平時沒兩樣，打從以前我就常常因為跟人喝酒而晚歸，所以若是一週一次應該還不至於令她起疑。

沒喝多少啦，我一邊回答，一邊脫下外套，在餐椅坐下。這時絕對不能倉皇逃進寢室，雖然看著有美子的臉會很內疚，但是說話時一定要看著她的眼睛，然後再有一搭沒一搭地開始敘述我在電車中排練好的謊言。

有美子會替外遇的老公泡茶，喝下那杯茶雖然真的很痛苦，但我還是得假裝喝得津津有味。喝完後，再抱怨今晚一起喝酒的客戶經理酒品有多糟糕。有美子會一邊苦笑，一邊開始準備就寢，而我斜眼偷窺她那副表情，總算放下心頭大石。

看過在和室睡覺的園美的睡臉後，我走向寢室。這時我最害怕的，就是平時應該和女兒一起睡的有美子跟著我一起進房間，這就意味著她正主動向我求歡。世間的娘子軍八成會痛罵妻子求歡有什麼好害怕的，但和秋葉做愛後連澡都沒洗的身體要暴露在有美子面前，著實令我深感不安。我總覺得會被她發現偷情的痕跡，而且，用這樣的身體擁抱妻子也令我心虛。當然最重要的一點還是體力實在吃不消。

幸好有美子像往常一樣遁入和室，讓我如釋重負。在盥洗室刷完牙，回寢室換上睡衣在床上躺平時，全身不禁吁了一口長氣。

自從與秋葉開始戀愛後，週四大致都是這樣度過。比起幸福的時間，繃緊神經的時間壓倒性地漫長，光是一再撒謊和演戲，就已令我的精神疲憊不堪。

既然這麼痛苦吃力，索性不要外遇不就結了——對，這話說得對極了，我自己也很清楚。但是一鑽進被窩，關燈凝視著黑暗，回想與秋葉共度的時光，我就會陷入無上極樂的境界。一旦受到那種魔力的蠱惑，從此哪怕是任何痛苦似乎都已不算什麼。

有美子突然宣稱必須回娘家一趟，是在進入十一月不久的事。

她說高中時代的恩師過世，必須去參加喪禮。她的娘家在新潟縣的長岡，來東京是她上大學之後的事。

「我想把園美也一起帶去，她的外公、外婆也很想她。」有美子一臉抱歉地說。

好啊，我回答。進而向她確認：「妳會在那兒過夜吧？」

「嗯，我想當天晚上應該會像同學會一樣，只是要給你添麻煩了。」

「沒關係，頂多也才兩天。」我的心情因種種計畫與期待而膨脹。

有美子說喪禮好像要在週六舉行，如果住一晚，表示週六、週日她都不會回來。

「週日妳們大概幾點回來？」

有美子想了一下後回答：「我想我爸媽肯定也會留我們一起吃晚餐，所以最快也只能搭七點左右的新幹線，回到這裡可能要九點了吧。」

「那就得先去買對號車票了，因為週日搭車的人很多。我今天先幫妳們買吧。」

「真的？你能幫忙買票就太好了。」
「包在我身上。」
我扮演善良的丈夫，其實只是想藉由買對號車票，確定她們母女的行程。
上班途中，我發簡訊給秋葉，內容是問她下個週六、週日要不要來個兩天一夜小旅行？
幾分鐘後，她回信了：ＯＫ，要去哪裡？
這個接下來才要決定，妳有想去的地方嗎？我發簡訊問她。
溫泉比較好，我想泡露天溫泉。她如此回覆。
午休時間，我利用公司電腦上網搜尋溫泉旅館。我心想，這種機會千載難逢，可不能在選旅館上面搞砸。賞楓季節已經開始，所以一到週末到處都已被預訂一空。最後我找到的，是一人要價將近四萬日圓的旅館。雖然價錢嚇人，但一瞬間我就下定決心，並在網路上完成預約手續。
那家旅館我是透過網路才頭一次聽說，但秋葉一聽到旅館名稱就瞪大雙眼。
「住那麼貴的地方沒關係嗎？」她問。
「我豁出去了，難得一次嘛。」
我們正在公司走廊上的自動販賣機前，小聲交談，秋葉垂眼看著裝有奶茶的紙杯。
「是啊，這也許是第一次也是最後一次。」
聽到情人說出這種話，搞外遇的歐吉桑該如何回答才好呢？新手上路的我不知道，只能默默啜飲即溶咖啡。
週六早上，我開車送有美子和園美到東京車站，有美子很擔心我一個人看家要吃什麼，但我強調絕無問題，還一路送她們到剪票口。

園美問：「為什麼爸爸沒有一起去呢？」

有美子一臉為難，我更加心痛。

園美穿著黑色長袖T恤，頭戴水藍色帽子。穿過剪票口後，還朝我揮舞小手，我也含笑朝她揮手。等到母女倆的身影看不見了，我全力衝刺跑回車上，然後急忙發動引擎，開車回家。

一回到家我就匆匆著手準備旅行，不過才住一晚其實也沒什麼好準備的。我最掛念的，是車內的清潔與整理，因為這次旅行要開我的車去。雖是RV休旅車，但車內已完全變成家庭用車的模樣，尤其是散發出濃厚園美氣息的物件特別多，例如凱蒂貓圖案的抱枕，或是絨毛玩偶。我把那些玩意都塞進紙袋，移往後車廂。

準備完畢後我開往高圓寺，在車站旁停車，打手機聯絡秋葉。等候她的期間，我的心臟跳得特別急促。不久，秋葉現身了。黑色針織洋裝外面，罩著同樣黑色的皮夾克，非常適合她，而且身材看起來比平時更好。真是個美女，我打從心底這麼想。

鑽上車後，她朝我一笑。「讓你久等了。」

她的笑靨令我再次感到心臟麻痺，每見一次面我便多愛上她一點，彷彿層層疊上薄膜。這段戀情的前方會是什麼樣的命運？我已漸漸看不見。

上了高速公路，我喜孜孜地全速前進，目的地是伊豆半島的尖端。

「可以放點音樂嗎？」進入灣岸線後她問。

「可以啊，妳座位那邊應該有CD盒。不過沒有最近流行的曲子……」

秋葉打開放在腳邊的盒蓋，抽出其中一張。
「嗯，『超級公主小茜茜』啊……」
「啊！那是……」那是園美常聽的曲子，是她最愛的卡通主題曲。
「你女兒是『小茜茜』的粉絲啊？」秋葉說著，把ＣＤ放回盒子裡。她的語氣中並無諷刺的意味，這點反而令我更焦躁。
「我沒想到裡面放了那種東西……是我大意了，對不起。」
「你幹嘛道歉？又沒有關係。」
我無話可說，只能目不轉睛地直視前方任車子繼續奔馳。秋葉放了「南方之星」的曲子。
午後四點左右，我們抵達旅館，在櫃檯辦理住宿登記填寫姓名時，我有點遲疑。我在網路預約時用的是本名，所以現在無法捏造假名。但是如果連地址都寫上真的，我怕之後也許會惹出什麼麻煩，像這種旅館，有時事後還會寄什麼邀請卡來。
結果秋葉似乎察覺我的心事，在我耳邊囁語：「你何不填上日本橋的地址？」
我立刻領會她的言下之意，那是公司的地址。我點點頭，寫下那個地址，比起胡亂捏造一個地址，這樣輕鬆多了。但問題出在投宿者的姓名，我自己是寫本名，另外一欄我想了一下之後，填上片假名アキ❹，秋葉在旁邊咯咯笑。
辦好手續，我們在女服務生的帶領下前往房間，所有的房間都是各自獨立，而且每個房間

❹發音同「秋」。

都有露天浴池和檜木浴池。

進入房間後，女服務生開始做種種說明，其中讓我嚇一跳的，是在決定浴衣大小時。

「先生應該穿L號的吧？呃，夫人，不好意思，請問您身高多少？」

一六五公分——秋葉回答時態度落落大方，唯有在旁聆聽的我，心頭七上八下。

「看來我們像是一對夫妻。」女服務生離開後，我說。

「那當然囉，照一般說來的話。」秋葉嫣然一笑，她的笑容有些落寞。

我移到她身旁，輕輕從側面抱住她纖細的身體。她閉上眼，於是我把唇印上她的。

要是能有兩個身體就好了，我想。我必須守住現在的家庭，可是秋葉被稱為我太太的世界也強烈吸引我。我暗想，要是有一天能夠不用假名，地址也能寫真的，堂堂正正地來這種地方投宿，那該有多好。

這晚的我，飄飄然如登極樂仙境。泡過溫泉後，我們在房裡享用大餐，一身浴衣的秋葉，還沒喝酒就已臉蛋通紅。

「這次，兩位是為了什麼出來旅行？」

對於女服務生的問題，我是這麼回答的：「因為我內人想泡溫泉。」

秋葉垂下頭。

晚餐後，我們去泡露天溫泉。天空出現一彎新月，沐浴在低調幽微的燈光下，秋葉的肌膚白得發亮。

8

隨著我與秋葉的感情日深，上班也變得格外愉快，就連過去總感到憂鬱的週一早晨，我也精力充沛。不，或許該說正因為是週一早晨我才特別神采奕奕，因為週六、週日見不到秋葉。我們早就說好不能傳簡訊、打電話，在這兩天當中，我要扮演好丈夫、好爸爸。

「最近，你特別賣力照顧家庭喔！是洗心革面了嗎？」

這是週日帶園美去遊樂園回來，有美子對我說的話。

「妳這種說法太過分了吧。我只是因為最近工作比較輕鬆，所以覺得也該多陪陪園美。否則等我忙起來，就抽不出時間做這種事了。」

「理由就這麼簡單？」

「就這麼簡單，不然還有什麼？」

「沒事，我只是覺得你好像突然變得特別照顧家庭，所以猜想是不是有什麼契機促使你反省。」

「我才沒有反省什麼，也沒那個必要。」我一邊踩車子油門，一邊故意毫不客氣地反駁。心底卻提心吊膽生怕有美子是否已察覺什麼。照顧家庭如果做得太過火反而顯得不自然，尺度還真難拿捏。

總之，我的生活非常充實，去公司看到秋葉的臉，心情登時昂揚起來，週六、週日為家庭盡義務的疲倦立刻一掃而空。

如此春風得意的我，不久之後便面臨小小的考驗。那是週四，沒有加班的計畫，像往常一樣與秋葉獨處的時間逐漸接近。

下班時間剛過，我的手機響了，是有美子打來的。

她開口就先道歉：「在你上班時打來，對不起。」

「出了什麼事嗎？」

「說到這個啊，是園美發燒了。這種時間所有的診所都已不看診，可是又沒有嚴重到要叫救護車……」

我明白她想說什麼，大概是希望我早點回家吧。今早我出門時曾經告訴她，今晚可能會晚點回家。

我很擔心園美，如果病情實在太嚴重，也不得不考慮開車送她去掛急診。但另一方面我又惦記著秋葉。她已離開公司，肯定正像往常一樣前往新宿的體育用品店。她會搭地下鐵，所以現在也無法打手機聯絡她。

「吶，你今晚還是不能早點回來嗎？」有美子的語氣不像懇求，倒像是略帶責備地問我。

「不，沒關係。」我回答：「我會想辦法馬上趕回去，是不是該順便去藥局買點什麼比較好？」

「這個嘛……剛才我已經給她吃了兒童用的退燒藥，或許不要服用太多藥物比較好。」

「也對。那麼，我直接趕回去。」

出了公司，前往車站的途中我試著和秋葉聯絡，但她的手機還是打不通。無奈之下，我只好傳簡訊：「我女兒發燒了，必須立刻趕回家。不好意思，今晚不能赴約。對不起，我再跟妳聯絡。」

傳送後，我才開始後悔沒必要連女兒發燒的事都向她解釋，只要說臨時有急事就夠了。我希望盡可能不讓秋葉感受到我的家庭。

回到家，園美躺在和室裡。雖然睡著了，但臉色緋紅，好像很難受。有美子說，大約燒到三十八度。

「還有其他症狀嗎？」

「傍晚，她吐了，然後還拉肚子。」

我打電話到急診醫院，對方說可以立刻看診。抱起渾身無力的園美，我們離開公寓。到了醫院，看似實習醫生的年輕醫師替園美診斷。醫生的見解是，可能是感冒病毒拖累到消化器官，雖然這種解說方式很像一般老百姓，但是確定病情不嚴重，總算鬆了一口氣。

回到家，有美子用搓板將蘋果磨成泥餵園美吃，再度躺下的園美已恢復笑容。

「謝謝爸爸。」當我從棉被旁湊近臉孔探視時，園美虛弱地對我說。看來她明白，父親是為了她特地提早返家。

不客氣，我朝她一笑，暗自慶幸自己取消了約會。女兒的笑容是無可取代的無價之寶，這畢竟是不爭的事實。縱使失去一切，唯獨這個我絕對不想放棄。

園美睡著後，有美子從冰箱拿出啤酒。

「害你失去喝酒的機會太可憐了。」她在杯中注入啤酒。

餐桌一隅排放著上次用蛋殼做的聖誕老公公。細數之下共有七個。有美子說，全部都是她做的。

「我拿給幼稚園的一個媽媽看，結果她拜託我幫她做一個，我就隨口答應了，沒想到大家一個接一個都來討，我還得再做十個呢。」

「還要十個？」

「對呀，總不能給了這個人卻沒給那個人吧。」

「真辛苦。」

我一邊喝啤酒，一邊捫心自問，究竟有何不滿？有美子無論身為妻子或母親都很優秀，園美也可愛得沒話說。這種生活有哪一點不好？除此之外我還奢求什麼？

然而當我一個人回到寢室，還是立刻檢查手機信箱。我的整顆心都在惦記秋葉，約會突然取消，她不知會作何感想，而且取消約會的理由還是為了我的家務事。

沒有她傳來的簡訊，語音信箱也沒有留言，我頓時心生焦慮，擔心秋葉說不定正在生氣。好想聽她的聲音，如果她在生氣，我渴望盡快向她解釋，向她說明這是身不由己的狀況，取得她的諒解。

我關掉房間的燈，拿著手機鑽進被窩中。我從來沒在家裡打過電話給秋葉，但是再這樣下去，我實在無法安心睡覺。

我把棉被拉到肩上，保持鑽進洞穴的姿勢按下手機按鍵，心臟撲通撲通跳得好快。

電話打不通。她好像關機了。電話切換到語音信箱，於是我準備留言道歉。我急忙整理腦中思緒，盤算著該如何說明才能取得她的諒解。

但就在我即將發出聲音的前一瞬間，我察覺某種動靜。我關掉手機和房門開啟，幾乎是在同一時間。

「你已經睡了？」有美子的聲音傳來。我在被窩裡翻身。

床前站著身穿睡衣的有美子。

「妳怎麼來了？」我問。

她不發一語地鑽進被窩，我慌忙把手機丟到另一邊的床下。

「園美呢？」

「睡得很熟，放心，事後我會回去陪她。」

這句話，令我省悟有美子來找我的目的。我納悶她為何偏要選女兒發燒的這晚，但她想必也有自己的理由吧。

「今晚對不起，要是我可以自己設法處理就好了。」

「算了，幸好沒有變得太嚴重。」

「害你不能去喝酒真可惜。」有美子鑽進我的腋下。

這向來是我們的暗號，打從我倆還在熱戀時就習慣這樣的步驟。當她這麼做時，接下來我該如何反應早已制式化。

我們已有兩個月……不，三個月沒做了吧——我回溯記憶，本想計算卻又作罷。如果去想那種事，本來勃起之物恐怕也會不舉。

翌日到了公司，不見秋葉的蹤影。我朝白板一看，上面寫著她請假。為何請假呢？我本想問與秋葉一起工作的同事，卻又想不出藉口。我和秋葉在工作上幾乎毫無關聯。

她果然還是被昨天的事傷到了嗎？我不得不這麼想。男人到頭來還是注重家庭勝過情人——她或許這麼想，所以對我感到失望。

我利用工作空檔打她的手機，但完全打不通，發簡訊給她也沒回音。我就這麼坐立不安地任由時間流逝。

快到下班時間時，我打電話回家。有美子在家。我問起園美的狀況，她說今天園美沒去幼稚園，不過現在已恢復精神正在玩。

「聽妳這麼說我就安心了。老實說，今晚恐怕要晚點回家，因為昨晚臨時爽約，所以必須補償人家。」

「是嗎？你的客戶好像無論如何都想邀你去喝酒，是吧？」有美子的話中帶刺。

「總之，今天我實在推不掉，事情就是這樣，妳多包涵。」

「知道了，你別喝太多喔。」

掛斷電話後我不禁吐出一口氣，有美子的心情好像不錯，也許是昨晚的做愛奏效，看來今後可能也要不時做一下比較好。

我與有美子的做愛一成不變，按照一成不變的順序，一成不變的觸摸方式，一成不變的舔舐方式，一成不變的體位，在一成不變的時間點進行。有美子每次都是用同樣的表情，發出同樣的聲音，做出同樣的反應。就像資深駕駛在開車，即便什麼都不想，手腳也會自己動。連事後收拾的程序也一樣，無論是衛生紙的使用量，或者做愛所費的時間都一樣。我的射精量八成也是如此吧。

這幾年，性交對我而言就是這麼一回事，沒有臉紅心跳，也沒有焦躁不定，只不過是對外界刺激做出反應罷了。

雖然覺得真的很對不起有美子，但我已無法再忍受那種情況。之前也就算了，可是現在既已嘗到與秋葉的性愛滋味，我絕不可能再回頭。並不是因為秋葉太特別，性交畢竟還是需要有愛情，這是男與女的行為，而我們夫妻——我想世上大多數夫妻可能都一樣——早已不是男與女。

出了公司搭乘地下鐵，我前往秋葉的公寓。在電車上我自問，那我與秋葉便能永遠維持男與女的關係嗎？我倆就能永遠帶著心動的感覺做愛嗎？

我不知道，現在的我連想都無法想像自己會有厭倦秋葉的一天。

抵達秋葉的公寓，我按下一樓對講機，但是無人回應。

我猜她也許是出去買東西了，於是在附近的便利商店消磨了三十分鐘左右後，再次回到公寓，但她依然沒回來。

她該不會是自殺了吧——不祥的想像閃過腦海，但我立刻打消念頭，不可能發生那麼荒唐的事。

我試想秋葉可能會去的地方，能想到的只有一處。我離開公寓，前往車站。

搭JR快車抵達橫濱，再從那裡坐計程車。時鐘的指針已將近八點半了。

我在計程車上又撥了她的手機，但依然打不通，我決定在語音信箱留言。

「呃——妳毫無消息所以我很擔心，妳在哪裡？請跟我聯絡。現在我正要前往東白樂，不管怎樣，我先過去看看。」

掛斷手機，我吐出一口氣，手裡依然緊握手機。

「先生，你正在找什麼人嗎？」計程車司機主動問道。

「啊？不，還好……」

「你從剛才就一直在打手機，而且我又聽到你剛才說的話。最重要的是，你從上車時樣子就有點不大對勁。」

「啊！會嗎？」我不由自主輕觸臉頰。「我和朋友一時聯絡不上。」

「嗯……是女的？」

「呃，對。」

「那就難怪你擔心了。」後照鏡映出的臉孔正在笑。

真是不識相的司機，我暗想。不僅偷聽別人說話，還問東問西地猛打聽，說不定他正在猜想，我是被情人甩掉所以才滿心焦慮。

快到東白樂車站了。在我的指示下，車子開上陡峭的坡道，秋葉的老家終於遙遙在望。

「到這裡就好。」

「好。」司機踩煞車。報上車錢後，他看著窗外說：「先生，你的朋友住在這附近嗎？」

「是的。」

「嗯……我以前，也住在這一帶。那棟房子的事，你知道嗎？」他說著指向的，正是秋葉家。

「那間屋子怎麼了？」

「出過殺人命案喔！」

「啊……」

「已經超過十年了吧！我記得好像是殺人劫財。結果，似乎一直沒逮到犯人呢。」司機一邊找我零錢，一邊說。

下車後，我緩緩走近大宅，屋子的窗口隱約亮著燈光。

是鬧過命案的屋子喔——秋葉的話在腦海中重現。難道她那句話並非唬我的？

我戰戰兢兢地按下對講機，但是無人應答。我穿過大門，走近玄關的門，握住門把一拉，門居然輕易開啟。

「打擾了！」我試著喊。但還是無人回應。

我垂眼看向腳下，不禁一驚，脫在那裡的分明是秋葉的淑女鞋。

「秋葉！」我喊道。沒有回音，於是我又扯高嗓門大喊：「秋葉！」

我脫下鞋子，走進屋裡，客廳的門縫流瀉出光線。我毫不遲疑地開門。

鋪了地毯的地板上，躺著秋葉。

9

我邊喊她的名字，邊跑過去，結果小腿狠狠撞上大理石茶几的桌角，劇痛令我彎身折腰，同時把手放在秋葉肩上。我一再喊她的名字，搖晃她的身體，一邊搖晃，一邊告訴自己，就算這麼做也已太遲了。秋葉已經死了，她自殺了，因為我重視家庭勝過她，所以她在絕望之下心碎自絕於此——但下一瞬間，我慌忙抽手離開秋葉的身體，因為她發出「嗚哇」的聲音。之後，還喃喃咕噥，翻個身後又繼續睡。

我聽見她的鼾聲，也漸漸看清周遭的狀況。

安心和幾分錯愕籠罩了我，我全身虛脫，當場坐倒在地。頓時，剛才撞到小腿的劇痛再次襲來。我臉孔扭曲地摩挲小腿，順便用空著的那隻手搖晃秋葉的身體。

「快起來，秋葉，妳這樣會感冒的。」

秋葉的身體緩緩蠕動，她的臉轉向我，慢慢睜開眼皮。渙散失焦的雙眼朝我望了半晌後，這才慢吞吞地坐起上半身，蓬亂的頭髮被她抓得更亂。

「現在幾點了？」她用沙啞的嗓音問。

我看看錶。「九點左右。」

「早上九點？」

「是晚上。」

「嗯——」秋葉搓揉臉孔，眼神茫然地望著空中，不意間像是忽然察覺什麼般看向我。「你怎麼會在這裡？」

「我到處找妳，一直打妳的手機都打不通，傳簡訊給妳妳也不回，去妳公寓妳也毫無回家的跡象，我只好鼓起勇氣跑來這裡，結果卻看到妳倒在這種地方，差點嚇得我連心跳都停止了。」

而且小腿也很痛。

「手機？咦，我放到哪去了？」秋葉開始東張西望四下打量。

她的手提包放在窗口的盆栽上，皮包是掀開的，裡面的東西散落一地，其中也有手機。

秋葉手腳並用地爬過去，拿起手機。

「真糟糕，手機沒電了。」

「到底發生了什麼事？」

「什麼事也沒有，倒是渡部先生，你找我有事嗎？是急事？」秋葉神情怔忡地仰望我。

「倒也不是什麼事……我只是擔心妳怎麼了，況且妳也沒上班。」

「就算只是派遣社員，也有休假的權利吧？」

「我不是這個意思，我以為妳還在為昨天的事生氣。」

「昨天的事？什麼意思？」她蹙起眉頭，側首不解。她是在裝傻還是怎樣，我看不出來。

「我是說，昨天的約會我不是臨時爽約了嗎？」

「噢。」秋葉張嘴點點頭。「你說那個啊。可是，那也不能怪你呀，園美發燒了，不是嗎？」

「嗯……」

從秋葉的嘴裡冒出女兒的名字，令我莫名地不自在。園美這個名字我沒有刻意告訴她，是有一次聊天時，一不小心脫口而出。雖然就只有那麼一次，但女人絕對不會忘記這種事，不僅忘不了，還會常常提起，好像明白只要提起那個名字，就能令男人心頭陣陣刺痛。

「園美現在的情況怎麼樣？」

「好多了。」

「是嗎？那就好。」秋葉撩起劉海，再次仰望我。「渡部先生，你跑來這種地方沒關係嗎？還是回家比較好吧？」

「沒關係，重點是我已經問過好幾遍了，妳到底是怎麼了？為什麼會躺在這種地方？」

「什麼為什麼，沒有特別的原因啊。這裡本來就是我家，有時當然也會一個人喝點小酒，就算喝了酒直接睡在地上，也不會給任何人造成麻煩吧？」她有點不高興地撇嘴。「喂，你該不會以為，昨天取消約會的事已經傷害到我了？」

被她一語中的，我只能噤口不語。秋葉聳聳肩，像外國女明星那樣兩手一攤。

「你好像把我當成非常纖細易感的女人了，那麼，我應該稍微假裝受到傷害才對囉？喂！你真以為我是那麼沒常識的女人？如果你是那種自己的女兒都已經發燒了還想跟情人幽會的男人，我打從一開始就不會喜歡你。」

她那嚴厲的口吻令我無話可說，只能默默垂首。事到如今我才深深感到，外遇不僅傷害對方，同時也會傷到自己。

「不過，好像也有一點高興。」她說。

我抬起頭，秋葉嫣然一笑。

「這表示你很擔心我，對吧？所以才會大老遠專程跑來這種地方。」

我抓抓頭，為了掩飾害羞看向桌面。桌上放著白蘭地酒瓶和杯子。

「妳喝了很多？」

「這個嘛，我也不清楚。」

「妳從什麼時候開始喝的？」

「呃——」秋葉歪頭思索。「大概是中午吧。」

「中午？喂，妳到底是從什麼時候待在這裡的？」

「什麼時候啊……」講到這裡，她忽然兩眼一瞪。「你追根究柢地問這麼多幹嘛？我不是已經跟你說我不在意昨晚的事了嗎？那不就行了。」

「可是我在意，因為之前妳曾說過，即使回到這個家，妳也只會去二樓的房間，幾乎不曾進過這個客廳。可是現在，妳卻從中午就在這裡喝酒，還爛醉如泥睡得不省人事，會懷疑這是怎麼回事應該是正常反應吧？」

我才講到一半，秋葉就已開始微微點頭。她的表情看起來不怎麼愉快。也許是因為這是個不想被人提及的話題。

「早知道，當初就不跟你說那種事了。」

「哪種事？是令尊想賣掉這棟房子卻找不到買主的事？」

秋葉陷入沉默。看著她困惑的樣子，我不禁想起剛才從計程車司機那裡聽來的說法。

「來這裡的路上，我聽到奇怪的說法。」

秋葉訝異地抬起頭。我把在計程車上的對話告訴她，她雖然表情陰沉，卻並不驚訝。

「是嗎？你聽到人家那樣說啊，如果是當時住在這附近的人，會記得也是理所當然的吧。」

「上次聽妳提起時，我還以為那只是妳的黑色幽默。」

我凝視大理石茶几，腦海又浮現秋葉呈大字形躺在上面的情景。

秋葉走近茶几，在桌角坐下。

「詳細內容，你想聽嗎？」

她認真的眼神，令我的背上倏然一寒，想到會是什麼內容令她露出這種眼神，我不由得有點害怕。

不相干的事還是別聽比較好吧——男人的狡猾在這時探出頭。我在想，雖然很關心她，但是隨便涉入太深或許會後患無窮。

然而，我的嘴巴卻不受控制：「如果妳願意說的話。」

「真的？只怕你聽了之後，會退避三舍。」

「我才不會。」我逞強。「如果真有什麼在折磨妳，我想知道。」這並非虛情假意。

秋葉依舊坐在茶几上，伸手去拿巴卡拉水晶杯，杯中還剩下一點點白蘭地。

「妳最好不要再喝了。」

「我想邊喝邊說，不行嗎？」

「那……只能喝一點喔。」

秋葉舉杯，纖細的喉頭聳動，她吁口氣後，目光投向遠方。

「事情發生在我上高中時，當時正值春假，所以那天雖然不是假日，但我在家，當時我正在二樓房間練習豎笛。」

「豎笛？」

「我那時參加了管樂社。」

「噢？」我頭一次聽說。

「那天，除了我之外，我父親和父親的祕書小姐，以及阿姨三人也在。阿姨是我媽的妹妹，我媽死後，她三不五時會來幫忙料理家事。我從二樓下去一看，那邊的門是開著的，就像現在一樣。」秋葉指著這個房間的門。「沒有任何人的動靜，這點有些詭異。事後我才知道，當時阿姨出去買東西，而我父親去大學了。」

「大學？」

「我父親也在大學擔任經營學的客座教授，我沒說過嗎？」

「我只聽說他從事很多種工作。」

「他的確做很多種工作，教授也是其中之一。」

真厲害，我嘟囔。難怪住得起這種豪宅。

秋葉深呼吸，我預感終於要進入核心部分了。

「我站在門邊看著室內，看起來好像誰也不在，因為沙發上沒人坐，也沒人站著。可是一腳踏入室內的瞬間，我立刻察覺情況異於平時。是哪裡不一樣，我一時之間還不明白。我甚至就這麼站在原地思考了好幾秒鐘，然後終於將目光移向茶几。你可能覺得奇怪，之前我看了沙發，卻沒看茶几。」秋葉的指尖擦過茶几光滑的表面。「看到那個的瞬間，我的腦中一片空白。」

「……那裡有什麼？」我吞口水。

秋葉慢吞吞地眨了一下眼。

「茶几上放了一個好大的假人……看起來就像那樣，但我的腦中早已明白那並非假人，只是我心中的某種東西拒絕接受事實。我就這麼呆站著……嗯，對，只能用呆呆站著來形容。我發不出聲音，腳也動不了，甚至無法移開目光，自那個假人身上移開，那個看似假人的東西。」

「之前妳提起這件事時，說過呈大字形躺平……」

「嗯。」秋葉看著我點頭。「大字形。就在這張茶几上。」

「那是誰？」我的心臟跳得飛快，腋下汗水狂流。

「用減法也知道吧。」

「減法？」

「家中除了我本來還有三人，可是阿姨和我父親都出門去了，如此一來，還剩下一個人。」

我反芻她剛才說的話。

「令尊的祕書？」

「答對了。」秋葉頷首。「是本條小姐。」

「本條小姐……這是她的名字啊？」

「是書本的本，條件的條，名字叫做麗子，美麗的麗。實際上，她的確很美麗，比現在的我還大上幾歲，可是看起來比現在的我年輕多了。她的身材修長，也很有才華，還講得一口流利英語。帶著她到處走的父親總是非常驕傲，大概是受到眾人豔羨會有種快感吧！」

「就是那個人躺在這張茶几上？」

「對，她被殺死了，胸口插著一把刀，可是幾乎完全沒流血，白襯衫沒怎麼弄髒。」

「我曾經聽說，只要不拔出刀子就不太會出血。」

「聽說幾乎是當場死亡。」秋葉說：「據說刀子深達心臟。警方的人說，那種情形非常少見，因為要刺中心臟，就像把裝滿水的塑膠袋吊起來，然後拿刀子去刺，其實分外困難。心臟不是會撲通撲通跳嗎？對方如果靜止不動或許還有可能，但情急之下應該會抵抗，所以連警方都說，那堪稱神乎其技。」

這種事我想都沒想過，但腦中登時湧現那幅畫面。

「結果妳怎麼做？」

「什麼也沒做，或者該說我做不到，當我回過神時，已經被抱回床上躺著了，據說是一看到屍體就當場昏倒。那時我的體質虛弱，常常有貧血的現象。」

碰上那種狀況，我想就算體質不虛弱的人恐怕也會面無血色吧！

「被抱回床上躺著——意思是說在妳之後又有誰發現了嗎？」

「好像是我阿姨回來，發現了我們——我是說我和本條小姐。」
「妳阿姨想必也大吃一驚吧。」
「她事後說，當時差點暈厥，但這個節骨眼不能連她也昏倒，於是當下先通知我父親。我父親急忙趕回來，把我抱到房間，然後才報警。阿姨說她當時慌了手腳，所以連應該報警都完全拋在腦後。」
這是極有可能的事，我點點頭。人類這種生物面臨緊急關頭，往往會做出很荒謬的事，但有時也會疏忽最重要的事。
「是強盜幹的嗎？」
「最後只能這麼推斷，失竊的只有本條小姐的皮包，家裡的東西全都沒事。面向庭院的落地窗開著，所以據說犯人可能是從那裡逃走的。現場沒有留下指紋之類的東西，也沒有目擊者。唯一的線索就是刀子，但那是大量販賣的商品，所以一籌莫展。」
「那麼，最後還是沒逮到犯人嗎？」
「嗯。」她點點頭。「非假日的白天，對住宅區而言是惡魔的時段。路上行人稀少，屋裡多半也沒人在，再加上像我家這種房子又有高牆環繞，一旦侵入完全不用擔心會被外面的人看見，根本是正中強盜下懷。據說犯人可能是從落地窗侵入，正在物色室內的值錢物品時被本條小姐發現，於是拿其攜帶的刀子行兇，就這麼逃逸無蹤，但是知道的僅此而已。那一陣子來了好多刑警先生，我也必須一再重述同樣的說法，幾乎快要瘋掉，最後還是毫無頭緒。漸漸地，刑警不再上門，案子就這麼不了了之，其實事情根本沒有了結。」

一口氣說完後，秋葉長嘆一口氣。
「故事到此結束，這就是今天的推理劇場。」
我沒心情因秋葉的笑話而笑，再次環視室內，十幾年前，在這個場所曾經發生如此悽慘的案件。想到這裡，我感到室溫似乎有點下降。
「我總算明白妳不願進這個房間的理由了。」
「不過，我想我父親受到的打擊更甚於我數倍。」
「畢竟是在自己的家裡發生這種事，再加上他又失去了優秀的祕書。」
秋葉搖頭。
「比起失去優秀的祕書，我想心愛的人過世對他的打擊更大。」
不解其意的我看著她。
她繼續說：「是情人喔，本條麗子小姐也是我父親的情人。」

10

橫濱海洋塔（Marine tower）的下半部發出綠光，上半截是紅色的，據說是模擬聖誕樹，但我實在看不出來。

另一方面，豪華客輪冰川丸的燈飾完全是聖誕節那一套，中央的桅杆周遭，按照聖誕樹的外形排列了無數燈泡。

我們來到山下公園，因為晚餐後，秋葉提議想乘著夜色散散步。雖然是晚餐，其實我們只是在東白樂車站旁的拉麵店吃了拉麵與煎餃，還有一瓶啤酒。像今晚這樣，聽完殺人命案的故事後，實在沒那個心情上高級餐廳喝葡萄酒。

屍體在意外的時間以意外的形式呈現在眼前會受到多大的衝擊，我完全無法想像。張開手腳陳屍自家客廳的女人，胸口插刀，而且是父親的情人——我感到頭暈目眩。

「你為什麼不說話？」秋葉問。

「不為什麼，該怎麼說呢……只是一時想不出適當的話題。」

「你是不是正在想，居然因為擔心我，大老遠地飛奔到這種地方，自己到底在搞什麼。」

「我沒有那麼想，我很慶幸妳平安無事，也很高興能聽到往事，既然妳有這種經歷，我應該更早知道才對。」

「為什麼？」

「因為……」我在瞬間躊躇後說：「喜歡一個人當然會想要了解對方的一切，或許幫不上任何忙，但是透過了解，有時也能替對方多設想。」

秋葉定定凝視我的雙眼，然後合攏大衣前襟。晚風吹亂她的頭髮。

「我們也該回頭了吧？」我提議。

「你現在非回家不可了？」

秋葉的問題令我有點意外，到目前為止，我要回家時她一次也沒抗拒過。

「不，時間還不急。」我看看錶，快要十一點了。「是因為太冷。」

「那麼，再陪我去一個地方喝酒，好嗎？我不是說過有熟人在經營酒吧？就在這附近。」

我回視她點頭同意。「好啊，是什麼樣的店？」

「很破舊的店，你最好有心理準備。」秋葉說著，邁步走出。

那間店緊靠在中華街旁，從老舊大樓的入口走上短短的階梯，右側有一扇木門，門上掛著寫有「蝶之巢」的小招牌。

店內很暗，地方也不大，靠裡面有一個約可容納十人左右的吧檯，前方有三張圓桌，牆上張貼舊海報，架子上陳列著看似古董的小擺飾。

店內只有兩桌客人，而且都是情侶檔，吧檯旁坐了一名中年婦女，而吧檯內則是個白髮酒保。

我們一進去，酒保看著秋葉點點頭。他倆似乎認識。

秋葉駕輕就熟地在吧檯前坐下。

「我照舊。」她對酒保如此說完後轉向我。「渡部先生，你呢？」

「妳所謂的照舊是什麼東西？」

「用蘭姆酒做基酒的低濃度雞尾酒，男人是否喜歡就不知道了。」

「那麼，我喝啤酒就好。有健力士（Guinness）嗎？」

有的，酒保低聲回答。

「還好意思說照舊，妳又沒有常來。」坐在一旁的女人說。女人看起來約莫五十歲左右，妝有點濃，但還不至於流於俗豔，身上罩了一件五顏六色的開襟外套。

「我當然有來。是妳自己不知道罷了。」

秋葉的尖銳回嘴，令我吃了一驚。

「就算在男朋友面前，也犯不著死要面子吧？」那個女人如此說完，看著我嫣然一笑。「你好，幸會。」

見我手足無措不知如何搭腔，秋葉驀然鬆口。

「這是我阿姨，已故母親的妹妹。」

「啊……」聽到這裡，我更加慌亂了。

秋葉的阿姨，正是剛剛聽說的殺人命案中的登場人物之一。

「咱們家的任性丫頭麻煩你照顧了。」

女人拿出名片遞給我，上面印著：「BAR蝶之巢　濱崎妙子」，我也連忙掏出名片。

「原來是公司同事啊？這麼彆扭的丫頭真的能勝任上班族的工作嗎？」阿姨問我。
「沒問題，她好像做得很稱職。」
「那就好。那麼，她做為情人的表現呢？」
「啊？」
「阿姨，好了啦。」秋葉瞪眼。
阿姨站起來，移到我身旁的位子。
「我說渡部先生，你可別勉強喔。男女之間勉強是大忌，只要在彼此能力所及的範圍內想著對方就好了，如果硬要做自己做不到的事，或是慌慌張張地強求結果，一定會出現破綻。一切都得順其自然，聽天由命，懂嗎？」
看著她的眼我不禁屏息，雖然她的語氣帶著醉意，眼睛卻清醒地直視著我。我當下恍然，阿姨知道我已婚。
我默默頷首，啜飲啤酒，不知該如何回應才好。
「好了啦，阿姨，妳走開啦！」秋葉插嘴。
「兇什麼，讓我再多說兩句嘛！」
「妳只是喝醉了，在碎碎唸而已，人家渡部先生會困擾的。」
「知道了啦，打擾你們真是抱歉喔！那麼渡部先生，咱們下次見囉！」阿姨一口喝光剩下的白蘭地，遁入後方那扇門。
「她那樣是什麼意思？」我小聲問。

「哪樣？」

「她好像已察覺我不是單身。」

「也許吧。」秋葉滿不在乎地回答：「放心，那個人對那種事絕不會有意見。」

「是嗎……」抱著複雜的心情，我喝起黑啤酒。

據秋葉表示，「蝶之巢」本來好像是阿姨的朋友開的店，但十年前那個朋友因蜘蛛膜下出血而死，之後就由阿姨接手了。因為阿姨早自數年前就開始在店裡幫忙，所以接手也比較順利。

「以前，她是完全不適合做服務業的那種人，結果現在卻變成彩色夫人，由此可知環境果真能改變一個人。」

「彩色夫人？」

「是我給她取的綽號，不過，那種怪異的穿著也是她本人苦心積慮的成果，大概是覺得既然要經營這種店，就得先從外觀改變吧。」

我再次想起那椿殺人命案，實在很難想像在那個故事中登場的阿姨和彩色夫人會是同一個人，不過聽到秋葉現在的說法，倒也可以理解。

「她年紀輕輕就離婚了，收入很不穩定，所以才會來我家做類似幫傭的工作，之前說的那起事件發生後，她也不再來我家了，然後就開始在這間店幫忙。」秋葉靜靜地說：「那起事件改變了很多人的人生呢。」

好像是呢，我低語。我的聲音變得像感冒的老人一樣無力、沙啞。

沒坐多久之後，我們便離開酒吧，再次回到山下公園旁，當然海洋塔的燈光和冰川丸的燈飾都已熄滅。
「我想必也令妳做了很多勉強為之的事吧？」我說：「正如妳阿姨所言，男女之間勉強是大忌。」
「阿姨說的話你用不著放在心上，況且我也沒有勉強什麼，只是在做自己想做的事。」
「我不這麼認為，不管怎麼想，妳的立場應該都很為難，也會遇上像昨天那種事。但我希望妳相信，如果發燒的不是園美而是妳，哪怕有任何事我都會飛奔到妳身邊。」
於是秋葉露出悲哀的眼神笑了，她搖搖頭。
「算我求你，做不到的事請你別說。」
「怎麼會做不到，我是說真的！」
「那我問你，如果我在平安夜發燒怎麼辦？」
秋葉的話令我慌了手腳，這個問題出乎意料。即便如此，我當然也會飛奔而至——我應該自信十足地如此回答。
「拜託你別一臉想哭的樣子。」秋葉的表情轉為苦笑。「你也不想那樣困擾吧？所以做不到的事還是別承諾比較好。」
我搖頭。「不會做不到。」
「算了。」
「不、不能算了，我不希望妳以為我是隨口說說。」
「我沒那麼想，所以你放心。已經沒事了，你回去吧，時間也晚了。」

「平安夜我會與妳共度，我發誓。」

「夠了。」秋葉不耐煩地搖手。「這只是假設，你用不著那麼認真，聖誕節我沒有感冒的計畫，就算真的發燒了也不會告訴你，所以你用不著為了那種事負氣。」

「我才沒有負氣，我們在談的也不是假設。」我走近她，雙手抓住她的肩膀，凝視她的眼睛繼續說：「今年的平安夜我會與妳一起度過，縱使妳沒發燒我也會這麼做。」

秋葉的瞳孔似乎倏然放大。

「你是說真的？」

「真的。」

「如果是開玩笑，這個玩笑非常惡劣喔！但我可以原諒你，所以如果你是在開玩笑，最好趁現在告訴我這只是玩笑。」

我抓住秋葉肩膀的雙手更用力，說：「這並不是什麼玩笑，我不想讓妳傷心，平安夜與自己最愛的人一起度過不是理所當然的嗎？我要與秋葉共度，我保證一定會！」

如果有人在旁邊看到我的言行舉止，而且此人倘若已有妻室，肯定會認為我瘋了。做不到的承諾就別做——這是外遇的真理。

潛藏在我內心的另一種人格拚命試圖阻止我的暴走——秋葉也說，現在還可以視為玩笑一笑置之。順著她給的下台階，現在就向她道歉方為上策，拜託請你這麼做吧！

但我的暴走，連自己都阻止不了。

「二十四號，妳記得把時間空出來。」我不忘再次強調。

「二十三號先過我也不介意喔。」

「這和天皇生日❺無關，我說的是平安夜。」

秋葉嘆了一口大氣。她緩緩閉眼，然後睜開。她的雙眼凝視我。

「被你這麼一說，會害我產生期待。」

「這樣最好，我絕不會辜負妳的期待！」我抱緊秋葉的身體。

❺十二月二十三日乃天皇生日，為日本的國定假日。

11

在泡沫經濟時期，世間一片繁榮好景，男人為了追求女人，花錢如流水也不手軟。每次約會都要送上一流的名牌禮物，邀請女人上高級餐廳吃飯，打腫臉充胖子也要買進口轎車送女人返回她的時髦公寓。有時在一個女人身邊，會同時有好幾個凱子分擔這些開銷。這些人對於自己私底下被人識為負責接送的司機、負責請吃飯的飯主、負責送禮物的金主等等自然毫不知情，而女人卻和真命天子去豪華大飯店上床，事實就是如此。

戀愛通貨膨脹在平安夜這晚迎向最高潮，為了這一晚，男人紛紛預約餐廳，事先訂妥飯店房間，奔向蒂芬妮（Tiffany）。飯店間間客滿，餐廳吃定客人的弱點，把聖誕晚餐標上貴得可笑的價錢。蒂芬妮大排長龍，沒買到「OPEN HEART」銀鍊的男人就得做好被女友甩掉的心理準備。

我也曾是這樣的笨男人之一，穿著不搭調的寬鬆時髦西裝，手捧玫瑰花束，站在二十歲出頭的小夥子會覺得門檻太高的飯店大廳等候女友，一心認定如果不這樣做就會讓女友跑掉，實際上也的確如此。對於男人們的獻身大戰，女人早已司空見慣，她們的要求愈演愈烈，就像反覆練習揮棒擊球般一次接一次襲向我們，跟不上要求的人就會被淘汰。

但是當時很快樂，戀愛的通貨膨脹和任性的揮棒練習對我們男人來說雖然不容易，但困難愈多，克服之後得到的東西似乎也愈有價值。所以，在還沒確定能與誰共度聖誕節前，就已搶先訂下飯店房間，不惜將購屋定存基金解約也要買蒂芬妮的項鍊。

現在，我和那時有同樣的衝動，雖然不再像當時那樣企圖砸下超乎必要的錢，但光是盤算要和秋葉在哪間店共度便興奮不已。幸好，現在要預訂餐廳已不像以前那麼困難了。

只是，正如年輕時代的我遭遇過種種障礙，現在的我眼前也矗立著一道高牆。那就是，我已有必須一同度過聖誕節的家庭。

平安夜正一分一秒地逼近，我很焦急。事到如今，我不能跟秋葉說還是無法見面。該如何是好？我拚命思考，得到的結論就是——單憑自己一個人絕對辦不到！

「喂，你瘋了嗎？」新谷的反應正如我所料，他放下芋頭燒酒摻熱開水的杯子，長嘆一口氣。「如果只是外遇倒也還好，沒什麼好驚訝的，就連我自己也不是完全沒發生過這種事。」

「啊？真的嗎？這我倒是頭一次聽說。可是上次你不是還說我們在世人眼裡，已經是歐吉桑不是男人了。」

新谷皺起臉。「如果單論道德，我們的確已不是男人，重拾男人身分也就是拋開道德之時，所以外遇才會叫做不倫。」

從新谷的嘴裡，冒出和他的形象完全不搭調的道德這種字眼，令我有點錯愕，同時也很沮喪，原來連他這種男人都在乎道德。

「我自己也知道這是不對的。」我握緊生啤酒的酒杯。

「事到如今，你垂頭喪氣又有什麼用？我無意勸你結束外遇，你也不是傻瓜，如果能夠懸崖勒馬想必你早就這麼做了。心裡一直想著要結束、要結束卻還是拖拖拉拉藕斷絲連，外遇就是這麼一回事。」

「你可真了解。」

「但是，唯獨你承諾平安夜幽會這件事我實在無法贊成。我告訴你，唯獨這件事你絕對不能做。」

「我知道，可是……」

「可是還是不得不許下承諾嗎？我是不知道箇中內情啦，但你最好打消念頭，否則那已不是單純的玩火遊戲了，你該不會已經有心理準備了吧？」

「什麼心理準備？」

「和有美子離婚的心理準備呀！」

我微微搖頭。「我想都沒想過……」

「那最好，本來就不該有那種念頭，外遇應該在絕對不離婚的前提下進行。」新谷說到這裡，滿臉詫異地看我。「喂，你在發什麼呆？」

「啊？沒有，我之前是沒想過要離婚啦……」

「你可別說但是現在聽我說著說著，就突然萌生這種念頭了。聽著，渡部，我不會叫你現在立刻停止外遇，但是唯獨這點你絕對要遵守：千萬不能讓有美子發現，別做任何會露出馬腳的事。這是遊戲規則。」

「這種事我當然明白。」

「不，你不明白，就是因為不明白，才會有平安夜與情人幽會的傻念頭。快點醒醒吧，渡部！不要再執迷不悟了。」

我做個深呼吸，喝了口啤酒。

「知道了，我不會再求你了，跟你說這種麻煩事真不好意思。」

「你打消念頭了嗎？」

「不，我只是說不會求你幫忙。」

「渡部……」新谷萬分為難地挑起眉尾。

「我已經許下承諾，事到如今，我不能告訴她那是騙人的，況且我也不想讓她在平安夜忍受寂寞。」

「這是沒辦法的事，只要她和有婦之夫談戀愛，就得有這種覺悟，她自己應該也心知肚明。」

「她知道，她也這麼說過。」

「既然如此——」

「可是我自己無法接受！她基於某些因素已經失去了家庭，我不能撇下這樣的她，自己去和家人共度佳節。」我拉過帳單，打算連新谷的酒錢一起付。「你這麼忙還找你出來，真不好意思。」

「慢著，渡部，我們再喝一杯。」新谷咚咚猛敲自己的額頭。「萬一被有美子發現了，你打算怎麼辦？」

「我會小心不讓她發現。」

「你當然該這樣做，但你也得先設想一下，萬一東窗事發時怎麼辦？基本上，無論被逮到什麼證據，你當然都只能否認到底，但是有時這套也會不管用，我是在問你到那時要怎麼辦。無論如何，你絕對不能一時衝動提出離婚喔！因為那樣做誰都不會得到幸福。」

「縱使我不提離婚，我老婆說不定也會主動要求吧。」

但新谷再次用力搖頭。「她不會說。」

「為什麼？」

「因為女人很聰明。」他大口灌下加了熱開水的芋頭燒酒。「我剛才不也講過了嗎？誰都不會幸福，有美子也一樣不會幸福，所以她不可能選擇那條路。」

新谷叫住女店員，又點了一杯芋頭燒酒兌熱開水，我叫了生啤酒。

「不然你到底要教我怎麼辦？」

「這還用得著說！」新谷大力拍桌。「如果被有美子發現了，不管怎樣先道歉再說，向她道歉，然後發誓絕不再犯。你要向她下跪，發覺老公偷吃時，老婆首先要求的是道歉，然後是發誓。女人不會被怒火沖昏頭做出摧毀生活基盤的莽撞之舉。你最好從現在就開始練習下跪。」

「不過，如果真的弄到那種地步，我也覺得不管怎樣都得先道歉。」

「喂，看來你還是沒搞懂。」新谷指著我的鼻子。「我所謂的道歉，可不是只有那一時片刻喔。下跪只是贖罪的開始，永遠不會有終止的一天，一輩子都得繼續道歉。你在老婆的面前永遠抬不起頭，在家裡也會無地自容，直到夫妻之間有一方死掉為止。」

從以前就口才過人的新谷，即便在這種時候依舊充滿說服力和震撼力。

「怎樣，簡直是地獄吧？你能忍受那種地獄嗎？你已有不惜做到那種地步的心理準備嗎？」

「雖然不願想像，但我會銘記在心的，更何況我打從一開始就知道，外遇潛藏著失去一切的危險性。」

新谷重重嘆氣，猛抓腦袋。

「讓你迷戀到這種地步，可見一定是個大美女吧？改天我倒想瞧瞧她的長相。」

「你已經見過了。」我說：「在棒球練習場。」

這是個晴朗得嚇人的好天氣，透過蕾絲窗簾射入的陽光升高了室內溫度，向來喝熱牛奶的園美今早說，她想喝冰牛奶。

「你今晚大概要幾點才能回來？」有美子一邊在我面前放下咖啡，一邊問。

「大概七點吧，前提是如果沒加班的話。」

「平安夜還叫你們加班？公司也太不體貼人了。」

「我們的工作本來就不確定幾時會發生什麼狀況。」

「可是，如果沒事的話你七點就能回來吧？」

「嗯，應該是。」

「別忘了買禮物喔！還有香檳酒。」看著準備上幼稚園的園美，有美子壓低嗓門說。

「我知道。」我對她擠擠眼。

早在一週前我就已告訴有美子，今晚要在家吃飯。去年我們一家三口是上館子慶祝，但今年我無法如此承諾。給母女倆的禮物和香檳前天就已事先買好，現在放在公司的置物櫃裡。一切都是按照新谷的建議。

吃完早餐，我抱著公事包走向玄關，穿上鞋子時，放在旁邊的紙袋吸引了我的目光。

「這是什麼？」我問。

有美子把手伸進紙袋，拿出來的是上次那種用蛋殼做的聖誕老公公。

「今天傍晚，幼稚園會有個小小的聖誕派對，我打算到時候帶去給人家。」

「聽妳這麼一說，之前妳好像的確提過這回事。」

「結果，我總共做了十五個，累死了。」

「記得讓園美替妳按摩一下。」

我邊說，邊取出手機，憤然咂舌。「啊，慘了。」

「怎麼了？」

「手機快沒電了，昨天我忘記充電了。」

「那你要把充電器帶著嗎？」

「不，算了，如果忘在公司反而不好，我到便利商店再買一個。」

平凡無奇的對話，但是有美子應該沒發覺這段對話之中隱藏著重大意義。

我像平時一樣在有美子的目送下走出家門，服裝也和平時一樣，一切都得一如往常才行，連一點點差異都不能有。對已婚男性而言，平安夜不是特別的日子，沒必要精心打扮。

到了公司，我先找秋葉。她坐在電腦前，正在看某本雜誌，桌上放著即溶咖啡紙杯。

我確認她的周遭沒人後，從自己的座位打電話。她身旁的電話響起。

「電燈一課，您好。」秋葉的聲音傳來。

「是我。」我稍微把脖子向後扭，我知道她會從電腦後面看著我。「今晚，沒問題吧？」

「我是沒問題啦……但你真的可以嗎？」

「應該不成問題，地點和時間就照我之前說的。今天我會把手機關機，如果有事要聯絡就寄電子郵件到我的電腦。」

「你為什麼要關機？該不會是打算硬生生地搞失蹤吧。」

「搞失蹤？」

「你對你太太報備過今晚會遲歸嗎？你該不會什麼也沒交代，一心以為只要關機就沒事了吧？如果你那樣做，事後會很麻煩喔。」

「我不會做那種事，妳不用擔心，那麼，今晚就這麼說定了。」

掛斷電話後，我偷窺秋葉，她正朝我看來，一臉納悶地歪起頭。我莞爾一笑，朝她點頭示意。接下來那幾個小時，我坐立不安。我一直在等一通電話，無論是在看圖或是與人商談之時，我都忍不住去注意桌上的電話。

下午四點過後不久，那通電話打來了，是有美子打的。

「手機的充電器，你沒買嗎？你的手機完全打不通。」

「我買了，可是無法順利充電。找我有事？」

「這個嘛……」她沉默了一下之後才說：「剛才新谷先生打電話來，他好像想跟你聯絡，可是同樣打不通你的手機。」

「新谷說什麼？」

「老公，有一位野田老師你認識嗎？」

「野田老師？噢，認識啊，那是我大學修專題講座時的老師，不過他現在當然早已退休了。」

「聽說那位老師過世了。」

「啊？」我繼續使出渾身解數演戲。

晚間七點，我按照預定計畫在自家桌前坐下。把小狗布偶送給園美，白金項鍊送給有美子，桌上放著聖誕蛋糕和香檳酒。

「真是太倒楣了，居然選這種日子守靈，可是我不去也不行。」

我邊喝香檳，邊不耐煩地抱怨。

「你要搭幾點的新幹線？」有美子問。

「搭八點多的應該來得及，十一點會抵達新大阪車站，我再從那裡搭計程車去守靈會場，大家應該已經先趕過去了。」

「真是辛苦。」

「抱歉，無法陪妳們。」

「這也不能怪你，況且，你好歹也已經先盡過家庭義務了。」有美子的目光移向園美，園美正在沙發上和小狗布偶玩耍。

三十分鐘後，我鑽進計程車。目的地不是東京車站而是汐留。我已預訂高層大樓最頂樓的餐廳。我身旁放著旅行袋，裡面裝了喪服。我向有美子說明，今晚要幫忙守靈，明天在喪禮會場當招待。

其實野田老師是在兩年前過世的，但那時出了某些差錯，沒有聯絡到我，所以我自己也是直到最近才得知老師過世的消息。這件事我沒告訴有美子，反倒成了天賜良機。

八點整，我抵達餐廳，環繞全店的玻璃帷幕外是東京的無垠夜景。我在服務生的帶領下走到窗邊席，身穿黑色洋裝的秋葉早已在座。她仰望我的雙瞳，似乎有點濕潤。

「我還以為你不來了。」她說。

「怎麼會。為何這麼說？」

「因為，」她驀地嘆息。「這本來就是強人所難。」

「怎麼會強人所難，我不是如約而來了嗎？」

「我很高興，但是……」她垂首。

「怎麼了？」

秋葉凝視我，朝我伸出手，她的指尖碰到我放在桌上的手。

「雖然高興……也很害怕。」

「妳在說什麼傻話。」

我喚來服務生，點了兩杯香檳。

12

快樂時光在一眨眼之間過去。

那段時光愈是充滿光輝、為此付出的犧牲愈大，愈會在一瞬間後離開我的手中。

我倆在飯店共度了平安夜，秋葉比過去任何時刻都更美麗、更可愛，而且更妖豔。我們裸裎相擁，做愛之後互相凝視，款款傾訴事後回想起來肯定會感到害臊的愛語，等到心情激昂起來便再次做愛。

我捨不得浪費時間睡覺，即便讓她枕在我臂上，也努力睜著眼。

「妳想睡就睡沒關係。」我說出違心之論。

我不要緊，秋葉說。但幾分鐘後，她已開始發出鼾聲，數位時鐘顯示已過了深夜兩點。

我一邊感受著秋葉的髮香，一邊閉上眼，回想這段夢幻時光時，腦中一隅又忍不住開始盤算。明天，我應該在大阪的喪禮會場當招待，為此我還請了年假，做完招待工作後就回家——回我的家。

那是有我的家人在等待的家，家裡有個不是秋葉的女人，和那個女人替我生的孩子，是我本來的安身之處。毫不知情的她們是怎麼度過平安夜的呢？想到這裡我就心痛。除非和秋葉分手，否則我永遠無法擺脫這種痛楚，為了得到與秋葉共享的幸福瞬間，這是我不得不甘心承受的代價之一。

慾望、迷惘、畏怯、勇氣——種種念頭與情感在我心頭掠過，我的腦袋就像高速公路的交流道，當那些思潮來個徹底的大洗牌，再也分辨不出什麼是什麼時，我終於感到睡意降臨。

翌晨當我醒來時，身邊已經不見秋葉。我本來以為她也許在洗澡，但是沒聽到任何動靜。我覺得奇怪，只好起床拉開窗簾。聖誕節當天的東京，看起來和以往的早晨一樣灰頭土臉，教人無法相信，這和構成昨晚美麗夜景的城市是同一個。

桌上放了一張紙條，是秋葉的字跡。

「早安，睡得好嗎？我要上班所以先走了。謝謝你的招待，昨晚很開心。」

我拿著紙條環視室內，秋葉的皮包不見了，我也檢查過衣櫃，裡面只有我的大衣。

我檢閱手機，發現新谷傳來的簡訊：「穿上喪服去小鋼珠店，記得充分沾染菸味，也別忘記把領帶弄縐，然後穿著喪服直接回家。最後還有一點，把昨晚的幸福回憶封印起來。」

看著內容我暗自佩服，這些全是我想都沒想過的事。

我依他所言穿上喪服，退掉飯店房間後，走進新橋的小鋼珠店。我大概已有十年沒打過小鋼珠了，我盡量選擇充滿菸味的位置，隨手彈出鋼珠。

耗了一個小時後，我去有樂町獨自看電影，這部片子我本來打算和秋葉一起看。是愛情喜劇，但一點也不好笑，而且周遭全是情侶也讓我坐得很不自在。

之後，我一路步行至東京車站，買了一盒壽司後搭上計程車。還不到傍晚五點。

打開家門時，不祥的預感掠過心頭，但這已是每次必有的現象。我與秋葉的情事是否已被有美子發覺？若已被發覺該怎麼辦？縱使沒被發覺，是否也犯下什麼重大失誤令她起疑？我抱著種種不安開門。

正在脫鞋時，有美子自裡屋出現了。我不敢正眼瞧她，害怕確認她現在是何種表情，這這種不安也是外遇必須付出的代價。

「你怎麼這麼快就回來了，我還以為要耗到晚上。」

有美子的聲音和往常一樣，我總算抬起頭看著她。

「他們找我去喝酒，但我推掉了，因為實在很累。」

「辛苦了，累壞了吧？快去換衣服吧，你身上的菸味好重。」

「那當然，因為大家都不停抽菸嘛！」

「那種地方都是這樣的。」

「園美呢？」

「在睡覺，一早去小朋友家，八成玩累了，不過也差不多該叫醒她了。」

「這是伴手禮，在新幹線上來不及吃飯，我都餓扁了。」

看著壽司盒，有美子嫣然一笑。「那，我去泡茶。」

她的笑容解開了我的心鎖。

我回到寢室，地上放著紙袋。很眼熟。裡面本來應該裝著蛋殼聖誕老人，看樣子幼稚園的聖誕派對順利結束了。

換好衣服我回到客廳，看起來才剛睡醒的園美呆坐在沙發上，但是一見到我，頓時瞪大雙眼。

「爸爸回來了！」

「我回來了。」我在園美身旁坐下。

我一邊和女兒玩鬧，一邊等待妻子替我泡茶，這是幸福祥和的家庭時光，我絕對無法失去這個。這種事我早已明白，但另一方面，當我這樣享受家庭時光之際，卻又萌生和昨夜不同的另一種心痛。昨晚是因為背叛妻子而痛，現在是想到秋葉，悲從中來。

留在飯店桌上的紙條閃過我的腦海。她早就明白了，她明白，今天我應該盡快回家比較好。不能再這樣下去了，唯有這個迫切的念頭愈來愈強烈。

翌日晚上，我被新谷叫出去，事實上我也正想和他聯絡，當然是為了向他致謝。得知一切安然無事，新谷用力深呼吸，喝下生啤酒。

「我總算安心了，不過僅此一次，下不為例。這種像特技表演的手法，不能一用再用。」

「謝了。」

我把留在飯店的紙條告訴他，也把秋葉可能是體諒我的處境，所以才默默先走的推測說出來。

「八成是這樣吧。」新谷說：「但是，我可要提醒你，她這並不只是替你省掉麻煩，不讓你說出拙劣的謊言，才是她這麼做的主因。」

「兩者不是同一碼事嗎？」

「完全不同，她為什麼不想讓你說出拙劣的謊言？因為那種謊話立刻會被拆穿，因為你們兩個的關係如果被你老婆發現，她也一樣會有麻煩。她既不想破壞與你的關係，也怕被你老婆興師問罪，所以才會留下那種紙條自己先離開，你要去理解共犯的意圖。」

新谷的說法極有說服力，但是，共犯這種字眼令我心生排斥。

「即便如此，她不也多方容忍退讓了嗎？」我戰戰兢兢地試著說。

「那是應該的。」新谷毫不留情地說：「不要讓我一再重述，好嗎？你們是在搞外遇，她這點忍讓是理所當然。除夕夜和正月新年都不能在一起，想像男人和老婆、小孩共享天倫之樂的情景就想抓狂，這才是情婦該有的正確姿態。她如果受不了大可與你分手，你沒必要替她操這個心，更何況，就算你耿耿於懷也無能為力。」

他講的每一句話都很有道理，如果我們立場對調，我肯定也會說出和他一樣的話。

新谷做出稍微提防四周的動作後，才小聲說：「之前我也講過了，和有美子離婚的事，你想都不能想。」

見我舔唇不語，他氣惱地用力拍桌。

「渡部，你這只是一時意亂情迷，好好回想一下你和有美子戀愛的時候，當時你是愛她的吧？你是因為認定她就是真命天女才結婚的吧？結果都一樣。就算是你現在迷戀的女人，對你來說也不是特別存在，那種東西打從一開始就不存在，找遍全世界都不存在，世上根本就沒有紅線這種東西！」

「紅線？」

「人家不是常說嗎？天定良緣的對象早已用紅線和你綁在一起。兄弟，你該不會也這麼想吧？該不會以為這次的女人才是真命天女，你只是找錯了結婚對象——」

見我沉默，新谷苦著臉咂舌。

「我告訴你一句至理名言吧！紅線這種東西，是要兩人一起紡織的，唯有終生不離不棄，直到其中一人在另一人的懷裡嚥氣，那才是完結，才算是被紅線綁在一起。」

像他這種現實主義者居然難得說出這麼浪漫的話，我不禁驚愕地凝視他，他對我這種反應不知是怎麼解讀的，竟還大大點頭。

「你懂吧？一切都是結果論，除非過程特別艱難那或許另當別論，否則，對方是誰其實都一樣。有美子不就足夠了嗎？接受現實吧！你就好好與有美子紡織紅線，你絕對不會後悔的。」

他這番慷慨陳詞令我無話可說，我怎麼可能說得出話，因為他極力陳述的內容，是「離婚不好」這個理所當然的道理。

但是和他道別後，我首先想的是，年底年初這段期間，秋葉不知打算怎麼度過？

我邊走，邊檢查手機，有秋葉發來的簡訊：

「之前沒告訴你，從明天起，我向公司請假要去溫哥華旅行。我在那邊有朋友，所以正月四日才會回來，那就先祝你新年如意。　秋葉」

抓著手機，我呆立半晌。

我根本沒必要替她操心怎麼過年，人家自己要優雅地出國旅行──我還不至於少根筋到可以這樣悠哉竊笑的地步。

一邊收起手機，我懷著複雜心境邁步向前。說實在的，我的確鬆了一口氣，多虧秋葉去了無法聯絡之處，這下子我無須左思右想暗自苦惱，也不用受到撇下她一人的罪惡感苛責。

但是這樣真的好嗎？老是讓秋葉幫我著想，真的好嗎？

13

除夕夜和正月新年，只是無聊的假日。

在家看電視，陪園美玩，邊吃年菜，邊喝酒，睏了就睡覺，如此一再重複。到了一月三日，我終於出門，是帶有美子與園美上家庭連鎖餐廳。到了餐廳，又從大白天就開始喝啤酒，回程順道去附近的神社拜拜。我抽了一支籤，是大吉。

風平浪靜的日子就這麼無聲無息地過去，想來似乎毫無意義的數日，當然還是有點意義。意義在於度過，像我們這種已婚者，新年就得這樣度過才行。

四日我開車，獨自前往住在川崎的妹妹家，為的是把園美騎過的三輪車送去這種無聊小事，園美現在看上了有輔助輪的腳踏車，而妹妹的女兒最近剛滿兩歲。

互相拜年後，我在妹妹家享用她偷工減料的年菜。有些東西分明是把超市買來的熟食直接裝在盤子裡端上桌，令我大吃一驚，但擔任公務員的妹夫還是吃得很開心。他比婚前整整胖了十公斤，恐怕不是心寬體胖，而是因為天天被餵食偷工減料的食物吧！說到這裡，妹妹也胖了不少，完全看不出腰部曲線。

「哥，你是不是瘦了一點？」

被妹妹這麼問，我嚇了一跳。她對我，好像抱著完全相反的印象。

是你們自己太胖了——我強忍如此反駁的衝動，歪起頭說：「不會吧。」
「你是不是工作太累了？還是玩得太過火？」
「別鬧了，我哪有那種閒工夫，光是忙著工作和家務事就已累翻了。」
「我懂，我懂。」妹夫點頭。「男人真的很累，在照顧小孩方面我也幫了很多忙喔，連工作也早早結束下班。」
「你只是想早點見到女兒而已吧。」
「不只是那樣，我認為注重家庭是男人的職責，你說對吧，大哥？」
算是吧，我曖昧回答。現在這類問題最讓我痛苦。
離開妹妹家後，我試撥秋葉的手機，猜想她或許已經回來了，但電話打不通。
我捨不得就這麼直接回家，於是驅車朝東京的反方向走。我也沒多想，只是覺得秋葉說不定會回東白樂的家。等到聯絡上時，如果就在附近便可早點見面了。
但我又不能立刻跑去東白樂，最後我就這麼磨磨蹭蹭地一路開到橫濱。下高速公路時，我已多多少少拿定主意了。
我在中華街旁停車，一邊追溯記憶，一邊邁步。
我很快就找到了酒吧「蝶之巢」，本來還擔心也許還在放年假沒營業，幸好店門輕易開啟。吧檯坐了一個穿西裝的男客，另有一桌情侶。
彩色夫人坐在角落的桌子，獨自喝酒。她今天穿著紫色毛衣。
「晚安。」我在她面前站定。「您還記得我嗎？」

她抬起頭，稍做思索後瞪大雙眼。

「是你，我記得你是秋葉的……」

「對。」我點頭。「我是渡部，恭喜新年好。」

「啊……恭喜啊。」

我覺得她的臉上好像在瞬間閃過狼狽的神色。

「可以跟您一起坐嗎？」指著彩色夫人對面的椅子，我問道。

「是沒什麼不可以啦……」她朝門口看，好像在確認我有沒有攜伴前來。

「就我一個人，秋葉還沒回來。」

「她上哪去了？」

「好像從年底就去加拿大了。她說今天會回來可是我聯絡不上她，所以我就順道繞過來看一下。」

白髮酒保走近，我看看菜單，點了芭樂汁。

「我想你就算待在這裡也見不到她喔。」夫人朝吧檯投以一瞥。

我不禁也跟著往那裡瞧，但並無任何異樣之處，只有一個男人背對著我們在喝酒。那是個身穿褐色西裝、體型矮胖的男人，面孔當然看不見。

「我沒有以為她會來，只是正巧來到附近。」

「是嗎？既然如此，那你慢慢坐。」夫人起身欲走。

那個！我慌忙喊住她。

「關於我，請問您可曾聽她提過什麼？」
夫人搖頭。
「那孩子從來不會告訴我關於自己的事，不只是對我，恐怕對誰都不會說吧，對你會怎樣我就不知道了。」
「她跟我提到某種程度，但算不算全部就不得而知了。」
「渴望了解對方之舉值得三思喔，縱使全部知道了，也幾乎不會有任何好處。」
「我沒想過要全部知道。只是，我很好奇她是如何看待她與我的事。我想您應該知道，其實我——」
說到這裡就打住，是因為彩色夫人朝我伸出右掌制止我。她緊蹙眉頭，噘出下唇。
「那種事就算你不告訴我，我看了也知道。因為，你平時應該有戴戒指吧？雖然和秋葉見面時你好像摘下了，但指上的痕跡不會消失，更何況，這種事也逃不過女人的眼睛。」
我看著自己的左手，除了與秋葉見面之外，我的確都會戴結婚戒指。一旦摘下，只有那一圈有點泛白，因為沒曬到太陽。
「我好像講過很多次了，那孩子什麼也沒告訴我。那晚，她帶你來這裡，我才頭一次知道有你這號人物，之後我們也沒談起過你。」
「這樣子嗎……」
我總覺得彩色夫人的樣子有點不對勁，上次見面時明明可以感到她很想與我說話，今天卻態度一轉，甚至好像對我很生疏冷淡。也許是因為她今天沒喝醉吧，我想。

「對不起，我無法提供任何對你有利的話題，我說這些都是為你好，你還是趕緊回家，為你的家庭盡新年的最後一點義務吧！那樣比你耗在這裡有意義多了。」彩色夫人站起來，遁入寫有員工專用的那扇門後。

她顯然是在迴避我。我朝吧檯看去，白髮酒保好像也對我視若無睹，我只好一邊暗自納悶，一邊喝芭樂汁。

付了錢，我早早離店，又試撥了一次秋葉的手機，還是打不通。

就在我朝中華街的停車場邁步時，背後傳來一聲慢著。我不認為那是在叫我，所以還是繼續走，結果有個腳步聲追上來。

「抱歉，請等一下！」是男人的聲音，這次聲音比較大。

我駐足轉身，一名身穿米白色大衣的初老男性正要靠近我，敞開的大衣內露出褐色西裝，領帶也是褐色的。

「叫我嗎？」

「對，就是你。」

男人有張國字臉，下顎方正，眉毛很粗，長相令人懷疑是九州人，而且像高爾夫球選手一樣曬得黝黑，年紀大約在五十五左右吧。

「可以耽誤你一點時間嗎？」他問。

「你要推銷什麼嗎？我對這種——」

看到他從衣服內袋掏出的東西，我當下打住。那是警察手冊。

他似乎對我的反應很滿意，鬼頭鬼腦地笑了。

「我是神奈川縣警局的人，想跟你聊一聊，不介意吧？不會耽誤你太久時間的。」

「請問有什麼事？我可是東京人。」

「這樣嗎？但是這跟你住在哪裡無關。」他收起證件，壓低嗓門說：「我想跟你談談仲西秋葉小姐。」

聽到這個出乎意料的名字，我當下倉皇失措。旋即，也想起此人是誰。

「你是之前在『蝶之巢』……」坐在吧檯的男客。看來他聽到了我與彩色夫人的對話。

「是我先去那間店的，後來你進來，開始與濱崎女士交談，我才會聽見。我絕非偷聽，只是自然而然傳入耳中。」

我想起彩色夫人的本名正是濱崎妙子。

「濱崎女士知道你是警方的人嗎？」

「當然知道，就某種定義來說，我是那裡的常客。」

我想起夫人當時頗為在意吧檯那邊，原來她是意識到這個男人。

「三十分鐘就好，請抽空跟我談談，十五分鐘也行。」

對方既已搬出秋葉的名字，我自然不可能就這麼離開。

我對他說，那就三十分鐘。

新年假期剛結束，有開門營業的店不多。好不容易找到一間自助式咖啡店，店內人潮洶湧。

此人自稱芦原，是神奈川縣警局搜查一課的刑警，那是專門負責殺人命案的單位，只要看過電視連續劇就知道。

對方向我要名片，我只好遞上。

「剛才那間店，你常去嗎？」芦原刑警看著我的名片問。

「這是第二次。」

「上次是誰帶你去的？」

他用刺探的目光緊盯我不放。我心想這大概就是所謂刑警的眼神吧。

「是仲西小姐帶我去的。」

從我口中聽到這個名字他似乎很滿意。他奸笑。

「仲西秋葉小姐，是嗎？」

「是的。」

「不好意思，請問你和仲西秋葉小姐是什麼關係？」

我深吸一口氣後才開口。

「我們任職於同一家公司，她是派遣社員，去年夏天來我們部門報到。」

「原來如此，你們是公司同事啊，除此之外呢？」

「你的意思是？」

被我這麼一問，芦原刑警露出別有深意的笑容搖搖頭。

「渡部先生，就算你拐彎抹角兜圈子，也不會有任何好處喔。你現在如果不肯說清楚，我只好自己設法調查。你希望我那樣做嗎？」

他這種黏著氣質❻的說話態度，令我心中漸生不快，但也覺得此人言之成理。在「蝶之巢」的對話既然被他聽見，事情大致都已曝光。若是遲鈍的人也就算了，這個男人可是刑警。

我呼了一口氣。

「我們正在交往，這樣行了吧？」

「我無意責備你，所以你用不著那副表情。我也不打算調查你，你和她的關係，周遭親友固然不用說，就是在其他人的面前我也絕不會洩漏半個字。請你相信我。」

「那麼，請你先表明來意，到底是關於什麼案件的搜查？」我試著用有點強硬的語氣說。這點小把戲自然不可能奏效，但芦原刑警點點頭。

「也對，我也沒必要拐彎抹角。大約十五年前，位於東白樂的仲西家發生的案件，你知道嗎？」

我還沒回答，他就說「你知道是吧」，可能是因為我的表情僵硬。

「我聽她提過。」

「那事情就好談了，基本上我還是先重新整理一下。」芦原刑警自懷中取出眼鏡戴上，翻開記事本。大概是有老花眼。「案件發生在三月三十一日，仲西先生的祕書本條麗子小姐遭到某

❻德國精神醫學家恩斯特・克雷茲邁（Ernst Kretschmer）認為體型與性格、氣質是互相呼應的，並據此分成三種類型。其中，肌肉型的人屬於黏著氣質，這種人通常執拗保守、一板一眼，有耐心且缺少情緒波動，可是一旦超過容忍限度，有時也會突然發飆。

人殺害。我們視為強盜殺人案進行搜查，但一直沒有逮到犯人。」

「這個我也聽說了。」我拿起咖啡杯。一邊湊近嘴邊，一邊對三月三十一日這個日期耿耿於懷。

芦原刑警沒碰咖啡，繼續說他的。

「然後，這個案件今年即將屆滿法律時效。」

「是嗎？」

案發既是在十五年前，算來的確如此。

「所以，我正在努力設法阻止。」

「這種事常在電視新聞看到，快到時效日期時，警方就會重新大規模搜查。雖然我覺得都已過了十五年才慌忙調查好像有點太遲了。」

芦原刑警一臉遺憾地搖頭。

「被那樣報導，大家會以為案子在時效來臨前好像一直擱著無人聞問，其實還是有人一直在調查，就像我一樣。不過，突然增派幹員調查，只是為了向媒體展現，警方並非袖手旁觀時效來臨。」

「十五年來，你一直持續調查嗎？」我吃驚地回視對方。

芦原刑警抓抓頭髮有點稀薄的腦袋。

「唉，如果問我是否一直持續至今還挺心虛的。這當中，我調動過職務，當然也經手過其他種種案件。只是，幾年前我又調回現在的單位了，因此也就重新追查東白樂命案。」

「所以你才去『蝶之巢』？」

「因為濱崎女士是為數不多的證人之一。況且，如果去那裡不時也能見到仲西秋葉小姐。除此之外，我當然也會順便喘口氣享用酒吧這個原本的使用功能喔，因為那間店待起來還挺自在的。」

「那你找我做什麼？我想不用我說你應該也知道，十五年前我和秋葉小姐並沒有任何關係。」

芦原刑警苦笑。

「這個我當然知道，我想請教你的是，仲西秋葉小姐對於那起事件是怎麼跟你說的？」

「怎麼跟我說？這話是什麼意思？」

「她告訴你的內容，請你盡可能詳細告訴我。當然，只說與案情有關的部分就行了，我對你們的兒女私情沒興趣。」

刑警也許自以為是在開玩笑，但我一點也笑不出來。

「我幹嘛非得跟你講那種事不可，警方不是全都知道嗎？」

「所以這正是我想確認的，說不定還有我們不知道的內容。」

「那麼，你直接問她本人不就好了？」

「我們已問過她本人很多次了，尤其是案發當時，但我不確定那是否和她告訴你的內容一樣。」

「這話怎麼說？」

「因為有些事往往可以告訴關係親密的人，卻無法告訴刑警。」

「你是說她在撒謊？」

不不不，芦原刑警說著猛搖手。

「沒那麼刻意，在刑警面前，無論任何人都會下意識地隱藏、或者省略某些部分。而且案發當時她還是高中生，在情緒混亂之下，當時無法好好敘述的事情想必也很多。我只是在期待是否有這樣的可能，經過十五年歲月後，當她和完全不知當時案情的你談起時，或許會將她過去講不出來的事也和盤托出。」

刑警的意思我不是不懂，但他的說話態度有點可疑，我總覺得他肚子裡好像藏了什麼盤算。

「從她那裡聽來的，我不見得能夠正確記得。」

「那也沒關係。」刑警再次翻開記事本，準備記下重點。

無奈之下，我只好把從秋葉那裡聽來的事，盡可能地詳細告訴他。我邊說，邊回想起東白樂那棟大宅，對於那寬敞豪華的客廳發生過殺人命案一事，雖然自己正在敘述，內心卻毫無現實感。

警方的調查似乎相當徹底，但最後還是沒找出犯人——講到這裡之後，我遲疑了一下才補充：「她說，遇害的那位本條小姐是她父親的情人。」

我猜想這件事也許沒有和警方提過，但刑警的表情不變。

「秋葉小姐告訴你的就是這些？」

「是的，有什麼新發現嗎？」

「這個嘛……很難說，好像有，又好像沒有。」刑警把杯子裡的咖啡一口喝光。「對了，你和秋葉小姐去過海邊嗎？」

「海邊？」

「對，我記得她應該很喜歡游泳。」

我暗自佩服警察居然連這種小事都要調查。

「我們沒去游泳，因為是秋天才開始交往的。她現在迷上衝浪，有一次曾經說好要一起去。可惜天候不佳，最後只好取消。」

「衝浪嗎？果然像她會做的事，當時她正在學潛水呢，有錢人就是不一樣。」

這件事我沒聽說過，我對秋葉還談不上任何認識，這個刑警反倒比我更了解她。

芦原刑警起身。「三十分鐘到了，耽誤你的時間，不好意思。」

和刑警道別後，我回到停車場開車。但是開了一會兒後，一個疑問忽然湧上心頭。我立刻打方向盤轉向與高速公路不同的方向。

在山下公園旁停車，我下了車。看著夜晚的港口，我再次回想聽秋葉敘述命案時的情景。

一看到屍體，就暈了過去——記得秋葉的確是這麼敘述的。問題在後面。

「那時，我的體質虛弱，常常有貧血的現象。」

當初聽到時我不覺有異，但是剛才刑警的說法卻令我耿耿於懷。

潛水？喜歡游泳？一個體質虛弱的女孩？

我還想起另一件事，那就是案發於三月三十一日這個日期。

剛認識時，秋葉曾經說過，只要過了明年的三月三十一日，就可以說出很多事。

那天，正是時效成立的日子。

14

過完年的頭一個上班日，往往令人莫名緊張，因為一打開電腦的電子信箱便冒出一連串問題報告、或是哪家客戶立刻打電話來抱怨的不祥預感會掠過心頭。但唯獨今年，我還有另一種不安，那就是秋葉是否真的會來上班，因為直到昨晚，我還是沒聯絡上她。

但是到了公司一看，秋葉在她的老位子附近，和去年年底一樣，正與要好的女同事們談笑。她的臉色紅潤，表情也很開朗。

我一邊公平地和每個人打招呼，一邊走近她們，主動出聲說恭喜新年好。

恭喜新年好，女職員們也回應，其中也有秋葉。

「妳們幾個新年假期是怎麼過的？有沒有去哪裡玩？」

「我們哪兒也沒去，不過，仲西小姐說她去了加拿大喔。」其中一人說。

「噢？」我凝視秋葉。「那真是太棒了。」

「我在溫哥華有朋友。」她臉色平靜地回答。

「什麼時候回來的？」

「昨天，昨天中午抵達。」

「昨天中午？」我不由得又問一次。

「渡部先生有出去玩嗎?比方說陪太太回娘家。」

「沒有。」我搖頭。「每天待在家裡無所事事。」

「那,跟我一樣耶。」秋葉身旁的女職員笑言。

「不過,那樣才是最好的。」秋葉說:「有家庭的人,最起碼新年假期應該從頭到尾都和家人在一起。」

她的話令我暗吃一驚,她像是要迴避我的視線似的把臉一撇,就這麼走回自己的位子。目送她的背影離去後,我也離開那群女職員。

在位子坐定後,我反芻秋葉說的話。她昨天中午就回來了,但我聯絡不到她,她是故意將手機關機,對我發的簡訊也置之不理。當然,這肯定是出於她的體貼,想讓我直到假期最後一秒都能專心陪伴家人。

我可真窩囊,我在心中咕噥。

電腦果如預期,收到了幾封出問題的報告,但那些都沒有緊急到必須現在立刻趕過去處理,今天應該可以安心坐在位子上。

條條排列下來的郵件,最後有一封是秋葉寄來的。我確認四下無人後,這才偷偷打開看。

「恭賀新年!祝渡部先生有美好的一年,今年也請多多關照。　仲西秋葉」

我朝斜後方轉頭,她的臉藏在電腦螢幕後面看不見,但我依然滿心幸福。

到了下午,有張紙條傳到我這邊。上面寫著:今晚臨時決定聚餐喝春酒,要參加的人請寫上姓名。紙上已有十人登記,其中也有秋葉的名字。

幸好沒有必須加班的緊急工作，於是我和年輕職員們一起去店裡。倒是課長也半路追來，令我有點失望。

茅場町那間固定聚餐的居酒屋就是春酒會場，和上次替秋葉開歡迎會是同一間店。和那時不同的是，現在她已完全和周遭打成一片。她愉快地與身旁同事交談，也不忘自斟自酌。

一個姓里村的男職員坐在她右邊，此人自稱興趣是網球和鑑賞歌舞伎，是個有點另類的男人。

那個里村頻頻找話跟秋葉說，我不知道他們在聊什麼，但是秋葉應答的表情看起來好像還挺開心的。

田口真穗這名女職員捧著啤酒瓶朝我笑。

「有件事想拜託渡部先生。」她一邊替我倒酒，一邊說，臉色擺明了別有企圖。

「什麼事？」

「老實說，是接下來的節目。我們想去唱歌，就只有年輕同事去。」

「嗯——很好啊。」

所以想邀我也一起去嗎？我暗忖。聽秋葉唱歌也不壞。我想起在棒球練習場相遇的那晚。

沒想到田口真穗的請託，和我的盤算差了十萬八千里。

「所以麻煩的，就是那一位。」她在桌下伸出食指暗指某處。那裡坐著課長。課長滿臉通紅，正在意氣風發地大談今年我們部門的目標是如何如何，陪他說話的是進公司才第二年的新人。

「課長有什麼問題嗎？」

「因為，如果聽到我們要去唱歌，他鐵定會跟來，之前不也發生過同樣的狀況嗎？」

「被妳這麼一說——的確是。」

課長年約五十上下，理所當然對於新歌一竅不通，雖然對部下們說儘管唱最新的暢銷流行歌沒關係，但若有人真的唱起新歌，他當下就會老大不高興。

「妳是要叫我想辦法擺平課長那邊？」我微帶慍怒地問。

田口真穗連忙在臉前合掌懇求。

「尾崎先生已答應邀課長去銀座，可是只有兩個人的話場面會很難看，所以我想如果渡部先生也能同行就沒問題了。」

尾崎是隔壁那組的負責人，比我大兩歲。他向來愛護部下，大概是不忍心看年輕人為難。在這種狀況下我無法拒絕，只能回答：「知道了，好吧。」

田口真穗一開始的確就已聲明，只有年輕同事去，當然不可能邀年近四十的主任同行。她開心地瞇起眼，又替我倒啤酒。我嘆口氣朝秋葉看去，里村還在起勁地找她聊天。

「里村先生很拚命耶。仲西小姐的合約三月就要到期了，所以他好像急著在那之前拚出結果。」

田口真穗這話一說，害我差點把啤酒噴出來。

「妳這話是什麼意思？」

被我這麼問，她在瞬間露出糟糕了的表情，但旋即壓低嗓門，「不能跟別人說喔。」這好像是個令她不吐不快的八卦話題。

「里村先生愛上仲西小姐了。十二月時，他倆曾經一起去樣品展幫忙，這您還記得嗎？從那時起，里村先生好像就一往情深。雖然似乎還沒表白，但我覺得仲西小姐也不是無動於衷喔！」

「噢……」

在這之前我壓根沒想過，其他的男職員會對秋葉產生愛意，但我都能愛上她了，其他的男人會覺得她有魅力自然也不足為奇。

秋葉似乎也非無動於衷的這個說法，令我開始坐立難安，雖然覺得她不可能移情別戀，但我畢竟是有老婆的人，想想不免氣虛。

在居酒屋的春酒散會後，果如預定計畫分成年輕職員和歐吉桑組，各自前往不同的店續攤。

課長中意的店在銀座外圍，與其說是俱樂部，其實是卡拉ＯＫ酒家，有兩名陪酒小姐來到我們這桌，但看起來都跟我的年紀差不多。

當課長在陪酒小姐的起鬨下抓起麥克風時，我只能默默無言，一邊替他斷聲唱出的〈昴〉或〈在遠處聽汽笛聲〉拍手，一邊暗想自己到底在搞什麼。

我假裝離席上廁所，走出店外撥手機，當然是打給秋葉，但是打不通，不知是關機還是收不到訊號。總之，此時此刻，她一定和其他年輕人唱歌唱得很熱鬧，說不定正一首接一首地大唱流行歌，唱到副歌的地方還來個大合唱。

我想起和秋葉去ＫＴＶ的情景，那天她喝得爛醉，最後我不得不送她回家。今晚如何呢？她應該不會又像那晚一樣喝得醉醺醺吧？應該不至於醉得一定得讓誰送她回家才行吧？若有人要送她返家，那八成會是里村。

等我回到位子上，課長正在大喊渡部到哪裡去了。我慌忙安撫他，但他還是很不高興，鬧到最後，他甚至命令我隨便唱首歌。

「唱『南方之星』的歌可以嗎？」

「噢！『南方之星』嗎？好耶！」課長拍手。

中老年人的武器「南方之星」，歐吉桑與年輕人唯一能夠共享的音樂，「南方之星」。真偉大！

隨手選播的歌是〈LOVE AFFAIR～祕密約會〉，我真的沒有特別意識什麼，但唱著唱著，才發覺這首歌是在暗喻外遇，而且設想周到地連舞台場景都是我熟悉的場所❼。

課長慢條斯理地打拍子，領帶扯得鬆垮垮，整個身子都靠在旁邊的陪酒小姐身上。

在世人看來我們已是歐吉桑，連男人都不算——新谷的話在不意間浮現腦海。沒錯，我們是歐吉桑，最好的證據就是今晚我不能去ＫＴＶ、不能和秋葉一起唱歌。我已非年輕職員，被歸入

❼此曲為「南方之星」一九九八年的作品，由桑田佳祐作詞作曲，描寫男人深愛外遇對象卻又無法拋棄家庭的心情。歌曲中出現的約會場所，以橫濱的大黑埠頭等地為主，而書名《黎明破曉的街道》正是出自這首歌一開始的歌詞「在黎明破曉的街頭／擦身而過的……」東野圭吾自己也曾多次表示，本書的誕生即是來自這首歌得到的靈感。

另一個團體。

我一邊這麼想著，一邊繼續熱情高歌。

翌晨，一到公司便見秋葉與里村已變得態度親密——

雖然覺得不可能，但是看來就是那樣，我也沒辦法，至少當我看著里村，總覺得他一直在拚命找理由企圖接近她，糟糕的是，田口真穗那些女孩也發覺了，該說是在搖旗吶喊嗎？她們甚至一直在旁邊幫忙敲邊鼓。

「昨天玩得如何？」午休時間，我問田口真穗。

「很開心呀！多虧渡部先生幫忙，真的很謝謝您。」她不知死活地回答。光是看到她的圓臉加上圓眼睛，我就一肚子火。

據她表示，他們在KTV大約待了三個小時，大家都喝得醉茫茫，最後男職員分頭各自護送女孩子們回家。

「里村怎麼樣？進展順利嗎？」

田口真穗似乎敏感地領會我的言下之意，露出鬼靈精的表情。

「里村先生當然是負責送仲西小姐，我想大家都看出來了吧！我們唱歌時，他也一直坐在人家旁邊。」

「那麼女方的反應如何？」

「這就難說了，我想應該已經察覺里村先生的心意了吧，而且還一起坐計程車送到家門口，她應該不討厭他吧。」田口真穗四下張望一番後，才用手掩嘴囁嚅：「搞不好已經親親了喔！」

當然田口真穗應該沒有惡意，但她說的字字句句都刺痛我的神經。什麼狗屁親親！就連她講這句話時噘起的嘴唇都顯得分外可憎。

我寫電子郵件問秋葉今晚能否見面。她很快傳來回音，說今晚有事沒空見面。

工作時，我不時偷窺秋葉，但每次都看到她與里村愉快交談的情景，都更加令我焦躁不安。快要下班時，里村來找我，他堆出殷勤討好的笑容。

「橫濱那家鑽石飯店的燈飾，是渡部先生經手的吧？」

「是沒錯。」

「當時提案用的資料還在嗎？有家客戶希望我們比照辦理，我現在就要去客戶那邊。」

「現在去？真辛苦。」我從桌子抽屜取出檔案交給他。

「我是無所謂啦，只是對仲西小姐不好意思。」

「仲西？她也要去？為什麼？」

「對方的負責人是女的，我們這邊也帶女孩子過去氣氛會比較融洽。況且我們公司和對方洽談時，之前也曾請仲西小姐陪同出席過，印象還不錯。」

「噢……」

我一直以為秋葉只負責整理資料，但是經過近半年時間，她好像也開始接手種種工作了。仔細想來，其實我對她在公司裡的事毫無所知。

里村拿著我的檔案回他自己的座位去了，他的背影看起來喜孜孜，簡直像是一路蹦蹦跳跳。當然，我這廂的心情自難平靜。拒絕我的邀約，就為了跟那種臭小子出去嗎——明知她是為了公事，我還是很惱火。

終於得以與秋葉單獨見面，是在兩天後，因為她連續兩天都在下班後與里村一同拜訪客戶。

「妳好像每天都很忙？」一見到面我就說。

「是人家拜託的，我也沒辦法。」秋葉的語氣有點冷淡。

我們在銀座某間位於地下室的義大利餐廳，對我來說，算是大手筆的奢華之舉。

「加拿大之旅如何？」

「很開心，還騎了睽違已久的自行車兜風。」

我們的對話變得有點生硬。本來我應該質問她為何突然去加拿大，以及回國後為何失去聯絡，但我做不到。

「那個里村，」我一邊吃醋漬章魚，一邊說：「聽說愛上妳了。」

秋葉默默吃醋漬開胃菜，最後看著我。

「真好吃。」她說著瞇起眼。

「我說妳啊。」

「我知道，」她說：「他有約我。」

「約妳？」我心頭一跳。「約妳做什麼？」

該不會是上旅館吧……

「去看歌舞伎。」

「歌舞伎？噢……」我點頭。「果然像他會做的事，結果妳怎麼回應？」

「我拒絕了。」

「是嗎？」

我才剛鬆口氣，她緊接著又說：「因為那天要參加朋友的婚禮，其實我對歌舞伎還挺有興趣的。」

我凝視她的臉孔。

「要是沒那場婚禮，妳就會赴約？」

「不行嗎？」這次輪到她看著我，她的眼神簡直可用冷酷形容。

「畢竟——」

「我呢，」她放下叉子。「可曾干涉過你的日常生活？對於你不跟我在一起時的生活，可曾抱怨過什麼？」

我想問世間所有外遇男子，這種時候應該如何回答？我的情況是什麼也答不上來，只能低下頭沉默地繼續吃飯。

其實我本來有很多事想向她確認，東白樂那起強盜殺人命案，芦原刑警告訴我的費解事實。那個刑警眼見時效將至，到底企圖揭發什麼？秋葉真的與那件案子無關嗎？

但是現在的我已顧不得那些了，十五年前的命案無關緊要，我只怕好不容易才到手的寶物，眼看就要從我的指間倏然滑落。

15

只不過是寫個簡單的報告書，我卻花了很多時間，因為我途中常常發呆。但我倒也不是什麼都沒想，只是腦中塞滿了太多悶悶不樂的思緒，而那是和工作毫不相干的內容，而且再怎麼苦惱也沒有用。

每當停下寫報告的手，我總是偷偷瞟向秋葉那邊。里村把椅子搬到她旁邊，正在起勁地對她說話，他手上拿著看似文件之物，想必名義上是為了工作而協商吧。但我忍不住懷疑，那種事真有必要讓他倆談得如此聚精會神嗎？

我也想過是否該接近兩人，乘機偷聽他們到底在談什麼，但我想不出接近的理由。

在戀愛中心生妒意的經驗，過去並非沒有，每當愛上某人，都會在某種形式下嘗到那種滋味。但是，那已是久遠以前的往事，我作夢也沒想到，到了這把年紀居然還會嘗到這種滋味。

我度過了工作效率異樣低落的一天，到了下班時間，總算完成勉強算是報告書的東西，我也提不起勁重讀。正在關掉電腦電源時，名叫加島比我小五歲的男人湊過來了。

「渡部先生，這個星期六你沒問題吧？」

「星期六……啊！對了，你的婚禮，是吧？當然沒問題。」

「還有，我記得之前也拜託過你，上台致詞的事也沒問題吧？」

「致詞是可以啦，但我可講不出什麼大道理喔。」

「講什麼都行，反正也沒有會讓人繃緊神經的大人物在座。畢竟，出席者中地位最高的也不過是課長。」

我笑著點頭。當天課長會有多麼得意，我現在就能想像。

加島也到處和其他職員打招呼，望著他的背影，我暗想，現在正是他最幸福最快樂的時候吧。我以前也是這樣。

說到結婚，大部分的人至少都會經歷一次。對周遭的人而言，別人結婚算不上什麼大事。但當事人自己卻不這麼想。他們誤以為已成為萬眾矚目的焦點，當然他們的確會受到矚目，但那僅限於婚禮和喜宴時。一旦結束，立刻也等於走下明星的寶座。

至於婚禮之後是否只是回歸原點？答案是否定的。已婚男女這輩子等於在臉蛋中央貼上了某某人之夫或某某人之妻的標籤，因此，過去自己得到的那些臉紅心跳的機會，幾乎都會失去。要對這點有痛切的體認，還得過一段時間。在新婚這個字眼還適合的期間，想必不會有問題，但這個字眼很快就會不再適合。最先感到不適合的不是別人，正是這對夫妻自己。

婚姻和婚禮可是不一樣的，我對著加島的背影在心中低語。婚禮很快樂，連我都這麼覺得。婚禮一天就會結束，即便搞砸了也可以一笑置之，但婚姻生活會一直持續下去，婚姻不能搞砸。

我懷著複雜的心緒踏上歸途，在我家公寓旁邊佇立，仰望建築物。現在我一眼就能找出我家是哪一扇窗口，那個窗子亮著燈，燈光很溫暖，但有時也會覺得那燈光是一個重擔。

回到家，有美子正在準備晚餐，園美坐在電視機前看卡通。我去寢室著手更衣，窗簾的軌道上掛著好幾支晾內衣和襪子的衣架，大概是白天洗好還沒有晾乾的衣物。其中也有女性內衣，是俗稱的阿嬤衛生衣。

以前在某個喝酒場合，公司那群女孩子曾經聊起這個話題。她們說，雖然有阿嬤衛生衣，但是絕對不可能穿著那個去約會。

其中一人還這麼說：「我的朋友之中，有個女孩說她因為天氣太冷就穿著衛生衣去約會了，因為她預估男友今晚不可能會邀她上旅館，沒想到偏偏在這種時候人家真的開口邀約。你們猜那個女孩怎麼辦？她說趁著上旅館之前趕緊找個廁所進去，脫下阿嬤衛生衣就直接扔進垃圾桶了。雖然那件衛生衣非常高級扔掉很可惜，但她說唯有那玩意死也不想讓男人看到。」

聆聽的女孩子也紛紛點頭，表示完全理解那個女孩的心情。

戀愛時都是這樣吧，我一邊回想她們的敘述，一邊望著阿嬤衛生衣。唯獨在對方面前，不想暴露自己丟臉的部分，努力試圖在不讓對方看到的情況下步向紅毯的那一端。反過來也可以說，只要成功步上紅毯的那一端就大局底定了。

婚後我開始看到有美子的各方面，婚前她明明聲稱自己不挑食，事實上她恨死了香菇和青椒，她說約會時都是硬著頭皮逼自己吞下去的。她怕冷，冬天無論穿裙子或穿長褲，底下都會層層疊疊穿很多衣服，當然在談戀愛時，她從來沒在我面前做過那種像雪人一樣的打扮。她在家中難得化妝，我是婚後才知道她幾乎沒有左邊眉毛。

當然這種事是半斤八兩，我在婚前也從來沒在她面前放過屁。

如果互相展示自身優點就是戀愛，那麼彼此暴露缺點就是婚姻。因為已不用再擔心失去對方，自然無須像談戀愛時那樣，拚命努力讓對方注意自己。

即便如此，大家還是憧憬婚姻，婚前的我亦然。為了贏得對方的愛情所做的努力實在太辛苦了，所以為了安心才選擇結婚。當時並未發現，得到安心的同時也等於相對失去許多。

加島的婚禮會場在原宿的某間教堂，新娘休息室裡早已擠滿熟悉的面孔，其中也有秋葉的身影。加島的結婚對象是隔壁辦公室的女職員，秋葉好像是應新娘之邀而來，她穿著黑色褲裝。最討厭的是，里村又出現了，他一臉理所當然地坐在秋葉身旁的位子。

之後在負責招待的女性指引下，我們進入教堂，走道鋪著火紅的地毯。

在風琴演奏中，典禮開始進行，對於新郎、新娘一本正經扮演速成基督徒的模樣，我絲毫不感興趣。我在意的唯有秋葉一人。

她是抱著什麼想法觀看這場婚禮呢？該不會受到這種氛圍刺激，強化了她對結婚的憧憬吧？她是否對外遇這種無法保證明天的生活，已開始心生厭倦了？我猜測著她心中的各種想法。

儀式毫無窒礙地進行，來到新郎、新娘行經紅毯走出教堂這老套的最後高潮，我們一同起立，目送這對新人。這時，可以清楚看見秋葉的臉孔。那一瞬間，我大受衝擊。

秋葉的臉上有斑斑淚痕。

不會吧，這太誇張了，我想。

這般尋常無奇的儀式，究竟有哪一點足以令她感動落淚？是牧師無聊的演說令她深受感動？是新郎、新娘的宣誓之吻惹她潸然淚下？這兩人的結合方式一點也不戲劇化啊！他們只是透過聯誼相識，就這樣無波無折地步上紅毯耶！

霎時之間，秋葉看向我，然後慌忙撇開臉。

我心頭一跳。

你是不會懂的——我感到秋葉似乎如此傾訴。

16

對於外遇的男人而言，冬天是個痛苦的季節，才剛慶幸平安夜過去，緊接著又是除夕與新年假期的來臨，無法陪伴心愛的她。雖然拜秋葉前往加拿大所賜我不用苦惱，卻抹消不了那股心虛。之後才剛喘口氣，緊接著西洋情人節又將來臨。

這幾年，我早已不再覺得情人節是特別的日子，園美出生後尤其如此。連有美子也不會在這天替我做什麼。她知道我不愛吃甜食，所以連巧克力都不會送，對此我也覺得無所謂。

但是今年不同，這天不再是我能夠忽視的日子。

二月十四日是週六，為什麼偏偏是週六呢？我看著月曆不禁沮喪，至少那天若是非假日或許還能想想辦法。

令我焦躁的仍舊是里村那個笨蛋，他找同事談可笑的心事，被我偶然聽見了。

他的疑問是，情人節這天，邀約還沒交往的女性約會，是否會很奇怪？

「應該沒關係吧！」另一個男同事回答：「基本上，這天是女人主動告白的日子，但是反過來應該也無所謂。」

「是嗎？說得也是，情人節這天就算男人主動告白也沒關係嘛！」里村露出莫名被激發勇氣的表情說。

「不過，前提是那個女人沒有男朋友，因為如果有男朋友，情人節絕對會跟男朋友約會。」

有喔，仲西秋葉早就有男友了──我很想這麼從旁插嘴。

但里村自信滿滿地點頭。

「這點沒問題，我向她本人確認過。我問她情人節那天有無安排，她說沒有特定節目。換言之，也就表示她沒有約會的對象。」

聽到這段對話，我的心情頓時黯然。

不知不覺中，情人節對於有戀人的男人成了重要的大日子，地位等同於平安夜。那種氣氛逼得男人無論如何都得騰出時間和女友約會不可。

反過來說，沒有戀人的人只能早早回家，已婚者尤其如此。

全世界的妻子也都知道這天對戀人們來說是特別的日子。老公下了班如果沒有直接回家，做妻子的想必會立刻直覺有鬼吧。這麼一想，我甚至開始懷疑這天被過度節日化說不定正是娘子軍的陰謀，因為這等於是在平安夜之外，又多製造了一個檢驗老公有無出軌的日子。

這次真的是沒指望了，我也只好死心，不可能再像平安夜那樣大玩特技表演。

二月的第一個星期四，我與秋葉在汐留用餐。看著夜景，我忽然想起這裡正是平安夜那晚共餐的餐廳，我遲疑著是否該說出這件事，覺得此舉恐怕會是自己搬磚頭砸腳。

「最近，你好像變得很沉默。」秋葉擎著葡萄酒杯說，她的眼睛似乎在微微瞪我。

「不會吧。」

「你是在想，索性省略吃飯和聊天這些麻煩的手續，直接上床就好了嗎？」
「那怎麼可能，妳幹嘛說這種話？」
「因為，男人大抵如此。據說那才是男人的真心話。」
「也許的確有這種男人，但我並不是。」
「那麼，你為什麼板著臉不說話？」
「沒什麼，我只是在想點事情而已。」
秋葉的指責也許是正確的，最近我的確很怕與她對話，並不是因為我想趕快上床，而是因為結婚和情人節這類非迴避不可的話題愈來愈多，為了避免踩到地雷，反而動輒得咎、縛手縛腳。
「關於情人節。」見我沉默不語，她主動開口。
啊？我訝然抬頭，心臟急如擂鼓。
「大家已說好要一起去滑雪了。」
「滑雪？大家是指誰？」
「公司同事呀。一群單身的年輕人，是田口小姐邀我去的，聽說地點在湯澤❽。」
「嗯……」
想必里村也會參加吧。說不定田口真穗就是為了撮合他與秋葉才想出這個計畫。

❽位於新潟縣東南部，自古以來便是溫泉觀光區，有苗場滑雪場。

「所以，情人節的事你用不著擔心了。」
我吃驚地望著秋葉的臉。
「你很在意吧？你覺得應該像平安夜那樣有所表示才行。」
我嘆了一口氣，原來一切都被她看穿了。
「我的確是很想設法安排……」
聽到我這麼說，秋葉搖搖頭。
「這是你的壞習慣。你總在一時的氣氛影響下脫口說出重大承諾。但是，這樣每次只會苦了你自己吧。你放心。總之，那天我要去滑雪。」她將鵝肝醬燴白蘿蔔放入口中。
餐後，我像往常一樣把她送到家，然後像往常一樣進屋，等她脫下外套後將她摟入懷中，接吻，繼而輕撫頭髮。如果一切都和往常一樣，接下來我們應該會上床，但今晚不同。
接吻後，秋葉仰視我的臉問：「失去的很多嗎？」
我不懂她在問什麼，正歪頭不解之際，她又繼續說：「結婚會失去很多嗎？」
「為什麼這麼問？」
「因為上次參加婚禮，好幾個人都這麼說，其中也包括你。」
我想起的確有過這樣的對話，一方面也是因為當時有點醉意。
「的確很多。」我抱著她回答。
「你失去了什麼？」
「一言難盡。」

「你這樣說我聽不懂。」

「有一天——」我盯著她的雙眼繼續說：「等妳自己結婚就會明白了。」

秋葉瞪大雙眼，仔細打量我的臉，然後嫣然一笑。

「那麼，我可得早點結婚才行。」

是啊，我本想這麼回答，卻擠不出聲音。

秋葉倏然離開我的懷中。

「晚安，謝謝你送我回來。」

在這種氣氛下不可能進展到上床，我也道聲晚安，離開她的住處。

我深切感到在秋葉的心裡，結婚這個關鍵字果然還是愈來愈有分量。她本來就已公開宣稱絕不與不結婚的對象交往，會跟我這種有家室的人交往，想必已大大違反了她的本意。該分手了嗎？我思考這理所當然的問題。既然愛秋葉，就不該再繼續絆住她。對，是我絆住了她，再這樣下去，她無法前進也不能後退。

回到家，有美子正在講電話。從她說話的態度，可以猜出對方似乎是丈母娘。

「我媽打來說了一件麻煩事。」講完電話後有美子說：「我媽說，她的膝蓋要開刀，所以必須住院，但是為了住院期間誰來照顧我爸，好像起了爭執，但她就算跟我抱怨，我也無能為力呀。」

「大姊呢？」

「說她那天早已安排好了要去旅行。」

「是幾號？」

「十四和十五，週六、週日吧。」

聽到這裡，我閃過一個念頭。有美子的娘家在長岡。

上越新幹線的人潮熙來攘往，帶著滑雪橇和滑雪板搭車的年輕人很多，如果沒有事先訂購對號車票，根本沒位子可坐。

「對不起喔，連你也被拖來了。」有美子一臉抱歉地說。

我們坐的是三人座，園美坐在中間。

「沒關係，反正我閒著沒事。」說完，我瞥向窗外。

天空一片蔚藍，但是翻過幾座山脈後，想必會逐漸轉為灰色，日本海沿線已發出下雪預報。

若能讓有美子和園美母女自己回娘家當然是最好，但我不可能說出這種話，肯定會被懷疑另有企圖。但有美子也毫無主動提起的跡象，如此一來，能提的辦法只有一個，那就是我也同行。

我們在正午過後抵達長岡車站，從車站坐計程車到有美子的娘家約需二十分鐘。

向年邁的岳父寒暄問候之後，我的任務幾乎已完成。有美子早已換上圍裙，岳父也不可能找女婿有什麼事，他八成只期待著能夠見到寶貝外孫女。

吃完遲來的午餐後，我乘隙發簡訊給秋葉。內容如下：

「今晚，我們在夜間滑雪場碰面，我會穿藍色雪衣戴紅帽子，那就麻煩妳了。」

之後，我去找正在廚房洗碗的有美子。

「傍晚，我可以出去一下嗎？」

「去滑雪？」

「嗯，看到雪，還是忍不住手癢。」

我告訴她，也許會去夜間滑雪場。

「那是無所謂，小心別受傷就好。」

「我知道。」

換上滑雪裝，我在下午五點出門。在計程車上我檢視手機，沒有秋葉的回信，說不定她根本沒看到我的簡訊。我心想，那樣或許也會很有趣。

抵達長岡車站，我跳上北上的新幹線，到越後湯澤車站約需三十分鐘，從那裡再搭計程車。道路兩旁都矗立著厚厚的雪壁。

到了滑雪場後，我租來滑雪用具去練習場。粉雪飛舞，反射著夜間照明的燈光，閃閃生輝。只有一條軌道上的纜車在動，能夠滑行的雪道也有限，於是我決定在下纜車的地方等候。

適逢情人節，所以情侶很多，我凝目觀察逐一滑下的滑雪者，但是不見貌似秋葉的身影。

有個女滑雪者一邊以耳熟的嗓音尖聲喳呼，一邊滑下來，那鐵定是田口真穗。雖然戴了雪鏡看不清面貌，但從她大聲談論的內容可以確定，和她在一起的是哪些人我也大致猜得出來，但是對方想必作夢也沒料到這裡還有公司同事。

我也看到貌似里村的人，但是不見秋葉。我開始有點不安，她也許沒注意到我的簡訊，根本沒來滑雪練習場。

我又等了一會，但秋葉還是沒出現。不會錯。她一定在飯店。

就在我打算先下去再說，才剛開始滑行時，放在雪衣口袋裡的手機響了。我急忙煞車，取出手機。螢幕顯示是秋葉來電。

「喂？是我。」

「你不能待在那種地方。」秋葉的聲音傳來。

「啊？什麼意思？」

「你朝纜車的反方向滑過去，滑到架設纜線的鐵塔並列的地方。」

我環視四周。秋葉就在某處，正在看著我。

「妳在哪裡？」

「所以，我才叫你到架設纜線的鐵塔旁邊來。」

我一手將手機貼在耳邊，照她的指示滑行。遠離纜車後，燈光漸漸稀微，暗得看不清雪地表面的狀態。架設纜線的鐵塔旁，佇立著小小的人影。

我放慢速度，逐漸靠近，把手機放回口袋。

秋葉穿著白色雪衣，帽子包住整個腦袋。

「傻瓜。」她說：「你站在那種地方，我怎麼敢靠近。」

「為什麼不敢？」

問了之後我才察覺，秋葉腳下沒有滑雪橇也沒有滑雪板，身後印有點點足跡。她是徒步走上來的。

「妳為什麼不搭纜車？」

「因為，」她笑了。「我應該沒有來。」

「啊？」

「這次的滑雪旅行，我推掉了，所以要是被公司的人看到就糟了。」

「可是，妳不是在這裡嗎？」

「那是因為……我看到你的簡訊。」

「妳說什麼……那麼，看到簡訊時，妳在哪裡？」

秋葉呼地吐出一口氣。「在我的住處。」

我猛然後仰，一屁股跌坐在雪上。

「妳在東京……看到簡訊之後，才過來的嗎？」

「我一路趕過來，累死了。」秋葉也在我身旁坐下。

「等一下，我不懂。呃……妳為什麼沒參加滑雪旅行？是不是臨時有什麼事？」

她搖頭。

「不是那樣，我本來就無意參加，況且里村先生可能會乘機求婚。」

「可是妳明明跟我說妳要來……」

「這樣安排會比較好吧。」秋葉低頭，戴手套的手開始在雪上畫畫。

我嘆息。

「妳打算謊稱去滑雪，這個週六、週日都窩在住處嗎？」

「那也沒什麼。」

「可是，那樣不會很難受嗎？」

「短短兩天，根本不算什麼，我還在家窩過更長的時間呢。」

「更長的時間？」

被我這麼一問，她抱住雙膝，把臉埋進雙臂中。我赫然一驚，某種念頭在腦中炸開。

「年底妳說去加拿大，也是騙人的嗎？」

秋葉沒回話。

我把手放在她的肩上。

「到底是不是？」

她的肩膀顫動，最後冒出細小的聲音。

「因為我不想讓你為難……」

我搖頭，想不出該對她說什麼，只能緊緊抱住她。

「但我好幸福。」秋葉說：「我作夢也沒想到，今晚竟然可以見面。」

晶瑩的雪花朝我們紛紛落下。我垂眼看雪地表面。她描繪的是一個心形圖案。心上刺了一支箭。

17

共享祕密會強化情感的繫絆。

午休時間，田口真穗和里村一夥人喳喳呼呼地談論滑雪之旅，一旁的我與秋葉視線不時在空中交纏。知道那次旅行背後發展了什麼戲劇化情節的，唯有我倆。

「夜間也滑了嗎？」我故意問。

「滑了呀。」田口真穗像機關槍一樣關不住嘴：「天氣冷得要命，可是飄著粉雪，閃閃發亮，真的好浪漫喔！」

「是嗎？如果和心上人在一起一定很棒。」

「就是啊，下次一定要攜伴同行。」

我在心裡偷笑。田口真穗渴望的極樂時光，我和秋葉早已享受過了。

但若問我的心情是否已毫無陰霾，我只能搖頭。愈是深切感到我與秋葉兩心相繫，就愈覺得不能再讓現在的關係繼續下去了。

在夜間滑雪場被徹底擊倒的我，事後卻還是回到有美子的娘家。其實我本來想帶著秋葉，找個旅館投宿，我不想和她分開。

但是讓這樣的我懸崖勒馬的，依舊是秋葉。

「我也一樣不想分開，想就這樣與你長相廝守，想跟你一起走得遠遠的！但是如果那樣做，後果將會無法挽救。我們沒有地方可逃，你也不能不回家，過了週末你我都得去上班。如果要像之前一樣見面，就不能做任何改變。今晚，請你回到你太太的身邊，算我求你。」

到目前為止，她堅強的意志力和冷靜的判斷力不知已救了我多少次，她這席話總算令我察覺自己的愚昧，得以避免將自己逼入無法回頭的絕境。

但是我不能永遠都依賴她的幫助。那麼該怎麼辦？我能做什麼？

這天要加班，拖到比較晚。回到家，一開門立時聞到咖哩的味道，是吃慣的咖哩，配合園美的口味煮得偏甜，在我看來只能算是牛肉燴飯。

有美子正在客廳與人講電話，和室的紙門關著，所以園美八成已睡了。

「……就是啊，我們幼稚園也是這樣耶！說來說去，人家告訴我還是選私立的比較好。」

電話彼端似乎是她學生時代的友人，彼此的小孩年紀差不多，所以經常為了帶小孩互相吐苦水。現在的話題八成是孩子的升學問題。園美還要上一年幼稚園，但有美子正打算之後讓她唸私立小學。

我在沙發坐下，打開報紙看了五分鐘，她終於掛上電話。

「你回來啦！要吃飯嗎？」

「嗯。」

有美子走進廚房，開瓦斯爐的聲音傳來。大概是打算加熱咖哩吧。

日本有多少對夫妻？具體數字我不知道，但不管怎麼分類，我們應該都會列入「標準」組吧。生活不愁吃穿，但也談不上富裕，存款和貸款都有一些。老公的職業是上班族，公司是一部上市❾，起碼不用擔心公司破產。

對於這樣的標準生活，有美子似乎很滿足，她深信一定會有與昨日、今日一成不變的明天來臨。對於劇烈的變動、預期之外的突發事件，她毫無所求。

這樣的妻子，或許令我感到少了什麼，明知一成不變的平凡日常應該珍惜，但是思及今後的人生有多麼漫長時，不可否認的是我的確也會眼前驀然發黑，一想到十幾二十年後還是同樣過著無聊的每一天，不誇張地說，我甚至感到恐怖。

移師餐桌的我面前放著咖哩飯，我邊看電視新聞，邊吃，吃著迎合兒童口味的咖哩飯。

這樣的生活我並不是沒期待過，婚前我曾有種種想像，下班回家吃的晚餐總是配合小孩的喜好令人倒盡胃口——就連這種事其實我也想過。但當初想像時，甚至對這一天的來臨滿懷期待。打造平凡家庭曾是我的夢想之一。

為何當時能夠那麼想呢？現在回想起來我深感不可思議，同時也不免陷入自我厭惡，不解現在為何無法再那樣想。

當我默默吃咖哩飯時，有美子坐在旁邊喝茶、看雜誌。我朝她看的雜誌瞄了一眼，「私立小學各種排行榜」這個標題映入眼簾。

❾一部乃東京證券交易所第一部的簡稱。日本有數種股市，最具代表性的就是東京證券交易所（東證）。東證分為第一部和第二部，規模大、信用高的公司屬於第一部，規模較小的公司則在二部上市。

「吶，你覺得搭電車通學怎麼樣？」彷彿一直在等我吃完咖哩飯，有美子迫不及待地問。

「什麼怎麼樣？」我的臉還是對著電視。

「園美，你覺得她行嗎？」

「這個嘛，我也不清楚。」

「如果中途不用換車倒還安心，假使要換兩次以上的電車，那就有點不放心了，對吧？」

「別讓她去唸那麼遠的學校不就好了。」

「話是這麼說，可是地點適中的地方沒有學校所以也沒辦法呀。嗯——習慣了應該不成問題吧，縱使稍微遠一點。」有美子盯著雜誌咳聲嘆氣。

她的語氣雖然是在找我商量，但並不是真的在徵求我的意見，只是在確認自己的想法，她會問我，純粹只是想把整理過的想法說出口罷了。她若真有向我尋求什麼，要的也只是支持她的意見吧。

我吃飽了，我說著起身，走向浴室。泡在浴缸中，我想了很多。

如果我提出離婚，有美子會作何反應呢？說不定會放聲大哭。以前，在我們交往過程中一度曾認真分手，當時她雖未掉淚，但兩眼通紅。

她當然不可能爽快同意。有美子會向我要求什麼呢？首先應該是要求我和第三者分手吧。但是，縱使那樣也不可能重回原有的平穩生活，等待我們的只有對彼此而言都很尷尬苦惱的人生。

到頭來，她恐怕還是會做出「離婚是唯一選擇」的判斷吧，但是可以確定的是她會提出種種條件。園美她應該會自己撫養，包含養育費在內，肯定也會要求生活上的保障。當然，她應該也會要求精神補償費吧。

如果真的演變成那樣，我也只能盡力滿足她的要求。畢竟，百分之百是我的錯。

洗完澡後，我在寢室打電腦。我上網試著搜尋了一下出租住宅，最好能找個房租便宜、上班不會交通不便、又容易和秋葉見面的地點。就我一個大男人住，所以房間不用太大。

趁著搜尋資料的空檔我環視寢室，買來不過兩年多，還留有新房子的氣息。這是好不容易才到手的自己的房子，買下這個時，心情就像是達成了一項人生的重大使命。

如果要離婚，這個房子也不得不放棄，那也是理所當然的。

翌日，我正在工作，背後傳來男同事的聲音。

「仲西小姐，有妳的訪客。接待處那邊打電話過來。」

身為派遣社員的她會有訪客倒真稀奇，我連忙豎起耳朵。

「是什麼人？」秋葉問。

接電話的男同事問明對方的姓名之後對秋葉說：「是一位芦原先生，據說是令尊的朋友。」

我暗自一驚，芦原——這個名字很耳熟，芦原刑警，上次在「蝶之巢」見過的刑警。

秋葉接過電話，講了幾句話後，走出辦公室。她一定是要去見芦原刑警。

我一邊處理事務工作，但心情卻忐忑不安。那個刑警到底找秋葉有什麼事？居然還特地追到這種地方來。
我試著回想上次遇到芦原刑警時的情形。芦原刑警為何至今還在追查那起案件呢？如果說是因為沒破案，那我的確無話可說，但我不明白他何以緊咬著秋葉不放，就算是眼見時效將至所以急著破案，難道他真以為事到如今還能從她這裡得到什麼線索？
我怎樣都無法專心工作，最後索性從椅子站起。明知沒有人在看我，我還是做出小動作假裝要去上廁所，就這麼直接走向電梯間。
接待廳在一樓，我站在接待廳的入口朝裡窺視，方桌像學校教室一樣排排放，一半都坐了人。
我看見秋葉了，芦原刑警背對著我。我聽不見他在問什麼，只見秋葉一直垂著頭，做出簡短回答。看起來，頂多只有是或不是這種簡短答覆，她的表情很僵硬。
芦原刑警起身，秋葉也抬起頭，我連忙躲起來。秋葉走出了接待廳，確定已看不見她的身影後我才走進接待廳。芦原刑警正要從訪客出入口走出去。
我隨後追上，出聲喊他：「芦原先生。」
硬邦邦的背部倏然一動，他的國字臉緩緩轉向我。一瞬間，他好像認不出我是誰。但不久，那張臉上就露出殷勤的笑容。
嗨，芦原刑警揚聲。
「上次不好意思，呃，我記得你是渡部先生，是吧？」他朝我背後瞟了一眼後，像在刺探什麼的目光轉向我。「你是陪仲西小姐下來嗎？」

「不，她毫不知情。那天我和你見過面的事，我也還沒告訴她。」
「這樣嗎？那又是為什麼？」
「因為我一直找不到適當時機提起這個話題。」
因為我滿腦子只想著情人節——這種話我終究說不出口。
「今天，你找她有什麼事？」
我這麼一問，芦原刑警露出奸笑，是那種會令內心產生種種妄想的討厭笑法。
「你終究還是會在意嗎？」
「當然會。」我回視他的雙眼說：「因為我很納悶，追問十幾年前的陳年舊事到底有什麼用。」
「上次我不也講過了嗎？眼見時效將至，我們警方也很焦急。無論如何，如果不做點看似搜查的動作，上面也會刮我們鬍子。」
「就算是那樣——」
「今天，我來找仲西小姐，」刑警打斷我的話：「是請教她母親的事。」
「她母親？可是我記得她母親……」
「已經死了。在案發的三個月前。」
「三個月前……嗎？」
我很意外。在我的印象中，我以為是在秋葉更小的時候就過世了。
「不過，」芦原刑警補充：「她父母在那之前不久就已離婚了。」

離婚，這個字眼動搖了我內心的某種東西。

「原來是這樣子啊。」

「看來你好像不知道。」

「我完全不知情，他們離婚的原因是什麼？」

被我這麼一問，刑警浮現苦笑，舉起手在臉前來回搖動。

「不好意思，我不能再往下說了，因為這關係到個人隱私。實際上，就連到目前為止的敘述，都已有相當程度侵害隱私權，我們就到此打住吧。」

「秋葉她……你問她關於她母親的什麼事呢？」

「我講過了，這是搜查上的祕密，也牽涉到隱私權，所以我不能再告訴你更多。如果真想知道，你何不直接去問她本人呢？你們現在也頻繁見面吧？就你們倆。」

就你們倆，刑警特別強調這四個字。雖然四下無人，但他一定是看穿我很忌諱別人的眼光才擺出這種態度。

見我不知如何回應，芦原刑警似乎很滿意，他說聲告辭便離去了，我只能滿腔鬱悶地目送他的背影。

辦公室裡，秋葉一如往常正在打電腦。雖然朝我投以一瞥，但她自然不可能知道我和刑警見過面，只是在唇角微微浮現笑意，我也自以為做出同樣的回應，但不知是否成功。

18

戲劇化的情人節過後一週的週六，我開自己的車載著秋葉，前往橫濱。我倆好久沒開車兜風了。提議想去橫濱的是她，她說想去元町走走。

「今天，沒問題嗎？」秋葉語調輕鬆地問。

「妳是指什麼？」

「當然是你家裡。」

我這才彷彿初次想起似的噢了一聲。

「沒問題，不相干的事妳用不著擔心。」

她頓了一下，咕噥「我就是會擔心」。我能感受到她的心痛。

車子在新山下離開灣岸線，朝石川町的車站駛去，開往車站的途中發現停車場，於是我將車停進去。正值週六，停車場也有點擁擠。

從大馬路走過小橋進入狹小巷道，已到達元町商店街的中央。只見蛋糕店、飾品店、精品店等等，兩旁淨是年輕女孩會開心哼起歌的商店，走在路上的不是成群女子便是情侶，看不到純男性的團體。

「以前，我經常來這一帶玩。」秋葉邊走邊說。她的眼中帶著緬懷某種事物之情。

「和男朋友約會？」我問。這是個很像中年大叔會問的問題。
她噗哧一笑。
「當時我還沒有男朋友，我才國中。」
「噢？那麼，是跟朋友？」
路上的確也有很多看似國中生的女孩。
秋葉搖頭。
「是跟我母親來的，我們兩個很喜歡逛逛街，到處找好吃的蛋糕吃。」
母親這個字眼令我心頭一跳，每次都這樣，她總能看穿我的內心，搶先一步切入核心。每次都沒有事先預告，所以我每次都方寸大亂。
「你怎麼了？」
秋葉朝我轉身，因為我不知不覺停下腳步。
「關於令堂的事，我想跟妳談一談。」我鼓起勇氣說。
秋葉定定凝視我的臉，然後含笑點頭。
「是嗎？那麼，我們找個地方坐坐吧。前面應該有間氣氛安靜的咖啡屋，前提是如果店還沒倒的話。」
見她輕快地邁步走去，我隨後跟上。一邊追她，她對我說的話不做任何質疑的反應也令我耿耿於懷。假使有人唐突表示想談令堂的事，一般人應該會感到訝異才對。
秋葉帶我進入的店，是一間空間狹長如走廊的咖啡店，不過有一面是整片玻璃，所以毫無壓迫感。由於坐北朝南，店內暖如溫室。不知夏天會怎樣？我多事地擔心起來。

秋葉點了皇家奶茶，我選的是咖啡。

「我媽以前很愛吃這間店的起司蛋糕。」她環視店內說：「有次還一口氣買了五個蛋糕帶回家，全部都被我媽和我吃光了。」

「妳們感情一定很好。」

「會嗎？嗯，也許吧，我那時還小，好像還沒產生對母親的反抗心。」

對父親的反抗心呢？我忍住想這麼問的衝動。不知怎地，園美的小臉掠過腦海。

欸，秋葉啜飲一口紅茶後說：「你從芦原先生那裡聽到了什麼？」

正把咖啡含在嘴裡的我，差點噴出來。我慌忙嚥下咖啡，幾乎燙傷喉嚨。

「你還好吧？」她笑了。

「妳怎麼會……知道？」

「知道什麼？你和芦原先生見過面的事？」

「嗯。」

「那個我老早就知道了，是阿姨告訴我的，正月新年你們見過吧？」

原來如此，我當下恍然大悟。那天，芦原刑警尾隨我離開酒吧的那一幕，或許都被彩色夫人看在眼裡。

「上次，我和芦原先生見面後回到座位，你不是不在嗎？那時我就猜想你也許是去見他了。」

「是我主動找他的。」

「這樣啊，那你聽說我媽的事了吧？」

「沒聽到多少，因為對方說這涉及隱私權。」

「那個棋子男，居然用隱私權這種字眼？」

「棋子男？」

「對呀，你不覺得他的臉很像將棋的棋子嗎？腮幫子有稜有角，害我每次只要定睛看著他的臉，就會看到『金』這個字出現⑩。下次，你不妨也試試。」

回想芦原刑警那副尊容，我不禁噗哧一笑。的確如此。

秋葉也笑了，但她驀地恢復正經。

「芦原先生他啊，可沒把那件案子當成單純的強盜殺人案喔。」

「此話怎講？」說著我也抿緊嘴唇。

「他好像認為，這是熟人犯案，另一種可能是有熟人參與犯案。」

「另一種可能」，這個生硬的說法肯定來自芦原刑警。

「什麼熟人？」

「誰知道。」秋葉歪起頭。「但是芦原先生同時也認為，這件案子與仲西綾子有關——」

「仲西……妳說那是誰？」

「綾子，岡本綾子⑪的綾子，我媽。」

我猛然下巴一縮，挺直腰桿。我沒碰咖啡，卻朝裝開水的杯子伸手。

「可是……妳母親不是過世了嗎？呃，我記得是在案發的三個月前。而且，他還說早在那之前，妳父母就已經離婚了云云。」

秋葉頷首。

「一點也沒錯，芦原先生連這種事都告訴你了啊。」

「他為什麼會認為案子和妳母親有關呢？」

「芦原先生說這是根據消去法。」

「消去法？」

「他說經過多方調查後，他確信強盜殺人的可能性是零。這麼說來，顯然是熟人幹的，那麼動機是什麼？這樣將可能性逐一刪去後，最後剩下的就是仲西綾子，他說也許與仲西綾子的不尋常死因有關。」

「什麼不尋常死因？」

於是秋葉筆直凝視我的雙眼。

「自殺，我媽是自殺的，她吃了藥。」

我感到全身寒毛倏然倒立，一時之間想不出該說什麼，只能不停眨眼。秋葉將視線從這樣的我轉開，露出遙望遠方的眼神。

❿將棋的五角形棋子上，分別刻有玉、金、銀、桂、香、角、飛、步等字。

⓫一九五一～，日本著名的女子高爾夫球選手。

「那時新年假期才剛結束，她好像喝了除草劑，但是我並未立刻接獲通知。看到我父親和阿姨慌得團團轉，我問他們出了什麼事，阿姨這才告訴我。我父親連我的臉都不敢看，關於我媽的死，那天他也未置一詞。說到這裡才想到，當時好像也有警察來吧。我是不太清楚啦，不過像這種情形好像也算是橫死。所以，站在警察的立場也不得不來我家做筆錄吧。但是仔細想想，刑警先生想必也很尷尬，居然得跑到已經離婚的前夫家裡做筆錄。」

「當時立刻就確定，妳母親是自殺嗎？」

「好像是，警方的人說應該是一時衝動才尋短。」

「一時衝動嗎……？」

秋葉端起皇家奶茶的茶杯送到嘴邊，她的動作格外徐緩，看起來好像是在刻意鎮定心神。

「我啊，和我媽見過面，就在她死前。」

「見過面？在哪？」

「在我媽的住處，就我們母女倆自己慶祝新年。她那時一個人住在吉祥寺的公寓，早在離婚一年多前，我爸媽就已分居，那間公寓是我父親準備的。分居後，我也常常去那裡玩，這點我父親當然也知道，偶爾還會向我問起我媽的事。但我很壞心眼，每次都騙他，說我沒去我媽那裡。」

「妳母親臨死之前，妳也去見過她，是嗎？」

「因為我們每次都說，新年一定要一起慶祝，其實也只不過是喝喝茶、吃吃零食。」她呼地吐出一口氣。「我媽的遺體兩天後才被發現。」

「是誰發現的?」

「我媽的朋友。那人打電話卻沒人接，因為不放心所以才去我媽的住處查看。之後就向管理員說明原委請管理員開門，所以應該是與管理員一同發現的吧。」

「妳母親自殺的原因查明了嗎?」

秋葉目不轉睛地凝視我，「精神官能症（Neurose）。」她說。

「噢……」

她咯咯笑。

「聽到是精神官能症，的確令人不知該說什麼才好，對吧?我媽有點憂鬱症的傾向，會去醫院拿藥吃，但早在她自殺的數月之前就已不再去醫院，藥應該也早就吃完了。這種事，聽說是憂鬱症患者常見的情形。可能是連去醫院都受不了了吧。然後，因為沒吃藥所以病情也不會好轉，想法變得愈來愈悲觀，最後終於認為死掉比較好。據說憂鬱症患者有超過三成的人，都曾考慮過自殺。」

即便聽秋葉說明，依舊還是沒改變我不知該說什麼才好的窘境。為了掩飾尷尬，我拿起咖啡啜飲，卻喝不出味道。

「醫生也說，離婚正式成立，或許也切斷了她維持心靈理智的那根線。」

「為什麼說是正式?」

「我不是講過他們已分居一年多了嗎?正式辦理離婚手續，是在我媽死前的一個月左右。」

「原來如此……」

若是這樣，將離婚視為自殺的導火線或許是妥當看法。

「妳知道他們分居，或者說離婚的原因嗎？」

秋葉歪起頭。

「忙於工作無暇照顧家庭的丈夫，和無法理解丈夫辛苦的妻子，兩人促膝長談後，決定為了彼此的幸福重新開始另一段人生。」說完她看著我聳聳肩。「說來還真可笑，當初明明應該是為了得到幸福才結婚，現在卻說是為了彼此的幸福而離婚。」

「妳的意思是說，這並非真正的理由？」

「誰知道，他們並沒有向我詳細解釋。有一天，我放學回來，我媽就告訴我，這次已決定和我父親分居。我當然問起原因，但她回答我的，全是令人無法釋懷的含糊說法。雖然她說是經過兩人長談後，才決定這樣做最好，但她並未告訴我他們倆究竟談了些什麼、又是怎麼談的。」

我低下頭，拿湯匙在咖啡杯中不停攪拌。

我多少理解箇中內情了。秋葉自然也明白。夫妻的離婚，想必與本條麗子這個女人有關。說穿了，秋葉的父親仲西達彥與本條麗子的外遇就是離婚原因。雖不清楚兩人的關係始自何時，但這麼推論的話一切就說得通了。他們分居後，沒有立刻辦理離婚手續，想必是因為中間的談判過程拖了很久吧。

我試著拿來與自己的情況對照，有美子八成也不會立刻答應離婚，說不定到時也會先分居一陣子。

也許是因為我陷入沉默，秋葉綻開笑容，雖然看起來有點勉強。

「話題好像太沉重了。」

「那倒是無所謂……」

「欸，我們出去走走吧！」秋葉開朗地說。

離開咖啡店，我們走上徐緩的坡道。不知不覺走進了元町公園，通往外國人墓地的路上有群樹環繞。

「我以前常在這裡撿椎栗⓬的果實呢。」秋葉邊走，邊呢喃：「有人說，炒過之後拿來配啤酒會很好吃，但我沒有吃過。」

她的母親，也就是仲西綾子，肯定為丈夫炒過椎栗的果實。

「那個，」我戰戰兢兢地開口：「對於妳父母的離婚，妳是什麼想的？」

「什麼怎麼想？」

「我是說，換言之……」

見我苦思該如何措詞，秋葉停下腳，轉身面對我。冷風掠過斜坡吹上來，掀起她的長髮。

「如果你是問我難不難過，那我當然只能說很難過。我無法理解，也很不滿，難以忍受。我那時已經是國中生了，當然至少還理解男女感情誰也說不準幾時會生變，只是，我毫無根據地深信，唯獨自己的爸媽是不一樣的，他們是特別的。得知這只是自己的幻想後，這點令我大受打擊。」

⓬Castanopsis，果實形似橡樹子，可食用。

她的意思我很能體會。我的父母幸運地沒有離婚，但我從來不曾認真想過這是一種幸運。唯獨自己的父母是特別的——的確如她所言是毫無根據，就已一廂情願地如此認定。

「言歸正傳，」我說：「芦原刑警認為，十五年前的案子和妳母親的自殺有什麼關係呢？」

「誰知道。依照那個人的說法，是因為沒有任何線索，只好姑且把過去發生的事一一檢證看看。」秋葉歪起頭。「前妻自殺三個月後，這次又輪到情人被某人殺害……若以我父親為中心去推敲，站在刑警的立場當然會覺得不對勁吧。」

「妳是說芦原刑警在懷疑妳父親？」我不由得瞪大眼。

秋葉做個歪頭質疑的動作，再次緩緩邁步。

「對啊，他在懷疑，但那個人懷疑的不只是我父親，真要嚴格說起來的話，我父親恐怕還排在後面吧。」

「排在後面？」

「我是說如果把嫌疑人按照順序排下來的話。因為，我父親並沒有動機吧。」

「難道有人有動機？」

但秋葉，彷彿沒聽見我的問題逕自四下張望，深深吸了一口氣。

「有樹葉的氣味，你不覺得空氣好像比較沒那麼冰冷了？感覺上春天已經漸漸接近了耶！」

「秋葉，到底是誰——」

「兩個人。」她說著豎起兩根指頭。「有犯案動機的有兩人，動機相同，都是因為失去了心愛之人想要報仇。」

「所謂的心愛之人……是指仲西綾子女士？」

秋葉把臉上的髮絲撩到後面。

「按照我們這一路說下來的發展，當然應該是她。」

「那妳說的兩人，換言之是——」

「一個是仲西綾子的妹妹，另一個是她女兒。」秋葉駐足，保持雙手插進大衣口袋的姿勢，猛然朝我轉身。她的大衣下襬在一瞬間如裙裾飛揚。

「怎樣？很有趣的故事吧？」

「一點也不有趣，我笑不出來。」我說。我知道自己的臉很臭。「為什麼妳們非得遭到懷疑不可，那樣太奇怪了吧！」

結果秋葉倏然收緊下巴，翻眼看我。她的眼神正經得甚至可用冷漠來形容，令我悚然一驚。

「為什麼奇怪？」她問：「心愛的人死了，會恨害死她的人是理所當然的，不是嗎？我認為芦原刑警的想法並沒有錯。」

「妳……那時很恨？」我略微垂頭，貼近窺視她的表情。

秋葉皺起臉，指尖按壓太陽穴，然後立刻恢復笑容。

「不知道耶！我已經忘了，畢竟那已是陳年往事。」她合攏大衣前襟，猛然轉身背對我邁步走出。

「我有女兒。」我對著她的背影說：「如果我離婚了，她同樣也會恨誰嗎？」

秋葉佇立，面向前方說：「這種話，就算是開玩笑也不該說出口喔。」

「我不是在開玩笑。」

她轉向我。「你這人，好殘忍。」

「殘忍？為什麼？」

「因為，你覺得我和你女兒曾經立場相同，所以才想問這種問題對吧？而且你應該也很清楚，我在此時此地會怎麼回答。你絕對不能有離婚的念頭，因為那樣會傷透你女兒的心，請你別讓她像以前的我一樣嘗到同樣的滋味──你想讓我說出這種話，是吧？」

「不，不是的，我是真的……」

「別糊弄我。」秋葉尖銳的聲音在樹林之間響起。「請放心，我會說出符合閣下期待的完美答案──你千萬不可以離婚，請你好好珍惜家庭──這樣行了嗎？」

她開始加快腳步下坡。

「等一下！」

我出聲喊她，但她不肯停下，我只好快步追上，一把拽住她的肩膀。

「放開我！」

「不是的，正好相反！」

「什麼相反？」

「我希望妳說，妳活得好好的，就算爸媽離婚妳也不在乎，妳一點也不恨任何人，這樣的話至少我會好過一些。」

秋葉本想甩開我的手，聽到我這麼說當下愕然瞪眼，她的臉色有點蒼白。

「好過一些……這是什麼意思？我問你，你我的事你對家人不是隱瞞得很好嗎？」

「目前是，可是一旦要離婚那就另當別論，我覺得沒辦法再繼續隱瞞了。」

秋葉一邊吸氣，一邊張大嘴巴，但她說不出話來。她搖了兩、三次頭，一再眨眼，無力地揮手，然後才勉強擠出一句「不行」。

「那樣是不行的，絕對不行！你為什麼要說出這種話？你在戲弄我？若是這樣你就太過分了，這是非常過分的行為！」

「我沒有戲弄妳，這種關係已經讓我愈來愈煎熬了，我也不想再明知自己在折磨妳，卻還要假裝不知。不是跟妳分手就是離婚，只能二選一，而我，不想與妳分手。」

秋葉邊聽我說話，邊閉上眼，她雙手抱頭，當場蹲在地上。

「妳怎麼了，沒事吧？」

「你現在，做出了無可挽回的舉動。」她蹲著說。「你給了我一個夢，那是我一直警告自己絕對不能作的夢，你懂嗎？比起沒有作這個夢之前，夢醒時會更心寒。」

「我不會讓妳夢醒，那絕不會僅只是夢。」

「算我求你，請你什麼都別說了，還有，請答應我一個任性的要求。」

「是什麼？」

「今天的約會到此為止，對不起，我要自己搭電車回去。」
「秋葉……」
她站起來，開始大步往前走，但她旋即止步，稍微朝我這邊轉頭。
「我可不是在生氣喔。只是，今天再繼續和你在一起太可怕了，我怕自己會支離破碎。」
說著她再次邁步。
我目送她的背影，一邊試著回想自己的所做所為。
無可挽回的舉動──我想也許是吧。

19

進入三月。

早上到了公司一看，秋葉早已在場，她正與田口真穗等人談笑。

「妳們在聊什麼？」我問。

「你最好不要問喔。」田口真穗咯咯笑。

「幹嘛，故弄玄虛的？」

「那，我就告訴你好了，不過你聽了也許會後悔。」田口真穗先這麼聲明後，才用一隻手掩嘴說：「我們在說白色情人節啦！」

「白色情人節……已經到了想這種事的時期了嗎？」

「渡部先生，你應該也有很多不能不還禮的對象吧？再不趕緊開始準備小心來不及喔。」

「今年我又沒拿到人情巧克力，因為那天正好是週六。」

「啊，是這樣嗎？」

「那——」秋葉開口了：「你應該送個什麼禮物給你太太，她的巧克力你總該收到了吧？」

她的語氣莫名開朗，這點令我心神動搖。

「我可沒收到那種東西，她才不會給我。」

「是嗎？」秋葉歪起頭。

「這話聽起來有點寂寞耶！」田口真穗說。

「夫妻在一起久了，已經沒有男女之情了。」

「啊？是這樣子的嗎？」

「鐵定收到了啦！」秋葉曲肘捅了一下田口真穗的側腹。「渡部先生只是不好意思說而已。」

「我哪有不好意思，是真的。」我不由得激動起來。

秋葉定睛凝視我的臉，然後滑稽地聳聳肩。

「哎，總之有沒有收到都無所謂啦。」說完一個轉身，便朝她自己的位子邁步走去。

我忽然有股衝動，想拽住她的肩膀大喊等一下，因為我覺得秋葉簡直像是在揶揄我前幾天說的話。肯定過著美滿夫妻生活的你，怎麼可能離得了婚——我覺得她彷彿是在這麼說。然而在這種場合，我不可能坦白吐露自己的心思，雖然很想反駁，但還是默默在自己的位子坐下。

電腦的電子信箱裡，有一封橫濱的大樓燈飾故障的報告。傷腦筋。我立刻打電話給對方，一再道歉後，與負責人一同搭乘公司的廂型車趕往當地。

本來只是小小的配線問題，但施工時必須將大樓部分停電，為了協調停電的問題吵了很久。要和承包的施工公司協商，還要和客戶談善後處理，等到終於可以離開現場時，已經過了晚間八點。

我把廂型車留給還在加班的同事，決定自己搭計程車去橫濱車站，但我半路改變心意，請計程車司機開往中華街。

「蝶之巢」所在的大樓前依舊寂靜無人。我走上小台階，打開右邊的門。彈奏爵士樂的鋼琴聲在店內流洩，圓桌坐了兩個客人，吧檯也坐了一人。不見彩色夫人的蹤影，也沒看到芦原刑警。

我向白髮酒保道了一聲晚安。

「歡迎光臨。」他說。

我點了古早（Early Times）波本威士忌摻蘇打水。用那個潤潤喉後，碰運氣地試問：「濱崎女士呢？」

「她今晚有點事出去了。」酒保語氣平靜地說：「如果有什麼事需要我轉達……」

「不，不用了，我只是經過附近順便過來坐坐。」

「是嗎？不好意思。」酒保低下白髮蒼蒼的頭行以一禮。

既然見不到彩色夫人，來這裡就毫無意義了。關於秋葉母親的自殺，以及那前後發生的事，我本來想找她打聽看看。

我一邊以較快的速度喝威士忌摻蘇打，一邊漫不經心地四下張望。坐在鄰座的女客正在看厚厚的檔案資料。好像是整理過的新聞剪報。那是個看似四十出頭、戴眼鏡的女人，及肩的頭髮是直的，染成褐色。

我正在思考會獨自來這種店的女人是哪種人時，我的手機響了。是部屬打來的。

我走到廁所附近接電話，對方是打來向我報告問題總算已設法解決。我針對善後處理對他做出種種指示，但我說到一半忽然說不下去了。

因為某樣東西映入眼簾。

我當時一直站著講電話，從那個位置可以看見坐在吧檯前的女客背部，也可窺見她正在看的檔案。看到那個檔案的內容，我當下愕然。

「喂？請問，聽得見我說話嗎？」部屬在喊我。

「啊？噢，聽得見，照我剛才講的程序進行就對了，之後由你全權處理，拜託你了。」

掛斷電話，我回到座位開始喝剩下的波本威士忌摻蘇打。我覺得異常口渴，三兩下就咕嚕咕嚕喝光了。

我偷窺鄰座女子的側臉，她好像沒發覺我的異樣。

這個女人，會是什麼人呢？至少，她並非只是想獨自飲酒才進門的客人，她一定也是來找彩色夫人的。

匆匆一瞥的檔案內容，烙印在我的眼底。

那是舊剪報，標題是「東白樂發生白晝劫財命案」，而上面的照片，無疑正是那棟大宅。

我又點了一杯波本威士忌蘇打。

鄰座女子一邊看檔案，一邊以相當徐緩的速度啜飲健力士啤酒，杯中本來應該濃稠柔滑的泡沫早已完全消失，變得像走了氣的可樂。她顯然並沒有在專心品酒。

白髮酒保的樣子也和以往略有不同，他不動聲色地觀察客人，在第一時間察覺客人需要什麼以便提供最好的服務，這本來就是他平常的工作態度。但他現在分明是刻意不看這位女客——

至少他給我的感覺是這樣。

第二杯的波本威士忌蘇打也喝光了，我正在猶豫是否該再叫一杯時，鄰座女子開始有動靜。她闔起檔案夾，收進大型肩背包。

「多少錢？」她問酒保。

酒保把寫有價錢的紙片放在她面前，她默默自皮夾取出鈔票。收起皮夾後，套上大衣，把皮包往肩上一掛便走向門口。

我握緊空酒杯，思忖是否該去追她。不管怎麼想，她顯然都知道秋葉老家那起事件的某些訊息。不僅知道，而且是為了與此有關的事來找彩色夫人。

「要再來一杯嗎？」酒保問。

我看著他的臉，他的唇角雖浮現笑意，眼中卻藏著嚴肅的光芒。

「不，不用了，謝謝招待。」我下定決心說：「多少錢？」

酒保露出愕然的表情，「請等一下。」他說著，拿起計算機。

再磨蹭下去就會跟丟她了。我心急如焚，從皮夾抽出萬圓大鈔，往吧檯一放。

「這樣應該足夠吧？」

酒保「啊？」地驚呼一聲看著我。他倉皇失措。

「如果還不夠，請把帳單寄到這裡。」我把名片放在萬圓大鈔旁，抓起自己的外套。

「不，那個，等一下……」

我無視酒保的呼喚，逕自離店，立刻環視四周。

沒看到那個女人。我抓著外套拔腿就跑，在十字路口朝四面八方望去，卻不見她的蹤影。

也許她搭計程車走了，我暗忖。若真是如此，我不可能追上她。我很後悔當她離店時，自己為何沒有立刻起身追去。

就在我漫無目的、不知何去何從一邊開始緩緩邁步之際，剛才那名女子竟從我身旁的便利商店走出來。她的左肩掛著裝有那本檔案夾的大皮包，右手拎著白色的塑膠袋，裡面隱約可見裝著寶特瓶和三明治。

她朝我瞄了一眼，在一瞬間浮現訝異的神情，但似乎未再特別留意，立刻開始邁步，好像是要去車站。

我一邊追她，一邊出聲喊道：「小姐……」

她當下止步，朝我轉身。

「對不起，剛才在店裡……在『蝶之巢』，我坐在妳旁邊。」

她困惑地半張著嘴，眼鏡後方的雙眼不安地游移。

「如果你是要推銷什麼東西，很抱歉，我統統不感興趣。」她的聲音雖低，語氣卻很堅決。

我淺笑搖頭。

「不是那樣，我只是有事想請教，是關於妳剛才在看的檔案。」

「檔案？」她雙眉一皺。

「對不起，我經過妳身後時不小心看到一眼。妳收集成冊的報導，是東白樂發生的劫財命案吧？」

我這番話令她杏眼圓睜。

「你還記得那個案子？」可以感到她的聲調拉高了一些。

「不是還記得，是直到最近才知道那件案子。據我所知，時效馬上就要到了吧？」

「是這樣沒錯……你是看最近的報紙之類的東西才知道的？」她顯然有點失望。我當下猜到她八成懶得理會僅是透過報導聽說此事的人。

「我的朋友是此案的關係人之一，所以我才會得知案情經過。」

她的臉上，再次浮現興味。她朝我走近一步。

「是什麼樣的關係人？」

「受害者的家人……不，不該這麼說吧，或許應該說是受害的那棟屋子的住戶。」

「仲西家的人？」

「是的。」

「我記得那棟屋子住的應該是一對父女，所以你的朋友是……」她直視我的雙眼。

「是那個女兒。」

「秋葉小姐是吧？」

「對。」我收緊下巴。

她說聲是喔，逕自打量我的臉。也許正在思索我與秋葉的關係，以及我為何會關心這件案子。

我從懷中取出名片。「敝姓渡部，和仲西秋葉小姐是同事。」

她凝視接下的名片，但臉上依舊是無法釋然的表情。想必是不相信單只是公司同事，會關心起十五年前的舊案子。

但我當然也不能光是回答她的質問。

「恕我冒昧，請問妳為何要把那件案子的報導整理建檔？還有，妳是為了什麼事去『蝶之巢』？」

她的嘴角隱約浮現笑容，但是，眼鏡後方的雙眼卻極為冰冷。

「你幹嘛打聽這種事？我對什麼感興趣是我的自由吧？」

「是這樣沒錯啦……」

「難不成，」她伸出指尖調整眼鏡的位置，再次審視我。「至今還有人對那件案子感興趣，令你耿耿於懷？這是否表示你不希望事到如今還有人重翻舊案？」

「重翻舊案？這是什麼意思？」

她略略歪頭。

「你是秋葉小姐的男朋友？」

我吶吶難言。這個問題出乎意料，況且我也遲疑著是否該在此時此地老實回答。但我這種遲疑的態度，似乎令她產生確信。

「也對，她就算有個男朋友也不足為奇。」

「若我說是，那又怎樣？」

「這也犯不著惱羞成怒吧？一開始先出聲喊我的可是你喔。」

見我陷入沉默，她噗哧一笑，不過眼神依舊冰冷。

「身為她的男朋友，如果聽說了那起案件，那就難怪會對我的檔案在意了。『蝶之巢』的老闆娘是秋葉小姐的阿姨，這件事你知道吧？」

「嗯。」

「關於那起案子，你和濱崎女士談過嗎？」

「沒有好好詳談過，況且我想對方也不願提及這個話題。」

「你了解到什麼程度？我是說對於那起案子。」

「談不上什麼程度……」

「你只是聽秋葉小姐提起？」

「聽她提起後，我看了報紙的報導，如此而已。」

其實還有少許自芦原刑警那裡得來的情報，但我按下不提。

「這樣啊，僅此而已嗎？嗯……」她的點頭方式很吊人胃口。

「請問妳為什麼會隨身攜帶那種檔案？妳是想跟濱崎女士談那起案子，才會去『蝶之巢』吧？妳是此案的關係人嗎？」

我的問題令她有點苦惱地陷入沉默，只見她時而輕咬嘴唇、時而輕嘆，最後她仰望著我，彷彿下定某種決心似的點點頭。

「也對，既然你都報上姓名了，我如果不表明身分未免不公平。況且，只要去『蝶之巢』問那個酒保老爹，他肯定也會告訴你。」

看來那個酒保果然知道這個女人的真實身分。
她把手伸進皮包，取出名片遞來，上面印著設計事務所的名稱和釘宮真紀子這個姓名，頭銜是設計師。
「釘宮小姐……這麼唸沒錯吧？」
「對，」她說完，又補上一句：「娘家姓本條。」
本條，我在嘴裡咕噥後，赫然倒抽一口氣。
「本條……妳是本條麗子小姐的……？」
「妹妹。所以，我才是如假包換的受害者家屬。」她略微抬起下巴。
我不知該作何反應。遇害的本條麗子也許還有家人，這點我過去一次也沒想過，雖然說沒那個機會，但是至少也該稍作想像才對。
「這下子你明白了嗎？我想知道我姊遇害的事件真相，想揪出殺死我姊的兇手，所以才會這樣隨身攜帶與案件有關的檔案。雖然因為還得工作，無法一天二十四小時只想著這件事，但只要有時間，我就會靠自己的力量盡可能調查。去『蝶之巢』也是我的調查行動之一，畢竟濱崎妙子女士是為數不多的證人之一。」
「原來如此……」
「你能明白就好，那麼，我現在可以走了吧？」釘宮真紀子重新揹好肩上的背包，毫不遲疑地轉身離去。
我這下可慌了。「啊！請稍等一下。」

「你還有什麼不滿意？」

「不是的。」我追上她，站在她面前，俯視蹙眉的她，困窘地舔唇。「那麼……關於那起案子，妳有查出什麼嗎？比方說報紙沒有報導的事實，或者新的情報……」

釘宮真紀子緩緩眨眼。

「那當然是有一點，畢竟，我可是整整追查了十五年。」

「例如什麼樣的事？」

被我這麼一問，她面露意外的表情，接著哭笑不得地嘆口大氣。

「我幹嘛非得告訴你不可？」

「我不是這個意思，我只是想知道。關於那起案件，我想更進一步了解詳情。」

「為什麼？」

「因為……秋葉好像也對那個案子耿耿於懷。無論是對她或對仲西家，那好像都是一道不能碰觸的傷痕，所以即便只是蛛絲馬跡也好，只要是逼近真相的線索我都想知道。」

「想當作心理諮商的工具？」

「我不是這個意思……」

釘宮真紀子垂眼看手錶，看樣子她無意再與我多費唇舌。

「抱歉，我非走不可了，否則我先生也會擔心。」

「這也是為了我自己。」我情急之下脫口說道。

「為了你自己？」

「我……」我急忙調整呼吸，繼續往下說：「我打算與秋葉結婚，換言之，也等於要和仲西家結為親家，所以我有必要先弄清楚對方的家庭到底發生過什麼事。」

我邊說，邊感到自己的身體發熱。我暗想，剛才我脫口做出不得了的發言喔。

也許是感受到我的亢奮，釘宮真紀子面露沉思。她再次垂眼看錶後，重新審視我。

「既然如此，那我或許該告訴你比較好，況且我的確也認為你該知道……不過，我有條件。」

「什麼條件？」

「你也得幫我。你透過和秋葉小姐交往，或許知道我所不知道的事，像這種事你會毫不隱瞞地告訴我嗎？」

「那倒是沒關係，但我對事件的了解，想也知道不會多到哪去。」

釘宮真紀子搖頭。

「我不是叫你告訴我那起案件的事，我是拜託你告訴我秋葉小姐的事。」

「秋葉的事？」

「還有另一個條件。」她豎起食指。「我會告訴你，是因為我認為你目前還保持中立，但是如果不是這樣，我就不能跟你談了。」

「這話怎麼說？什麼中立？」

「我是說如果你已經是仲西家那邊的人，那麼我就無可奉告了。你最好也別知道比較好，因為那恐怕只會令你不快，屆時你就會像濱崎妙子女士一樣，到處躲著我。」

彩色夫人是為了躲避這個女人，今晚才沒在店裡出現嗎？

聽著釘宮真紀子的敘述，我多多少少開始明白她是怎麼看待這個案子了。我想起之前與秋葉的對話，芦原刑警說過的話也浮現腦海。

「我知道了。正如妳所說，我目前還保持中立，不會替任何人說話，只盼能客觀地掌握案情。妳要講的內容，說不定聽來並不愉快，但即便如此我還是想聽。」

釘宮真紀子定定凝視我的眼，一再眨眼後方才點頭。

「我們換個可以安心長談的地方吧。」

走了一小段路後有間家庭連鎖餐廳，我們在最邊上的桌子落坐，因為四周沒客人。

「我可以喝啤酒嗎？」她問。

「請便，我也喝啤酒。」

我們向女服務生點了兩杯生啤酒，我想起她在「蝶之巢」喝的是健力士啤酒。

「你和秋葉小姐是幾時開始交往的？」彷彿為了填補啤酒送來之前的空檔，釘宮真紀子問道。

「去年秋天。」

「這麼問或許好像很蠢，是你先要求交往的吧？」

「這個……」

見我含糊其詞，她抬眼瞪著我。「我們不是約定好了什麼都要告訴對方嗎？」

「這個我知道。哎，其實當初也沒有正式要求交往那一套，只是在街上偶然遇到，於是隨口提議一起去喝酒，後來好像就因此開始約會了吧。」

我一邊說，一邊憶起當時的情景，秋葉在棒球打擊練習場埋頭拚命揮棒的身影又在腦海浮現。明明只是不久以前，卻彷彿已是陳年往事。
「不管怎樣，總之，是你先開口邀她的吧？」
「呃，是的。」
是嗎？釘宮真紀子說著點點頭，這時，女服務生送來生啤酒。
「請問妳為什麼要問這個？」女服務生離開後，我試問。
「我不認為這跟那件案子有關。」
釘宮真紀子從皮包取出那本厚厚的檔案夾，放在桌上。
「因為我想知道仲西秋葉小姐的近況。我想先知道，她現在抱著什麼想法過日子，是怎麼與男人交往的。」
「我已經說過這與案件——」
釘宮真紀子彷彿要打斷我的話，伸手拿起啤酒杯，朝我遞來。
「我說，你已做好心理準備了嗎？」
「什麼心理準備……」
「聽我敘述的心理準備。要逃跑就得趁現在，因為接下來，我必須說出你其實一點也不想聽的事實。」
「我不想聽……不會，是我自己要求妳說的。」
「你真的想聽？」釘宮真紀子說：「我要說的是，本條麗子命案的真兇是仲西秋葉，是你心愛的女友喔！」

20

以前常看的兩小時電視劇片頭使用的音樂，在我腦中轟然響起。鏘鏘鏘鏘——說到這裡，記得有一次，秋葉好像也提過那種配樂，是她頭一次告訴我那起案件的晚上。

本條麗子命案，真兇——一年前的我，想都想不到會在現實的日常生活中聽到這種字眼，我一直以為這是只有懸疑推理劇才會出現的台詞。

即便這樣聽到後，我還是花了一點時間才讓大腦逐漸理解那種字眼的意義，即便逐漸理解後，心情仍然如在夢中。

「啤酒。」釘宮真紀子看著我的手說。

我在不知不覺中握緊杯子，而且任由杯子傾倒。白色泡沫溢出，濡濕了我的手指，我慌忙放下杯子，拿紙巾擦拭。

「你看吧。」釘宮真紀子說：「現在你想逃了吧？」

「不，」我說著搖頭。「我早就隱約猜到，也許會是這樣的故事。」

「真的？」

「不過，當然內心還是祈求不會是這樣的故事。」

這麼說一半是假、一半是真。內部犯案說、嫌疑犯是仲西家的人——如果老是聽到這種說法，想當然耳，最後必然會歸結到「那麼秋葉有嫌疑嗎」這個疑問，但我一直極力避免去想那個問題。

「我可以繼續嗎？」

「麻煩妳。」我啜飲啤酒。忽然覺得口乾舌燥。正如她所言，我必須有心理準備。

「事件發生在十五年前的三月三十一日，地點在東白樂的安靜住宅區，當時太陽還高掛天空，是白天發生的事。」

「詳細說明就──」

「詳情如果不告訴你就失去意義了。」釘宮真紀子毫不客氣地頂回來：「你想知道一切吧？那麼，就請你安靜聽我說，如果有疑問你可以發言沒關係，但是請你不要對我的做法挑毛病。」

尖銳的語氣將我完全壓倒，我只能默默點頭，表示知道了。

她像要調整呼吸般胸口上下起伏。

「女性遇害的消息傳至神奈川縣警局，是在下午三點三十分左右。大約十分鐘後警察趕到，確認屍體。命案現場的那棟房屋持有人是仲西達彥。死掉的是他的祕書本條麗子。她在仲西家的客廳，胸口中刀倒臥不起，而且在大理石茶几上躺成大字形。」

這是我曾數度聽秋葉敘述的內容，雖未親眼目睹，卻已習慣去浮想那幅情景了。

「發現者是那家的長女，仲西秋葉，當時十六歲。她正在二樓練習豎笛，所以完全沒發覺樓下發生的事，但她隱約覺得樓下好像出了什麼事，於是下樓一看，發現了陳屍客廳的本條麗子。之後的事她毫無記憶，因為，發現屍體的衝擊令她昏倒了。之後，定期來仲西家打理家務的濱崎妙子買完東西回來，發現屍體和暈厥的長女。立刻聯絡戶長仲西達彥。仲西達彥返家是在下午三點三十分左右，他立即向神奈川縣警局報案。」

一口氣說到這裡後，釘宮真紀子看著我，像在問我可有疑問。

「到目前為止的內容，我都知道。」

「那麼，除了我剛才講的之外，你還知道什麼嗎？」

我想了一下才開口。

「我還聽說，昏倒的秋葉在不知不覺中被抱回自己寢室的床上安置，本條小姐的皮包被偷，落地窗是敞開的——大致就只有這些吧。」

釘宮真紀子像要說很好似的點點頭。

「研判強盜殺人的可能性很高，神奈川警察分局和神奈川縣警局隨即展開搜查，但搜查行動很快就觸礁了，因為完全找不出線索。」

看來話題終於進入核心了。我吞了吞口水。

「雖然進行了大規模搜查四處打聽消息，卻沒有問出任何疑似犯人的目擊情報。你懂嗎？一點也沒有。這種情形其實是非常罕見的，通常，有一、兩則目擊情報是理所當然的。現場周邊並不是沒有半個人在，比方說距離那棟屋子五十公尺左右的路旁，當時正有三個附近的家庭主婦在東家長西家短，她們目擊了好幾個人，只是，那些全是她們其中之一認識的人，當然，並不是這樣就足以證明那些人沒有嫌疑，所以警方也清查過那些人的不在場證明。結果全體的不在場證明都得到確認。」

「犯人也許是從家庭主婦的眼皮底下躲開行動吧？那一帶有很多曲折小巷，所以要怎麼迂迴繞路應該都不成問題。」

釘宮真紀子的眼鏡鏡片冷光一閃。「我問你，你可曾在那附近好好走上一遍？」

「不，那倒沒有。」

「如果你走過就會明白，那條路是死路。所以，即便犯人如你所說拐進某條小巷，最後還是會回到同一條馬路。家庭主婦們站的位置，就是那些巷弄的會合點。」

我回想仲西家的周邊道路，也許確如釘宮真紀子所言。

「但是，犯人不見得一定是規矩走路吧！那本來就是侵門踏戶的鼠輩，所以逃走時或許是直接穿越別家的院子也不一定。」

「那種可能性的確不是完全沒有，但是很難想像。」

「很難想像嗎？」

「不信你站在犯人的立場想想看，若要安全脫逃，還是盡快偽裝成普通路人比較好吧。如果在別人家的院子打轉被人發現了，豈不是百口莫辯嗎？」

雖然覺得或許真的如她所說，但我還是保持緘默。我喝著啤酒，卻只有滿嘴苦澀。

「談談犯人留下的東西吧。」釘宮真紀子說。

「妳是指刀子？我聽說那是隨處可見之物。」

「是一般家庭用的刀，或者稱之為西洋菜刀，長度為十四公分，價值一萬圓左右，在全國各地的百貨公司都有賣。」

「查出是從哪買來的嗎？」

釘宮真紀子搖頭。

「菜刀和小刀不列入槍刀法⑬的管制對象實在很沒道理。不過，如果我自己買刀時還得辦理種種手續，我肯定也會很火大。撇開那個不談，我想強調的問題不在刀子本身，而是刀子上應該有的指紋。關於指紋，你可曾聽秋葉小姐說過什麼？」

「我不確定……」

「指紋被擦掉了。」

「那麼，關於那個也沒有線索囉？」

「對呀。不過，有件事令警方百思不解。」

「什麼事？」

「犯人為何沒戴手套。」

我赫然一驚，頓時明白她的言外之意。

「同樣擦去指紋的跡象，在室內到處都有發現，落地窗上也有。但是，不管是竊盜還是搶劫，據說犯人通常都會戴上手套作案。」

「總有例外吧？」

「當然有例外，如果不是預謀犯案，而是一時衝動，換言之，是臨時起意闖入，據說多半

⑬「槍炮刀劍類所持等取締法」的簡稱。

不會戴手套。」

「既然如此，應該就沒什麼值得特別一提了吧？」

沒想到她稍微傾身向前，定定凝視我的臉。

「你是說，犯案並非出於預謀，而是臨時起意？」

「應該是吧！」

「那麼，犯人為何帶著刀子？刀子可不是仲西家的喔。」

我當下啞然，我深深感到這個女人果然是追著這件案子整整調查了十五年。

「不然，也許是某種程度的預謀，所以才準備了刀子，但是沒帶手套，也許原因就這麼簡單。」

「準備了刀子卻忘記戴手套？這個犯人也未免太粗心大意吧！」

「誰都會有粗心大意的時候吧！」

粗心大意啊，她說著把頭一歪。

「就算是這樣吧，那你認為犯人為何看中那棟屋子？附近還有別的富家豪宅，其中也有白天完全無人在家的房子喔。」

「或許夫人……濱崎妙子女士出門時湊巧被犯人看到了吧。於是犯人心想房子裡沒人，就臨時起意闖空門之類的。」

「只看到一人出門就會認為家中沒人嗎？」

「犯人也許就是這麼想了啊。」

釘宮真紀子大大搖了兩次頭。

「不可能有那種事，犯人應該知道，仲西家當時並非唱空城計。」

「為什麼？」

「我問你，你剛才應該有聽我敘述吧？那麼，你應該不會問這種問題才對。當時屋裡有誰在？」

「本條麗子小姐和秋葉呀。」

「秋葉小姐當時在做什麼？」

「在二樓──」說到這裡，我倏然屏息。

釘宮真紀子看到我的反應，滿意地點點頭。「對，她正在練習豎笛，附近的人也都聽見笛音。換言之，就站在屋外的犯人不可能聽不見，不過前提是，如果真有所謂的犯人存在。」

我握緊啤酒杯。

「豎笛的聲音是自二樓傳來的，所以犯人也許判斷一樓沒有人在。如果犯人本來就知道仲西家的家庭成員結構，就不能排除這種可能性。反過來說，也等於表示，犯人可能判斷在豎笛吹奏的期間可以從容不迫地偷竊。」

我的說法令釘宮真紀子笑了，是那種可以稱為苦笑的表情。

「你這人，還挺聰明的。」

「這是諷刺嗎？」

「我是說真的。若是普通人，一時之間絕對想不出這種推論，這或許也表示你有多愛秋葉小姐吧。」

肯定她的說法好像很傻，卻又沒理由否認，因此我只能緘默以對。

「你認為犯人為何要從落地窗侵入？」釘宮真紀子提出新的疑問。

「大概是因為玄關的門鎖著吧。」

「湊巧落地窗沒鎖，於是就從那裡闖入？」

「不對嗎？」

「犯人怎麼知道落地窗沒有上鎖呢？那棟房子的四周有高牆環繞，從外面可看不見面向庭院的落地窗喔。」

「所以說那是……也許犯人四處尋找有無地方可侵入，最後就被他找到了吧。」

「這個犯人的運氣可真好。」

我不知如何反駁釘宮真紀子挖苦的口吻，只能默默喝著啤酒。

「如果把到目前為止的說法整理起來是這樣的：犯人去那個住宅區打算找間房子偷東西，同時犯人也準備了刀子，但是沒想到要戴手套。犯人一路物色該選哪一棟房子，最後來到仲西家旁。這時犯人發現濱崎妙子女士外出，從以前就知道仲西家有哪些成員的犯人，當下起意入侵。自二樓傳來豎笛聲所以判斷這家的長女在二樓，一樓應該沒人，於是犯人鑽過大門，繞到院子，幸運的是落地窗有一扇沒上鎖。於是犯人從那裡進屋，正當犯人在物色該偷什麼之際，被本條麗子撞見，於是持刀殺死了她。犯人將刀柄和自己碰觸之處的指紋擦掉後，搶走本條麗子的皮包，然後自落地窗出去，離開屋子。但犯人看到有幾個家庭主婦站在道路會合點，於是穿越別家的院子逃走——」

一口氣說完後，「你有什麼話想說嗎？」她問我。

「不，沒有特別想說的，雖然的確有些地方不太自然，但人類的行動本來就不是那麼合乎邏輯吧？尤其是犯罪者的行為，即便拿常識來衡量恐怕也沒有太大意義。」

我的回答，令釘宮真紀子浮現一抹淺笑，她的表情令人猜不透。

「犯罪者的行為不自然這我們就姑且不追究了，那麼，受害者那邊呢？」

「本條麗子小姐有什麼不自然的行為嗎？」

「她是胸口中刀，對吧？而且是從正面。」

我心頭一跳。之前對於這點我並未深思。

「看來你已經明白我想說什麼了。如果屋裡有陌生人出現，若是年輕女性會作何反應呢？當然會尖叫、逃跑吧？可是她並未尖叫，沒有任何人聽到那種聲音，就算她來不及叫，也應該會試圖逃跑。可是她中刀了，不是從背後而是從前面，一刀斃命喲！這點你有何看法呢？」

「犯人是熟人……是這樣嗎？」

「這是唯一的可能。那是個即便面對面，距離近得足以中刀，也能令本條麗子毫無防備的熟人。但若是這樣的人就不可能自落地窗侵入，只要按對講機，從玄關大門光明正大地進去就行了。反過來說，若是從落地窗自行闖入，就算是再熟的熟人，本條麗子應該也會大吃一驚、提高戒備才對。」

但是——她又說：「犯人沒有從玄關大門進去，也沒按對講機，因為有人作證指稱沒聽到對講機響。你知道那人是誰吧？」

「秋葉，是嗎？」

「對。」釘宮真紀子點點頭。「我倒認為做出這種證詞是她的失誤。總之，根據這項證詞，警方大幅縮小了犯人的清查範圍。簡而言之，犯人是個即便不走玄關，突然在屋內出現，本條麗子也毫無戒心的人物。」

「所以那應是仲西家的某人……」

「正確說來，是仲西父女和濱崎妙子，但是有機會與本條麗子單獨相處的是誰？」

我咬唇，看著一直握在手裡的酒杯。啤酒還剩三分之一，但我已不想喝了。我放開杯子，在桌上十指交握。

「那好像叫QED⑭是吧？據說是謎團終於破解時的記號。我無意以偵探自居，但你應該明白，我為何判斷仲西秋葉是真兇的理由了吧？只要假定她是犯人，之前我所舉出的一切疑問便可迎刃而解。好了，如果你想反駁，現在儘管說來聽聽吧！」

我抓抓右眉上方，當然就算這樣做也想不出什麼好點子，我決定說出當下唯一想到的念頭。

「那都只是所謂的狀況證據，妳懷疑她的理由我都明白了，但那只不過表示可以符合現場狀況。妳斷定犯人是熟人的根據雖有說服力，但不是熟人的可能性也不能完全排除。」

「你說得沒錯。」釘宮真紀子爽快認同。「所以警方也束手無策。算得上物證的只有刀子，但秋葉小姐與刀子怎樣都連不起來。高中女生如果去買那種東西，應該會留下相當強烈的印象，但警方卻找不出賣那把刀的店。於是就這樣眼看十五年即將過去。」

「不久時效就要到了……是嗎？」

「但我不會放棄。」說完，她不經意流露出遙望遠方的眼神。「我姊生前，幾乎完全沒跟我提過她與仲西達彥的事，連他們是幾時發展成那種關係的都不清楚，但是我知道她很苦惱。畸戀對象好不容易才剛離婚，對方的前妻就自殺了，會苦惱也是當然的，再加上對方還有女兒。和那個女兒，又該怎麼相處才好？我想她大概苦惱得要命，結果事情卻變成那樣……」

她像要忍住什麼般抿唇，然後再次用強悍的目光看著我。

「我絕不放棄，我會追查真相，直到最後的最後！」

「所以，妳才去『蝶之巢』……」

「因為知道真相的只有他們。我去那間店，是要繼續談那起案件，我要繼續追問當時的事。濱崎妙子無法拒絕，因為我是被害者的親人，我有權請她提供情報，藉由這樣一再重複，只要能發現任何一點小小的破綻，就一定能追查出真相。」

釘宮真紀子取出皮夾，把啤酒錢放在桌上。

「你也該知道真相，不過就算我不說這種話，想必你也渴望知道吧？正因如此，我才會說出一切。如果是你，或許可以解開被封印的東西。」

「什麼是被封印的東西？」

「秋葉小姐的心呀！這還用說嗎？」說著她起身，走向門口。

我沒有力氣站起身，只能默默凝視她離去的背影。

⓮Quod Erat Demonstrandum，拉丁文「以上得以證明」之意，通常寫於數學公式證明的末尾。

21

我拖著沉重的步伐踏上歸路。這陣子，每逢回家時心情都會很鬱悶，但今晚格外嚴重。

其實我真正想去的不是我家，而是秋葉的住處。我很想打電話給她，告訴她現在就想見她。

釘宮真紀子架構的推論，不愧是她耗費多年建立出來的，牢固且無懈可擊，那並非牽強附會或強詞奪理，是堪稱妥當的推論。

我也明白芦原刑警何以會接近我了，因為他也抱持著與釘宮真紀子相同的假設。他們深信只要有突破口，秋葉在與我的對話中，肯定會不經意洩漏真心話。

如果是你，說不定可以解開被封印的東西——這也是釘宮真紀子說的。聽到這句話的瞬間，發生在十五年前與我毫不相干的殺人命案，突然成為我的心頭重擔，所以今晚我正欲返家的步伐，才會比以往更加沉重。

我動員一切記憶，試圖回想過去與秋葉的對話。有什麼跡象足以顯示她是面對時效將至的殺人犯嗎？前幾天見面時，她說過意指自己遭到懷疑的話，但完全沒提過自己確實涉案的發言。

只是，我還是對她那句話耿耿於懷。

「等到明年四月——正確說來是三月三十一日。只要過了那天，或許我就能告訴你很多事。」

她繼而又這麼說：「對我的人生而言，那是最重要的日子，為了那天的來臨，我已等候多年……」

她顯然是指案子時效成立的那天。

會等候案件時效來臨的是什麼人？無須贅言，不是犯人就是不希望犯人落網的人。

種種念頭如走馬燈在我腦中快速來去，就在這絲毫理不出頭緒的情況下，已站在自家門前。我拿鑰匙開鎖，打開大門。

走廊昏暗，但客廳透出燈光。我探頭一看，有美子坐在餐桌前正在看書，是薄薄的大本刊物，但好像不是單行本也不是雜誌，而且她戴著耳機，一旁放著手提式ＣＤ音響。

大概是察覺動靜，有美子邊朝我看來，邊摘下耳機。

「你回來了，怎麼這麼晚？」

「我去橫濱辦公事了，妳在做什麼？」

「這個？我在學英文。」她拿起翻開的刊物，原來是英語會話教材。

「這又是吹的什麼風？妳該不會是想出國旅行吧？」我一邊暗忖，如果她提出這種要求可麻煩了，一邊試問。

她嘻嘻笑。「我哪有那種閒工夫，這個啊，是為了園美才開始的。」

「園美？妳要讓她學英文會話？」

我這麼一說，有美子拿起放在桌上的Ａ４大小影印紙。

「這是今天我從幼稚園拿回來的，再過不久小學不是也要開始正式引進英語教育嗎？可是據我四處打聽，完全交給學校好像總是不太放心。」

「這是什麼意思？」

「聽說根據現況，教師的人數絕對不夠。小學教師本來就不需要有英語教學的證照，所以好像連一套像樣的培養英語專業教師的系統都沒有喔！也就是說以園美的年齡，只能接受不充分的英語教育，聽說有沒有被好老師教到，會大幅影響成績高低呢。」

「所以妳打算自費送她去學英文？」

「沒錯。其他的媽媽們，幾乎也都打算在小孩上小學前就先讓孩子熟悉英文。總之，雖然還沒決定要不要立刻讓園美學，但我想先決條件是要讓她對英文產生興趣吧。」

「所以，妳就把以前買的英語會話教材找出來，先從自己開始學起？」

有美子翻開的教材我見過，那是我們婚後不久衝動買下的。因為我倆去夏威夷旅行時，連最簡單的英文都不會，吃盡了苦頭，所以決定發憤苦讀。不過最後我和有美子都只持續了一個禮拜。

「因為先決條件是要讓她產生興趣，看著媽媽在學，她說不定會覺得應該很好玩吧。」

「原來如此。」

「對了，你吃過飯了嗎？家裡有起司焗烤明蝦。」

又是園美愛吃的菜色。

「我去客戶那邊時吃過一點了，我先去洗澡再說。如果餓了，待會我再隨便找點東西吃。」

「那是可以啦，不過用過的碗盤，你可要放進水槽喔。」

「噢，我知道。」

在寢室脫下衣服，我走向浴室。浴缸的熱水有點冷了，我一邊重新加熱，一邊將頸部以下整個泡進水中。

有美子是個好媽媽，我再次如此體認到。每一天，她想的都只有獨生女兒，該怎麼養育園美、讓園美受什麼教育，似乎唯有這些念頭占據她的腦海。當然，我很感謝她。身為園美的父親我心懷感謝，只要交給有美子，園美應該會過得很幸福吧。

但我這種無法滿足的心情到底源自何處？空虛又從何而來？想到一輩子都要過現在這種生活時，為何我會如此喘不過氣？

到頭來，我渴求的畢竟還是身為女人的部分。有美子是個好媽媽，對園美來說是最棒的媽媽，但她已不再是我的戀人，也不是我想做愛的對象。和我一起生活的人，早已不再是過去我愛的那個女人。

但我想世上大多數男人，幾乎所有已婚男人或許都跟我一樣，明知再也不可能有以前那種愛意，卻還是決心一輩子這樣過下去，那想必也等於是要當個好丈夫、好爸爸吧。

如果深信那樣就好，或許可以比較輕鬆，我已即將邁入四十大關，就人類的平均壽命算來，堪稱已經過了折返點，不再是執著愛情的年齡。我已來到必須對那種程度的事死心的時期。

如果秋葉是殺人犯——奠基於這個假定的空想，不由分說地在我腦中擴大。

距離時效已為期不遠，但難保在那之前她不會遭到逮捕，況且也不能完全排除警方不會使出什麼非常手段，硬要替她的犯行舉證定罪。

屆時就真的毫無辦法了，根本沒得選擇，我總不可能跟著追進監獄。

那麼，如果就這麼等時效來臨會怎樣呢？如果真相依舊不明，我該選哪條路才好？

我和十五年前可能犯下殺人案的女人，真的能夠平平順順地攜手走下去嗎？

只要繼續相信秋葉就不會有問題，但我必須對自己說實話，我想相信她的心情不變，但是疑問的確也已萌生。倘若抱著鬱悶不明的懷疑，不惜刻意忽視那種心情也要在一起，我不認為這樣對彼此而言會是幸福。

那麼，我該設法解開真相嗎？是否有那個辦法，現在還不知道。假設有辦法的話又如何？

她若不是兇手，一切自然不成問題，但她若是兇手該怎麼辦？若已超過追訴時效怎麼辦？她將不會受到懲罰，警方也不會再追查她。

即便如此，我仍然能夠繼續愛她嗎？

22

翌日，我從一早便頭疼，也許是因為洗完澡喝了太多廉價紅酒。昨晚思前想後愈想愈多，最後了無睡意，因此我沒喝啤酒改喝紅酒，但酒精造成的醉意並未帶來舒適的睡眠。鑽進被窩後，我精神狀態依舊亢奮，就在連自己有沒有睡著都不確定的情況下迎接了早晨的來臨。

「真難得，你居然會一個人喝葡萄酒。」有美子一邊收拾空瓶，一邊說。

「不知怎地忽然就想喝。」

她滿臉不可思議地伸出下巴沉吟，然後說：「老公，你最近是不是有點怪怪的？」

我心頭一跳，血壓上升。

「哪裡怪了？」我問。

「你的臉色不太好喔，是太累了嗎？公司的工作想必很辛苦吧？」

上升的血壓倏然下降，冷汗也縮了回去。

「大概是有點累吧。」我搓揉臉頰。

「你最好別逞強硬撐，你已經不年輕了啊。不過話說回來，想必也不能因此就怠忽工作吧！」

「去上班途中，我會買瓶提神飲料。」

我摸摸剛起床的園美腦袋，走出家門，在車站附近的便利商店真的買了一瓶提神飲料喝，但悶悶的頭疼還是沒改善。

抱著鬱鬱寡歡的心情，我來到公司。一坐下，就把臉轉向秋葉。她本來正在和其他的女同事閒聊，但似乎察覺我的視線朝我這邊看來。我們四目相接。

在公司時她向來戴著眼鏡，她透過鏡片送來暗號。

早安，今天我也在注視著你——

我也一樣注視著妳——我回應，雖然心頭暗懷一抹心虛。

我一邊機械式地處理公事，一邊不停思考今後該怎麼做，什麼對自己才是最重要的，什麼又該放在第一優先？我對有美子和園美有責任，同時我也不能不珍惜秋葉，我不希望讓任何人不幸，但天底下不會有那麼稱心如意的選擇。

時間在沒想出任何答案中徒然流逝。其間，昨天客戶那邊出的問題，令我不得不再去橫濱一趟。我做好準備以便從那邊直接下班，然後離開了公司。

幸好，問題圓滿解決，客戶的心情也不壞，辦完幾項手續後看看錶，才五點半。

一個念頭不經意地浮現——不管怎樣先解決眼前的問題再說，解除現在的煩惱和迷惘才是第一要務。

我用手機寫簡訊：現在我在橫濱，不知待會兒能否見面。

五分鐘後收到回信：我剛離開公司，該去哪裡碰面？

我立刻覆訊：我在中華街的入口附近。

我們在大約四十分鐘後碰面，秋葉說她又回公司補了妝，只見她的唇色和早上稍有不同。

我倆在去過幾次的餐廳吃中國菜，喝紹興酒。秋葉談起田口真穗的事，內容大致是說她最近和某個男人開始交往。對方離過一次婚，而且有小孩。

「她說好像唸小學一年級吧，是男生，上次是他們頭一次見面。」

「她打算和那個人結婚嗎？」

「她說很想，所以為了討好那孩子，還買了電動遊戲軟體帶去。」

「真不容易。」

「她好像也煮了菜，想展現她可以當一個好媽媽。只是，那孩子似乎還是很在意以前的媽媽，即使在吃飯期間，也對他——我是說小孩的爸爸——談起以前的媽媽。」

小學一年級的話，和園美的年紀差不多。既然不是死別，想必還是希望媽媽回來吧，我暗想。

按照話題的走向，也可以把我倆的情況置換進去藉此商談。那妳呢？妳認為妳可以和我女兒處得來嗎？但那種話我講不出口。之前，在元町公園只不過才提起離婚，秋葉就哭著抗議了。我不能輕率提起這個話題。

況且我還有個必須主動開口的話題，我已決定先把我與釘宮真紀子會面的事告訴她。我從那個女人嘴裡聽了些什麼，聰明的秋葉想必立刻猜得出來吧。我祈求她能推翻釘宮真紀子的假說。

但今晚的秋葉特別長舌，而且提供了很多有趣的話題，這頓中國菜也因此變得更加美味。我覺得很久沒有這麼愉快的約會了，因此遲遲找不到機會提起沉重的話題。

餐後，我倆在中華街散步，有一間店賣的是外國民間藝品，於是我們決定純欣賞。秋葉拿起所謂的雨棒（rain stick），那是用竹子做的，裡面好像裝了細沙，只要一傾斜就會沙沙沙地響起下雨的聲音。

「好像置身在印尼的密林中。」她說著閉上眼，將竹筒傾斜。「為了摘水果走進森林，結果下起驟雨，我們躲到大樹下，靜靜等待雨停。」

「我們？」

「我和你。」秋葉依舊閉著眼說。

「沒有帶雨傘嗎？」

「不需要那種東西，因為不可能永遠下個不停，雨遲早會停的，就算被淋濕也沒關係。」

「好像會很冷。」

「一點也不冷。」她睜開眼，定睛凝望我。「因為我倆十指緊扣，所以完全不冷，我們就這樣感受著彼此的體溫等待雨停。」

「沒有下不停的雨……是嗎？」

「你也閉起眼。」

我依秋葉所言，閉上雙眼，想像森林，身旁有秋葉為伴。

然後下雨了，細雨漸漸打濕我們的身體。我伸出手，移動指尖，觸及她的手指。兩人的手緊緊牽在一起。

23

時間在轉瞬間流逝，回過神時，我倆已在賓館的一室相擁，這是我第一次和秋葉上這種地方。

「不知已有多少年沒來過賓館了。」我說。

「真的？」

「真的，這種事有什麼好說謊的。」

「以前是和誰來？」她淘氣地湊近我的臉窺視。

「那當然是……和當時交往的對象。」

「你太太？」

見我沉默，她似乎解釋為默認。原來是這樣，她說著坐起上半身。就這麼鑽出被窩，撿起扔在一旁的浴巾裹在身上。然後就以那副打扮打開付費式冰箱。

「你要喝什麼？」她問。

「可樂。」我回答。

「也就是說，」她打開罐裝可樂的拉環，在床邊坐下。她的手放在我的手臂上。「也就是說在我之前你從來沒外遇過？」

「那當然，我沒說過嗎？」

她不置可否地哼聲，喝了一口可樂，然後把罐子遞給我。
「吶，為什麼？」
「什麼為什麼？」
「你為什麼會願意跟我外遇？」
我先默默接過罐子，灌下可樂。這個動作，我盡可能放慢速度。
「該怎麼說……總之，那大概是所謂的順其自然吧。」
「你是說沒理由拒絕，所以就順水推舟？」
「不是那樣，對我來說自然而然就這樣了，我自己也不是很清楚，只是忠於自己的感情去行動，不知不覺中就變成這樣了，有時就是會這樣吧！」
「你沒想過這是不對的？」
「這個……我當然想過。」
「可是，你還是豁出去了。是什麼促使你做出這種事？是什麼左右了行事謹慎的你？」
「吶，秋葉，妳到底怎麼了？今晚妳有點不對勁喔，幹嘛一直追著我問這種事。」
她倚向我，把臉頰貼上我的胸口。「元町公園的事，你還記得嗎？」
「……當然記得。」
「那時對不起，我方寸大亂。」
「那倒是無所謂。」我直起身體，稍微拉開和她的距離。一直任她把臉貼在胸前的狀態令我很不自在，因為我怕她會發現我的心跳紊亂。

「後來我一個人想了很久，你說的話一直在我腦中縈繞不去，我本來以為自己看得很超然客觀，知道只能與你維持現在這種關係，可是被你那樣一說，我的心情大受動搖。」

「是我沒顧慮到妳的感受，我很抱歉。」我只能羞愧地低頭。

她吃吃低笑。

「我又不是要翻舊帳再次責怪你，所以你用不著那樣一臉窩囊。重新回顧當時，你並沒有說出過分的話，雖然的確刺激到我辛苦壓抑的情感，但你並無惡意。你也在拚命思考該拿我倆的關係怎麼辦才好吧？雖然我斬釘截鐵地說那是幻夢，但你卻說不會讓那只是一場夢。我在想，自己或許應該信你這句話。」

「妳的意思是……？」

「我等你。」

我不由得脫口啊了一聲，她定睛凝視著我的臉。

「雖然想必不會那麼容易，也不知要等到何時，但我決定等下去。我相信你的話，我決定相信，你說不惜拋棄家庭也要選擇我的這句話並非謊言。」

我再次啞口無言，我壓根沒想到她會說出這種話。我緊抓著床單一角，就這麼呆住了。

「你怎麼了？」秋葉滿臉不可思議地歪起頭。「我說的話，有哪裡奇怪嗎？」

「啊，不是。」我慌忙搖頭。「不奇怪，只是妳和上次的樣子差太多，我有點困惑。」

「就跟你說我想過了嘛。」秋葉握住我的手。「是雨棒喔。」

「那個怎麼了？」

「我不是說過嗎？只要兩人手牽手，即便下起再冷的雨也完全不會冷，只要有彼此依偎取暖，就能靜靜等待雨停，沒有不會停的雨。今後，雖然必定會有種種艱苦如綿綿長雨，但我忍得住，只要能跟你在一起！」

在中華街的藝品店，秋葉何以如此起勁地傾斜雨棒，我總算明白了，她是在確認自己的決心。

「你會牽著我的手嗎？」秋葉問。她難得露出這種撒嬌的眼神，但在那眼睛深處，蘊藏著彷彿背對斷崖絕壁孤注一擲的光芒。

我自然不可能否絕。我把握著的手拉向自己，她的身體撲進我懷中。

「那當然。」我不由得這麼說。

結果我一次也沒提及那起案件，就這麼與秋葉道別踏上歸路。在返家的計程車上，我一再自問自答。

我真的愛秋葉嗎？

如果愛她，應該能夠相信她才對。

縱使她真的曾在十五年前犯罪，但我既然愛她，至少該有陪她一起贖罪的覺悟吧！即便等到時效成立，她的傷痕也不可能消失，所以，替她撫平那個傷痕不也是愛她之人的責任嗎？

雖然必定會有種種艱苦如綿綿長雨，但我忍得住。只要能跟你在一起——秋葉說的話滲入心扉。我必須承認自己的確被她那番話感動了，但我也無法否認，那些話在滲入心扉後，也隱約刺痛我內心的某一處。

那個某一處，正是我的狡猾。

24

去公司上班時，冷不防在電梯中撞見秋葉。因為還有別人在場，無法像兩人獨處時那樣交談，也不可能四目相望。但我還是從人群之間一再偷瞄她。於是，一瞬間竟與她的目光對個正著。她不停眨巴著眼，是那種像要確認之前宣言的眨眼方式。

「眼看就是這週的週六了哪。傷腦筋，我什麼都沒準備。」站我身旁的男職員說。好像是在對同事說話。

「你就隨便買個亮晶晶的玩意嘛。」聽他說話的男人回答。

「亮晶晶？你是說金銀飾品？可是，這個月我的手頭有點緊。」

他們是在說白色情人節吧，我猜測。那一瞬間，我再次與秋葉四目相接，眼鏡後方的明眸微帶笑意，她想必也聽見剛才這段對話了吧。

你也在盤算要送我什麼嗎——她似乎在這麼問。

即便在位子坐下，我還是有點七上八下，因為我感到秋葉的態度好像和過去有微妙的不同，她一定是已經拋開種種顧忌了。

即將進入午休時間前，有我的外線電話，我接起電話。

「渡部先生是吧。好久不見。」對方說。好像是個上了年紀的男人。

「呃，請問您是……」

「我就知道你忘了，敝姓仲西。」

仲西，聽到這個發音後，過了數秒時間腦海才浮現仲西這兩個文字。浮現的瞬間，我不禁啊地驚呼。

「我是仲西秋葉的父親，之前在我家門口見過一面。」

我拚命吸氣，卻吐不出氣，我轉身看著秋葉，她正對著電腦工作，沒有轉向我這邊的跡象。

「喂？」

「啊，是。呃，我當然記得。上次不好意思，那個，非常失禮。」我結結巴巴。

「貿然打電話給你，非常抱歉。你現在方便嗎？如果不方便，我可以晚點再打。」

「不，沒關係。」我伸手掩嘴，雙肘撐在桌上。「呃，請問有什麼事嗎？」

「老實說，我有件事想當面跟你談。不，也許該說是想請教比較好吧。總之，可以找個地方見面嗎？」

我的心臟開始怦怦亂跳。對一個正與女性交往的男人而言，見對方的父親，肯定是巴不得極力避免的狀況之一，更何況我是在談不倫之戀。

也許他會警告我，叫我不要再跟他女兒來往。

「我知道了，隨時都可以，您說個地點我過去。」

「這樣嗎？說實話，我現在人在東京車站。如果可以的話，我希望午休時間就能見個面。

我可以去你們公司旁邊，當然，如果你有困難的話，我們也可以改天再約。」

看來敵人打算現在就直接找上門，是盤算著出其不意比較容易套出我的真心話嗎？我忍不住這麼暗忖。即便真是如此，我也斷無逃避之理。

「我明白了。」我回答。

「箱崎⑮有間飯店，我們就約在那裡的交誼廳，好嗎？」

「箱崎嗎？沒問題。」

確定地點與時間後，我掛上電話，心跳雖有幾分鎮定下來，體溫卻似乎略有上升。秋葉依舊忙著工作。我思索了一下是否該告訴她，最後還是決定姑且保留，先聽完仲西先生說些什麼再做打算。

午休時間一到我就離開公司，搭計程車前往飯店。我在腦中模擬演練，假想仲西先生也許會丟出的種種謾罵之詞，好讓自己屆時聽了不受動搖保持鎮定。不過，回想電話中的交談，他實在不像是在衝動之下前來興師問罪。

約定的地點，是位於飯店一樓咖啡廳。我一走進去，坐在窗邊的男士便站起來向我點頭致意。寬闊的額頭、梳得整齊的白髮和挺直的鼻梁都很眼熟。

「讓你在百忙之中抽空前來，真是不好意思。」他用沉穩的語氣說。

「哪裡。」我邊客氣回應，邊坐下，向服務生點了咖啡。

⑮日本橋箱崎町，位於東京都中央區的東端。

「聽說你從事照明方面的工作，是嗎？」仲西先生問。

「是的。」我說。

他點點頭。「處理燈光的工作充滿夢想很不錯，可以做各種演出，而且燈光本身也不占空間，最重要的是很清潔。」

他的形容頗為有趣，我不禁放鬆緊繃的臉頰。不愧是在大學擔任客座教授，口才果然一流。

「聽說你也常為了公務去橫濱？」

大概是聽秋葉說的吧，我回答說是。

「所以是順路嗎？我聽說你常去舍妹的店裡。」

舍妹？聽他這麼說我一頭霧水。望著仲西先生看似冷靜的表情，最後我終於醒悟他說的不是親妹妹而是妻子的妹妹。

「您是說『蝶之巢』嗎？不，其實我也沒有那麼常去。」

「今後如果有空也請你過去坐坐，店裡生意不是很好，舍妹心裡想必也很焦慮，因為她本來就不擅長做這種送往迎來的行當。」

「呃……」

他應該不是為了講這種事才特地把我找出來。我暗自做好防備，暗忖他幾時才打算切入正題。

「釘宮真紀子小姐——」仲西先生說：「你跟她見過面了嗎？」

我沒想到這個名字會冷不防冒出來，所以一時慌了手腳，就好像自出乎預料的地方挨了一記拳頭。

「您怎麼會問起那個……」

被我這麼一問，他浮現似乎有點不好意思的微微苦笑。

「我和那裡的酒保是老交情了，是他告訴我上次你去『蝶之巢』時的事。把客人的事告訴別人其實已違反職業道德，但還請你見諒，他是因為擔心我們才這麼做，絕非打小報告。」

我回想與釘宮真紀子在「蝶之巢」相遇時的情景，當時酒保的確很注意我倆的動靜。

「你跟她談過了嗎？」他問。微微苦笑早已消失，現在那雙眼睛很認真。

我舉棋不定，然而，要說也只能趁現在。

「談過了。」我回答。

仲西先生點頭，他露出好像已做出某種覺悟的表情。

「她跟你談了什麼，我大致想像得到。」見我沉默，他又繼續說：「渡部先生，你也是唸理工科的人，你應該明白吧？事物必須用立體的方式去看待，如果只接收單方面的訊息，無法看出真正的樣貌，釘宮真紀子的說法對你而言想必是寶貴資訊，但那純粹是來自她單方面的說法，你也需要來自其他角度的資訊。」

「您的意思是……」

「我是說，我想提供那個。」

我灌下咖啡，咖啡比我想像的還燙，害我差點嗆到，但我不願被仲西先生發現我的狼狽，所以拚命忍住。我輕聲咳了一下後，重新凝視他。
「所謂來自其他角度的資訊，是指您手上有釘宮真紀子小姐也沒能掌握的事實嗎？」
仲西先生做出略微側首的動作。
「要這麼講也可以，不過如果說得更正確，應該是她在某個重要關鍵上有所誤解吧。」
「誤解……嗎？」
「對，也可以說，是她太鑽牛角尖。」
「這話怎麼說？」
「釘宮真紀子小姐對於那個事件，做了相當有邏輯的分析吧？」
雖不明白他這麼問的用意，但我還是點點頭。
「呃……算是這樣吧，不過我對她的說法並非全然同意。」
「關於犯案動機，她是怎麼說明的？」
仲西先生的問題，令我不由得半張嘴巴。
「您是說犯案動機？」
「我剛才也講過了，她跟你說了些什麼我大致想像得到，那起事件並非單純的強盜殺人案而是熟人犯案，而且犯人是關係相當親近的人——她是這樣告訴你的吧？」
我沒點頭，只是喝了一口咖啡。
「那麼假設她說的某人是真兇，關於此人的犯案動機她是怎麼向你說明的？」
「這個……關於這點她並未詳細說明。」

仲西先生緊繃下顎，用三白眼朝我凝視。

「你沒有問嗎？」

「我刻意不問。」

「意思是說你對這點並無疑問？」

「不，倒也不是這樣。」

「那你為什麼不問？我認為這是非常重要的關鍵。」

「為什麼啊……」我自言自語般低喃。

仲西先生把雙手放在桌上，十指交握。

「趕走母親、奪走父親的女人當然可恨——你是這樣解釋的嗎？」

他這句彷彿看穿我心事的發言，令我手足無措。

「不，我並沒有那樣想……」

他浮起淺笑，搖搖頭。

「你用不著掩飾，警方……不，至少芦原刑警，好像就是把我剛才說的那種事視為犯案動機。啊，你知道芦原刑警是誰吧？」

被他這麼問，我只能含糊回答知道一些，看來一切都被他看穿了。

「芦原刑警好像對我的妻子自殺的事也緊咬不放。自殺事件成為導火線，令受傷的女兒燃起憎恨之火，於是揮刀刺向父親的情人……他好像編出了這樣的故事情節，說不定也跟你說過同樣的劇情。」

「他倒沒說那麼詳細……」

「是嗎？那位刑警，原來也沒有單憑想像到處散播啊。渡部先生，事到如今再裝傻也沒用，所以我就老實告訴你。我和本條之間，的確有超乎事業夥伴以上的關係，關於我與妻子的離婚，秋葉想必不見得能接受，若說她對此毫無所感那未免不合現實。但是，渡部先生，秋葉並非輕率的孩子。就算她再怎麼無法釋懷，也不會對不相干的人心懷憎恨。」

「您所謂的不相干是？」

仲西先生倏然深吸一口氣，同時寬厚的胸脯也動了數公分。

「想必你也有所誤解，所以我必須特別聲明。我與秋葉的母親之所以離婚，和本條麗子小姐沒有任何關係。我和她發生不尋常的關係，是在我與妻子分居之後。」

這番話，令我愕然眨眼。正如他所言，我一直以為他們離婚的原因是為了本條麗子。

「這話，是真的嗎？」明知失禮，我還是忍不住確認。

他堅定地點頭。

「我發誓是真的。我們分居、離婚，完全是為了別的原因，況且雙方也都坦然接受，甚至可以說是和平分手。最好的證據就是我的小姨子，如果我們夫妻是不歡而散，照理說小姨子應該不會來我家工作吧？」

「啊……」的確沒錯，我暗想。

「你懂了吧？我與本條發展出不尋常關係時，雖然還沒辦離婚手續，但我們的夫妻關係早已出問題了，因此，說秋葉恨本條恨到想殺她，這怎麼想都很奇怪。我所謂的不相干，就是這個意思。」

「若是那樣，的確不相干……」

「就我所知，秋葉當時正在試圖習慣新的人際關係，好像也在努力試著與本條和平相處，身為她的父親我可以斷言。」

「若是如此，那她的母親為何會自殺？既然你們是和平分手，我想正式離婚應該不至於成為自殺的導火線才對。」

我這麼一說，仲西先生彷彿被意外擊中痛處似的略微往後縮，把臉撇向一旁。這可以說是他頭一次露出狼狽姿態。

「你說得沒錯，離婚與自殺在本質上毫無關係。呃，我妻子罹患憂鬱症的事……」

「我聽秋葉提過。」

他點點頭。

「跟我一樣，我妻子似乎也覺得婚姻生活是一種負擔，以她的情況，生病的影響或許很大。有件事我沒跟任何人提過，當初提議離婚的其實是她，她的理由是，要盡到妻子與母親的義務令她很痛苦。當時我對憂鬱症如果再多一點認識，或許會採取別的選擇，但我卻沒這麼做。我以為離婚對彼此都有好處，但是分居後，她的病情好像反而惡化了，最後的結果就是自殺。當然，正式辦理離婚登記不能說完全沒有影響。不過，在本質上並沒有直接關聯。」

「可是芦原刑警與釘宮真紀子，卻想把尊夫人的自殺和命案連到一塊。」

仲西先生搖頭，甚至還來回揮動手掌。

「所以那絕對不合常理，當然秋葉她母親的死想必令她大受衝擊。因為我們分居後，她甚至還一個人偷偷跑去見她母親。但我要再三強調，秋葉絕不可能對本條懷恨在心。」

「這件事您跟警方說過嗎？」

「當然，關於我與本條開始交往的時間點我向警方解釋過，但他們壓根不肯相信。他們就是想一口咬定我的外遇導致離婚，因為這樣的話，他們就可以寫出一套熟人犯案的劇本了。那起案件即將屆滿追訴時效，我認為警方堅持熟人犯案說，正是逮不到犯人的最大原因。」

我陷入沉默。他提供的情報的確大幅改變了我原本對此案的印象。不，與其說是改變，或許該說簡直把此案弄得一團迷霧。

「你還有什麼其他的問題想問嗎？」他湊近我的臉審視。

「目前暫時還想不出來，我需要一點時間。」

仲西先生點點頭，從西裝口袋取出名片夾。抽出一張放在桌上。

「有什麼事請跟我聯絡，我會盡可能趕到。」

我拿起這張印有經營顧問頭銜的名片。他八成還有好幾種其他頭銜的名片吧？我的腦海浮現這個不相干的疑問。

「現在，可以換我問你一個問題嗎？」仲西先生說。

「什麼事？」

他頗有深意的眨眨眼，開口說：「今後，你打算怎麼處理你與秋葉的感情？」

我像被潑了一頭冷水般全身神經倏然清醒，可是腦中卻發熱，思緒開始陷入大亂。

「果然只是玩玩嗎？」

「不，怎麼可能，絕非玩玩而已。」我搖頭。「沒那回事，我正在認真思考將來。」

「將來？」

「我在想是否有什麼辦法能夠攜手走下去，所以正在多方思考，這點我也向她表達過了。」

仲西先生的臉上浮現困惑。「那秋葉怎麼說？」

「她說相信我，願意等我。」

「那孩子真的這麼說？」

「是的。」

他滿臉意外地噢了一聲，然後擠出一個分明是假笑的表情給我看。

「那孩子也已年過三十了，做父親的如果再動不動插嘴干涉也很奇怪。今天的談話就到此為止吧。耽誤你的時間很抱歉。」

他拿起桌上的帳單，起身離席。我慌忙掏出皮夾，但他已站在收銀台前了。

25

收到秋葉寫的電子郵件，是在我與仲西先生會面的兩天後。

週六的事我有話要說，今晚你有空嗎？

我立刻回信：那，六點半在水天宮的書店見。

寄出郵件後，我忽感懷念，因為那家書店是我們頭一次約定碰面的地點。不久，我收到「知道了，是那間店吧！」的回信。我朝秋葉看去，她眨眨眼。

幸好這天不用臨時加班，所以一到下班時間我就匆匆離開公司。我怕再磨蹭下去，如果被誰拖住就麻煩了。

一到書店，秋葉站在雜誌賣場翻閱雜誌的身影便映入眼簾。我還沒出聲招呼，她便抬起臉嫣然一笑。

「我還以為我會先到。」

「工作提早結束後，我就去廁所一邊補妝，一邊等下班的鐘響。」秋葉吐舌扮個鬼臉。

「工作不忙嗎？」

「現在還好，因為馬上就要結束了，所以上面的人也不會把比較耗時的工作分配給我。」

「結束？」

「契約期滿，我只做到這個月底，不是嗎？」

「……對喔。」

我再次感到原來已到了這種時期。這半年來，時間實在過得太快了。

我們走進書店二樓的咖啡店，秋葉說想喝啤酒，於是我也決定陪她喝。

「等妳的派遣工作功成身退，到時我們再來乾杯慶祝。」說完，我與她舉杯互碰。

「嗯，不過我想先跟你談的是這週末的事。」秋葉好像有點難以啟齒地切入正題。

我放下杯子，點頭。

「白色情人節的事，我也正惦記著，我希望能讓妳留下什麼快樂回憶。」

以秋葉的個性，我猜她肯定會叫我不用勉強，平安夜、新年、情人節，種種回憶湧現腦海。每次總是她替我設想周全不教我為難。

但秋葉接下來說的話，竟與我這番預想相反。

「可以的話，我也想與你單獨度過。所以，我剛剛才會寄信給你。因為我很好奇你打算怎麼辦。」

她這番話令我的反應慢了一拍。我握著杯子當場僵住了。

「你怎麼了？」秋葉朝我投以訝異的目光。

「沒有，呃，我也正想設法安排。不過，真的很抱歉，因為工作之類的種種因素，事實上我還沒開始計畫。也沒預約餐廳……」

秋葉搖頭。

「每次你都已盡力而為。無論是平安夜，或是情人節。我想，我一輩子也忘不了。所以，這次我打算由我來準備。」

「妳？妳要怎麼準備？」

「也不是什麼大計畫，只是我已預訂了飯店。」

「飯店？哪裡的？」

「橫濱的──」

她說的，是一家有名的古典飯店，裡面的酒吧更有名，連大牌藝人的歌中都有提到。那是一首以「外遇」為主題的歌。

「那種飯店，虧妳訂得到房間。而且是在白色情人節。」

「是費了一點工夫，不過只要肯努力，總會有辦法的。」

「我完全沒料到妳會為我做這種事。」

「偶爾一次也不錯吧。」秋葉翻眼，小心翼翼地凝望著我繼續說：「這週六，你可以嗎？」

當然可以，我笑著回答。語氣帶著滿滿的自信。可是，心頭卻湧起一絲焦躁。

我覺得自己真的是個狡猾又軟弱的男人，早已決定白色情人節要與秋葉共度，照理說也已覺悟為此多少得冒著一些風險了，可是一旦秋葉主動這樣提議，我多少還是有點退縮。

之前無論是平安夜還是情人節，秋葉都早早就放棄單獨見面的打算。說穿了，這對我來說是「有努力過就好」的輕鬆狀態，正因如此，才能成功實現祕密約會。但這次並非「有努力過就好」，這點令我焦慮。

「你在想什麼？想家裡的事？」秋葉問。

「不，我在想禮物，因為我還沒準備。」

「我不需要什麼禮物，只要能跟你在一起就夠了。」

這句毫不矯飾的話，彷彿可以窺見她非比尋常的決心。同時，我也開始察覺，自己的內心原來有點退縮。

「昨晚，我父親打電話給我。」秋葉說。

我心頭一跳，回視她。「妳父親打給妳？」

「你們前幾天見過面了吧？為何沒有告訴我？」

「為什麼啊……那是因為，我覺得有點難以啟齒。」

我沒想到她居然會這樣主動提起。我慌了。

「聽說你跟我父親說了，你說正在考慮我倆的將來。」

「啊，那個，呃，對呀。」

「我好開心。」秋葉垂首，閃著妖豔光芒的雙眼朝我投以一瞥。

「妳父親是怎麼跟妳說的？」

她搖頭。

「也沒說什麼，我父親絕對不會插嘴干涉我做的事。」

「嗯……」

我在想天底下真有這種父親嗎？明知女兒跟有婦之夫在一起——

「妳和妳父親還談了些什麼？」我問。

「就只有這樣，只是非常簡短的父女對話，你幹嘛問這個？」

我遲疑良久，方才開口。

「秋葉，釘宮真紀子小姐妳認識嗎？」

她原本柔和的神情頓時變得陰鬱，眼部的陰影漸深。

「是本條麗子小姐的妹妹，你怎麼會認識她？」

「之前，我一個人去『蝶之巢』時偶然認識的，她跟我講了很多。老實說，那些話聽起來並不愉快。」

「是喔。」秋葉咕噥。她面無表情，看來似乎已經猜到談話內容。

「妳父親得知這件事，所以才來找我。他說有事想說明。」

「說明什麼？」

「說明釘宮真紀子小姐和芦原刑警的懷疑並不正確。據妳父親表示，他們認為的真兇，似乎並沒有殺害本條麗子小姐的動機，因為他和本條麗子發生特殊關係是在他與妻子分居後，因此本條小姐並非他們離婚的原因，這就是他的說明。」

「我父親居然跟你講這種話……」秋葉垂眼看著杯中剩下的啤酒。

「妳以前曾經這麼告訴我：警方懷疑兩個有動機的人，那個動機就是失去了心愛之人，所以要報仇——妳還記得嗎？」

「在元町公園，對吧。」秋葉別有意味地微笑。「記得啊，當然。」
「這和妳父親的說法相互矛盾，到底哪個才是真的？」
「這個嘛，你說呢？」
「喂，現在是我在問妳。」
秋葉喝光剩下的啤酒，托腮看著我，她的眼神就像在看什麼稀奇的東西。
「你知道了又能怎樣？」
「不是怎不怎樣……」
「我有沒有殺害本條麗子小姐的動機，你幹嘛想知道？」
「那是因為……」我詞窮了。
「如果沒有犯案動機就可以安心，假使有的話就會懷疑我？」
「不是的，我並沒有懷疑妳。」
「那麼，你幹嘛要問那種事？不管我有無動機，都與你無關吧？」
這次我真的無話可說了。她說得沒錯，如果真的相信她，動機的有無根本毫無意義。
我尷尬之下想喝啤酒，但杯子早已空了。
「要再叫一杯嗎？」
「不，算了。」我垂首。
「唯有一點，我要先聲明。」秋葉說：「本條麗子小姐成為我父親的情人，是在我父母分居後，這點的確沒錯。」

我抬起臉。

「妳父親，也是這麼向我說明的。」

秋葉點點頭。

「我父親說的是真的，我也可以保證。他們的夫妻關係出問題時，父親與本條小姐之間並無特殊關係，純粹只是雇主與祕書。」

聽著她的話，我一邊暗忖為何她能夠如此斬釘截鐵地斷言？兩人之間的事應該只有當事人彼此才知道吧，但我沒有說出這個疑問。

「那妳是怎麼想的？對於那起案件。」我戰戰兢兢地說：「妳認為犯人是誰？果然還是強盜殺人嗎？」

秋葉頭一歪，撩起頭髮。

「我不知道，你和釘宮真紀子小姐談過吧？那麼，你應該也聽說了，那個可能性很低。」

「在她的敘述中，那個部分極有說服力。」

「你啊，碰上理性分析就毫無招架之力。我倒覺得，如果一切都可以用理性來說明，這個世界會變得更乏味。不過，總之只剩兩個星期多一點了，屆時一切都會結束。」

「妳以前曾說，等到三月三十一日，妳應該就能說出很多事，那個想法還是沒變嗎？」

她露出有點迷惘的表情，嗯了一聲。

「那麼，在那之前我也決定什麼都不想了。」這句話也是在對我自己說：「反正還有很多別的事情必須去想。」

「比方說白色情人節？」

「對呀。」

「但願週六是個好天氣。」秋葉說：「記得那天也是只有天氣特別好。」

「那天？」

「十五年前的三月三十一日，天氣非常晴朗，我打開窗子，吹奏豎笛。豎笛那種東西，早知道我就不吹了。」

「為什麼？」

被我一問，秋葉似乎這才驀然回神。

「那件事，我遲早也會說出來。總之，現在請你專心想週六的事就好。還有，有一點我可要先強調喔。我啊，再也不會顧忌了。」

「顧忌什麼？」

「你的家庭，你自己去想辦法搞定，反正我已經決定把你當成是我的了。」

26

在醬油中溶解芥末的新谷臉色陰沉，他皺起眉頭，仔細打量我的臉。

「喂，你這話是認真的嗎？你在說真的？」

「真的，所以我才傷腦筋呀。」

喂喂喂，新谷說著咕嚕咕嚕猛灌啤酒，他用手背抹了抹嘴，握拳咚地往桌上一敲。

「渡部，我上次就講過了吧？在平安夜之後，我應該跟你講過這種特技表演我可不玩了。」

「我知道。」

「不只如此，新年和情人節我也勸過你放棄，我說外遇就是這麼一回事，你沒忘記吧？」

「狀況改變了。」

「怎麼變？」

被新谷這麼一問，我不知該怎麼回答，要說明現在的情況並不容易。

「因為是外遇所以才不行，對吧？如果不是外遇就行了吧？」我想了半天之後說。

新谷噘起唇。

「這是什麼意思？我聽不懂，你是說要跟她分手？」

「這個『她』若是指情人，很遺憾並不是。」

我的回答令新谷皺起臉側首不解，但他旋即瞪大眼。

「兄弟，你該不會要和你老婆……」

「沒錯。」我看著他的眼睛點頭。

「就跟你說那樣不行。」新谷像要甩開什麼似的揮動左手。「唯獨那個絕對不行。兄弟，你根本一點也不記得我的忠告嘛！已經外遇了也沒辦法，但是接下來的事一定要好好思考，這我說過吧？我也說過所謂的紅線根本不存在吧？我是不知道什麼原因讓你這樣沖昏了頭，但是離婚你想都別想，千萬要三思啊！」

我心情冷靜地凝視激動得滔滔不絕、幾乎從嘴裡噴出啤酒泡沫的他。我想藉由這樣做，確認自己尚未迷失自我。

「有些男人和老婆離婚後，與外遇對象再婚不也過得很幸福嗎？」

「那是例外。」新谷當下說：「基本上你就想錯了，離婚這碼事不是這麼簡單的，就算你愛上別的女人，你老婆可不會說聲『好，我知道了』就乖乖蓋章。還是怎麼著？難道你老婆已經答應離婚了？」

「不，我什麼都還沒跟她說。」

「那麼，是你外遇的事東窗事發了？」

「不知道，我想應該還沒被發現。」

我的回答，令新谷如釋重負地點點頭。

「但願如此。你聽好，渡部，做老婆的人可是拚了命想維護現在的生活，只要目前的生活安定，她就一定會這樣做。單憑老公的片面決定就必須捨棄現有生活，這種事做老婆的絕不可能同意，到時只會愛恨情仇糾纏不清，然後拖拖拉拉沒完沒了，結果大家都會變得不幸。弄到最後，既不能離婚，也無法重回原來的美滿家庭，只能痛苦地一天挨過一天。我說這些都是為你好，你要三思。」

這是經驗之談嗎？聽著新谷的慷慨陳詞，我暗忖。

「與其過著那麼難受的每一天，難道老婆不會覺得還是爽快離婚比較好嗎？」

「她們才不會這麼想，你根本不了解做妻子的人，她們不答應離婚，並不只是因為不想失去生活的安定，而是因為無法容忍老公獨自得到幸福。為了阻止這種事發生，她們認為稍微氣悶的生活還可以忍受。」

一口氣說完後，新谷一鼓作氣痛飲啤酒，喝光了杯中酒。

他對店員高喊：「生啤酒再來一杯！」

我吃著泡菜，小口小口地淺啜啤酒。他說的話我很明白，我也不認為有美子會爽快與我離婚，說不定將有無比漫長的修羅地獄等著我。但是在看不見何去何從的情況下繼續與秋葉交往，已痛苦得令我無法忍受，折磨她令我痛苦，與其如此，我寧願自己也選擇煉獄之路。

追加的啤酒送來後，新谷還沒喝就先把額頭貼在杯子上，好像是在冷卻腦袋。

「所以，現在到底是怎樣？」

「你是指什麼？」

「白色情人節呀。你想離婚，對吧？也打算向老婆招認你有外遇吧？但你卻還來拜託我替你製造不在場證明，這不是自相矛盾嗎？」

「我打算晚一點再告訴我老婆，但是白色情人節我已答應女友要跟她見面了，所以我需要離開家門的藉口。老實說，就算有一點不自然，令我老婆起疑也沒關係，現在和平安夜不同。所以，你不用像上次那樣精心安排沒關係。」

新谷一臉被打敗的表情撩起劉海，我發現他的髮線已有點後退。

「你想離婚的事，跟你的女友提了嗎？」

我點頭。「提了。」

「她很高興嗎？」

「起初她很困惑，也曾勸我別有那種念頭，但是現在她很高興。」

「我想也是，女人都是這樣，是你解開了她的芳心封印。你最好有心理準備喔！從今以後，她會愈來愈得寸進尺，過去她可以忍受你回到老婆身邊，但是她很快就會開始又哭又鬧吵著不讓你走了。」

「怎麼可能?!」

「都是這樣的，不過，就算跟現在的你說這個也沒用吧！只有真的到了那一刻你才會明白，人人都是如此。」他的語氣和剛才截然相反變得非常平靜，好像已經對什麼死心了。

他看著我又說：「所以，白色情人節那天，你們約幾點？」

27

三月十四日這天，對有家室的人而言不是特別的日子。我像以往的週六一樣快到中午才起床，一個人吃只有吐司配咖啡的簡單早午餐。有美子帶著園美，鐵定正與幼稚園那些媽媽們一起享受午茶時光，那就是她們標準的週末消遣方式。

母女倆回來時已過了午後三點，那時我正在客廳看電視。有美子說她買了蛋糕回來，問我要不要吃，我說現在不想吃。

約莫一個小時後，我放在桌上的手機響了。是新谷打來的。

「今天的約會計畫有變嗎？」他問。

「不，大致不變。」

「那麼，就照預定計畫進行，你今晚要跟我們喝酒，這樣行了吧？」

抱歉，我小聲這麼說時，這次輪到家裡的電話響起。

「你家的電話響了吧？」新谷說：「是古崎打的。他現在在我旁邊。」

我吃驚地看向有美子。她已接起電話。

「我們今晚真的要在新宿喝酒，是鐵定會徹夜不歸的長期抗戰。這樣你應該可以和她過夜吧。不過相對的，我們也會拿你的話題當作下酒菜好好開涮，這點小意思你就忍忍吧。」

「知道了，抱歉。」

「這次真的是下不為例了喔。」新谷說完就把電話掛了。

有美子走過來，遞上分機。

「古崎先生打電話找你，他說你的手機占線。」

「我剛才在跟新谷講電話，他邀我今晚出去喝酒，古崎八成也是為了這件事吧。」

「嗯——」有美子興趣缺缺地把分機往桌上一放，逕自回廚房去了。

我叫出分機的來電紀錄，直接回撥。古崎立刻接起。

「是新谷提出奇怪的請託，所以剛才我打過電話。」他說，語氣平淡依舊。「今晚，大家說好了要喝酒，但你不會來。雖然不來，卻要當作你有來，是這樣沒錯吧？」

「就是這樣，拜託你了。」我意識到有美子，稍微小聲說。

古崎沉吟。

「詳情我是不知道啦，但年紀大了總有許多苦衷。總之，祝你成功。」

抱歉，說完我掛上電話。有美子在洗碗，是否有豎起耳朵聽我們說話就不得而知了。

傍晚六點過後我開始整裝，我自認並沒有打扮得特別光鮮時髦，

「哎喲，今晚穿得特別體面喔！」有美子如此批評。

「會嗎？」

「對呀，你跟那些人見面時，向來都穿得很邋遢。」

「我們要去新谷的朋友開的店，如果穿得太邋遢豈不是失禮。」情急之下我如此搪塞。

「嗯——不過話說回來，那些人還真是好人，無論過了多少年還是這麼重視友情。」

我看著環抱雙臂說出這種話的有美子。

「妳怎麼會突然這麼說？」

「沒什麼特別原因，只是這麼覺得，很奇怪嗎？」她翻眼回視我。

不，不會，我說著避開目光。

走出公寓攔下計程車，我先去了一趟公司，再搭計程車趕往東京車站。去公司，是因為要給秋葉的禮物放在公司的置物櫃。

馬上就能見到秋葉的念頭令我心情雀躍，同時有美子的態度也教我耿耿於懷，也許是我做賊心虛吧，但總覺得她好像已察覺什麼。

明知即便如此也莫可奈何，我還是深感不安，依然盤據在我心中的軟弱與狡猾，渴望將人生的重大分歧點盡可能往後拖延。

我從東京車站搭電車，在橫濱下車。車站旁的咖啡店兼蛋糕店就是我們約定碰面的地方。

秋葉坐在門口附近正在看文庫本，桌上放著冰紅茶。

「嗨！」我說著，在對面位子坐下，她笑著闔起書本。

「情侶果然很多。」

被她這麼一說，我環視四周，其他桌子的確都被情侶占據。

「太好了，我也能與你共度，否則一個人好寂寞。」

秋葉的態度和平安夜及情人節時明顯不同，當時她不會這麼坦率地說話。

「我也很高興。」我說。

出了店，她立刻挽著我的手，這也是過去從未發生的情形。

「你害羞？」

「不，那倒不是。」

「這樣走路一直是我的夢想。」她摟住我的手臂緊緊貼過來。

我們搭計程車前往山下公園，秋葉訂的古典飯店在那邊。

抵達看似明治時代洋樓的飯店，我們先辦理住房登記，但是沒進房間，直接前往位於飯店內的法國餐廳。那是一間可以眺望港口夜景、非常寬敞的餐廳。

以香檳乾杯後，我倆一邊用餐，同時也喝光了白酒與紅酒各一瓶，一邊聆聽平台鋼琴的演奏。要上甜點之前，我取出藏在西裝口袋的禮物。

是用英文字母「a」設計的白金墜飾。秋葉兩眼發亮，立刻掛上脖子。「a」字在襯衫胸前閃閃發亮。

「我可以戴去上班嗎？」她神情淘氣地問。

「那是無所謂，但這可不是足以炫耀的值錢東西喔。」

「那種事不重要，我只是想把你送的東西正大光明地戴在身上，純屬自我滿足。」

之後她也一直戴著那個鍊子，不時用指尖輕觸墜子的動作，看起來有點驕傲。

餐後，我邀她去這家飯店素負盛名的酒吧，但秋葉頭一偏。

「若要喝酒，我想去『蝶之巢』耶！可以嗎？」

「沒什麼不可以的。」

「那就這麼決定，那裡也比較自在。」她再次摟住我的手臂。

離開飯店，我們朝中華街信步走去。第一次去「蝶之巢」時，也是從這個山下公園走過去的，關於東白樂的殺人命案，那晚也是她頭一次告訴我詳情。我遲疑著是否該提起這件事，最後還是決定閉口不談。

彩色夫人濱崎妙子，難得站在吧檯裡面洗杯子。看到我們，她在一瞬間停下動作，流露驚愕的神情，但她的嘴角過了一會兒就立刻重現笑意。

「這可真是稀客啊，兩位居然會一起光臨。啊對了，今天是白色情人節嘛。」

「妳看這個，他送的。」秋葉一邊坐上吧檯前的高腳凳，一邊捻起墜子給她看。

「不錯嘛。」彩色夫人看著我微微頷首。

秋葉說她還是照舊，向白髮酒保點了雞尾酒，我喝琴湯尼。

快速地喝完第一杯雞尾酒後，秋葉對夫人說：「還剩兩週多一點耶。」

夫人滿臉困惑，於是秋葉又說：「我是說距離時效成立，某人殷切期盼的時效成立，可以放下重擔的時效成立之日。」

幸好沒有其他客人，如果有外人在場，看到吧檯的幾個人當場凍結如冰，肯定會毛骨悚然。

第二杯雞尾酒也被秋葉快快喝光。

「犯人到底在哪裡呢？現在在做什麼呢？做出那麼慘無人道的事，現在還好意思在哪過著幸福生活嗎？」

「秋葉，妳是怎麼了？」

她轉向我，做出一個臉上的肌肉全都放鬆似的笑容。

「但我無所謂，怎樣都無所謂，因為我很幸福，因為我能夠與心愛的人在一起。」她湊過來抱住我的脖子。

「傷腦筋。」我朝夫人和酒保投以苦笑。「她好像醉了。」

「好像是。」

「我帶她回去。結帳。」

「我才沒有醉。」秋葉仰起臉。「我還要喝，你不要自作主張。」

「可是——」

我剛開口，便有新的客人進來，同時感到夫人倒抽了一口氣。我朝客人看去，當下不禁小聲驚呼，釘宮真紀子正表情僵硬地朝我們走來。

「好久不見，濱崎小姐。」釘宮真紀子說著在隔壁第三張凳子坐下，向我點頭致意。「上次不好意思。」

「彼此彼此。」我回應，心裡一片混亂。這種夜晚，為何非得在這種狀況下與她狹路相逢。

秋葉離開我身上，猛然轉身面向釘宮真紀子。

「妳好，釘宮小姐。」

「妳好。」

「真遺憾，只剩十七天了呢，然後時效成立，一切結束。」秋葉挑釁地說。

「法律決定的追訴時效，與我無關。在沒有查明真相之前，我是絕對不會放棄的。」釘宮真紀子用毅然決然的語氣說，然後向酒保點了黑啤酒。

秋葉滑下高腳凳，走近釘宮真紀子，她的腳步有點踉蹌不穩，我慌忙扶住她。

「秋葉，我們該走了。」

秋葉把我放在她肩上的手甩開。

「釘宮小姐，我要透露一個好消息給妳，連警方都不知道喔！十五年來，這件事一直是個祕密。」

「那我倒有興趣聽聽。」釘宮真紀子把手揮向酒杯。「不知是關於哪方面？」

「很單純。是關於門窗。」

「門窗？」

「發現屍體時，有一扇落地窗開著。所以大家都以為犯人是從那裡逃走，其實並非如此，那根本不可能。」

「為什麼？」

「因為，」秋葉環視在場全員的臉孔後才繼續說：「其實，落地窗全都鎖起來了，從屋內全部上鎖，因此沒有人能從外面打開，也沒有人能出得去。」

然後她就像發條轉盡的洋娃娃，倒向我懷中。

爛醉如泥的秋葉身體比想像中還重，我讓她在長椅上躺平後，替她蓋上大衣。

「這是怎麼回事？」釘宮真紀子問。

我站著回頭。「妳是指什麼？」

「剛才說的事，她說落地窗全都鎖起來了。」

我搖頭。

「我壓根不明白是怎麼回事，我完全沒料到，她會忽然說出那種話。」

釘宮真紀子的目光射向吧檯裡的夫人。

「那妳呢？關於她的說法，妳一定知道什麼吧？」

彩色夫人在杯中注入烏龍茶開始啜飲，她的動作很慢，但在我看來她的指尖似乎正微微顫抖。

「我也一樣毫不知情，我想她只是因為喝醉了，所以胡言亂語，妳沒必要放在心上。」

「不用放在心上？對於那麼重要的消息？俗話不是說酒後吐真言嗎？」

誰知道，夫人說著手持烏龍茶的杯子，就這麼把臉一撇。

「那我問妳，剛才她說的是事實嗎？那天，妳發現我姊的屍體時，屋子的門窗到底鎖了沒有？」

「關於那個我已經講過很多遍了，無論是對警方或者對妳。」

「麻煩妳再說一次。」

夫人嘆了一口氣，把杯子放在吧檯上。

「客廳裡面向庭院的落地窗之一，當時並未上鎖，那是事實。」

「妳敢對天發誓？」釘宮真紀子咄咄逼人。

夫人一口應承縮緊下顎。「我對天發誓。」

釘宮真紀子滑下高腳凳，邁開大步走出。看到她朝秋葉接近，我當下慌了。

「妳想幹什麼？」我擋在她面前。

「這還用說，當然是問剛才那件事的下文。」

「她在睡覺，她已經醉了，就算妳把她叫醒也沒用，她不可能會神智清醒地回答妳。」

「不叫叫看怎麼知道不可能。」

「現在，就算妳勉強問出什麼也毫無意義吧？那是醉鬼說的話。反正還是有必要在她沒喝酒時重新問一次，既然如此，妳就等到那時候再問不也一樣嗎？」

釘宮真紀子狠狠朝我瞪視，她看起來不像被說服，但她咬住唇，慢吞吞地點頭。

「好吧，你說得對，或許的確沒必要在此時此地乾著急。況且，我認為她說的話是真的。」

「是因為俗話說酒後吐真言嗎？」

「那也是原因之一，但最主要還是因為我認為這正是她今夜來此的理由，她是為了告訴我那件事，才特地來這間店的。」

我聽不懂釘宮真紀子在說什麼。大概是我臉上寫滿困惑，她噗哧一笑。

「是她提議要來這裡的吧?」

「是這樣沒錯。」

「之前,她主動跟我聯絡過,她問我會不會來『蝶之巢』。我說,只要有空每天都會去,於是她說,那麼我們或許很快就能碰面,然後就把電話掛了。」

「秋葉她……」我轉身俯視秋葉。她正發出規律的鼾聲。

「她是為了說剛才那件事才來這裡的,否則白色情人節的晚上,她不可能會跟情人來這種來歷不祥的店。」

來歷不祥?也許是被這個字眼觸怒,我從眼角瞄到夫人的臉色在一瞬間變得緊繃。

釘宮真紀子繼續說:「那個消息是真的。案發當日,仲西家的門窗全都從內側鎖上了,沒人進得去,也沒人出得來,秋葉小姐是在陳述事實。」

「如果那是事實,這麼重要的事她為何直到今天才說出來?」

「正因為重要,所以之前才說不出口,因為那會令事件結構幡然改變,那表示我姊不是被外來侵入者殺害,而是死在屋中某人的手裡。秋葉小姐必須隱瞞這個事實。」

「那麼,為何事到如今她又要說出來?這豈非自相矛盾。」

「為何事到如今才肯說啊……這點的確很奇妙,不過,如果這麼想就解釋得通了——那也許算是一種勝利宣言吧。」

「勝利宣言?」

「正如她剛才也講過的,距離時效成立只剩十七天。實際上警方毫無動作,唯有芦原刑警，緊咬著一個可能性持續調查，但是也沒查出什麼像樣的成果。頂多只是去見頭號重要人物的情人，打聽那人最近的情況。」

釘宮真紀子看著我的臉。

「也許她是覺得，勝利已遙遙在望了吧。所以事到如今，她才亮出隱藏多年的最後王牌給我看。那張王牌，就是當天的仲西家是密室狀態！但是事到如今縱使亮出那種東西，我也束手無策，哪怕是通知警方也沒用。當刑警去確認時，秋葉小姐只要裝作沒這回事矢口否認就行了，她可以說在『蝶之巢』酒吧說的話全是胡言亂語，然後就結束了，警方什麼也無法確認，所以我才說那是勝利宣言。同時——」她用力推開我，湊近秋葉。她俯視沉睡的秋葉繼續說：「也算是真兇宣言吧。因為發現屍體時，屋中只有這個人在。」

我再次介入秋葉與釘宮真紀子之間。

「她只是說著玩的，那根本不是事實。」

「說著玩？秋葉小姐嗎？她幹嘛要做那種事？」

「她在消遣妳，因為妳好像認定秋葉就是犯人，所以她一時興起來個小小的惡作劇，一定是這樣沒錯。」

釘宮真紀子放鬆嘴角，稍微側過臉凝視我，她的眼神彷彿在看某種不可思議的生物。

「這十五年來，我一直處於受害者家屬的立場，雖然我剛才說法律決定的時效與我無關，其實我非常痛苦，那種痛苦你能理解嗎？」

「那個……我自認理解，雖說或許不足夠。」

「是啊，你也是個成年人嘛！一般成年人大抵都理解，最起碼也能想像。一般正常人不會去消遣懷抱那種痛苦的受害者家屬，就算再怎麼壞心眼、幸災樂禍的人也不會。因為，消遣家屬毫無意義，眼見時效將至，若還有人會去消遣家屬，那只有真兇才做得出來，你不覺得嗎？」

她的問題令我啞口無言，雖然我腦海中唯有「秋葉不是真兇」這句話，但我說不出口。

釘宮真紀子倏然轉身，一邊打開皮包，一邊走近吧檯。

「從我開始來這間店也有好多年了，但今晚還是我頭一次這麼有收穫，也不枉我喝了這麼多年不好喝的酒了。」

「今晚不用給錢了，因為妳什麼也沒喝。」夫人說。

「說得也是。」釘宮真紀子點點頭闔起皮包，再次轉身。「等她醒了，你替我告訴她，心是沒有時效的。」

「不管怎樣……我會替妳轉告。」雖然不想跟秋葉說那種話，但我還是這麼回答。

釘宮真紀子大步走向店門，發出刺耳巨響離開。

我呼地吐出一口長氣，在旁邊的椅子坐下。

彩色夫人自吧檯內走出，坐在我旁邊。

「你別把那個人說的話放在心上。她是眼看時效快要到了，所以被逼急了。弄到最後，甚至被可笑的妄想纏身。」

「釘宮小姐的事我不在意，但是秋葉說的話我很好奇，她為何會說出那種話呢？」

她搖頭。

「我也不知道，或許如你所說，只是小小的惡作劇。若是一般場合的確不可能消遣受害者家屬，但是被視為犯人，想必令秋葉也對釘宮小姐心生抗議吧。最主要的是，她醉成這副德行，根本無法發揮正常的判斷力。」

「濱崎女士。」我凝視著夫人的眼睛說：「秋葉說的話是假的吧？」

她眨眨眼，但並未迴避我的注視。舔唇後，她目不轉睛地看著我點頭。

「是假的，落地窗有一扇沒上鎖，犯人就是從那裡逃走的。我當時在場，所以我說的句句屬實。你想想看，秋葉當時昏倒了，落地窗有沒有上鎖，她怎麼可能會知道詳情。」

夫人的話中帶有某種程度的說服力，之所以說某種程度，是因為我心裡並不全然相信她。因為秋葉當時昏倒的說法，也是出自她的證詞。

然而，關於這個問題現在我不想再繼續討論下去了，我的心情就像蒙著眼下樓梯，有種如果隨便跨出腳步，可能會永無止境地墜落下去的不安。

「可以幫我叫車嗎？」我說。

秋葉在計程車上依然沉睡不醒，抵達飯店後，我硬是將她叫醒扶她走路，門僮連忙跑過來，幫我一把。

古典飯店的雙人房，是家具和用品都洋溢著古董氛圍的高雅客房，木窗外可以看見海港。我讓秋葉在床上躺平，開始喝冰箱取出的可樂，一邊望著她的睡顏，一邊回想她說的話。

落地窗全都鎖起來了，自屋內全部上鎖——秋葉為何會說那種話呢？那是真的嗎？若是真的，正如釘宮真紀子所說，秋葉等於是在招認自己是犯人。饒是時效已近在眉睫，也沒人會做出那種事。正因時效逼近，所以愈發謹慎，這才是一般人的正常反應吧。雖然釘宮真紀子用勝利宣言來形容，但若依秋葉的個性判斷，那也難以想像。

凝望著秋葉的睡臉，我忽然想到一件事。她曾經說過，她不擅長說「對不起」，關於箇中內情，她說等到三月三十一日就能說出來了。

印象中曾在某本書看過，犯罪逃逸的人內心深處其實渴望被捕，據說是因為良心的苛責，以及不知幾時被捕的恐懼，令人一直處於精神緊繃的狀態下。

說不定——秋葉是想道歉嗎？我暗忖。她想說：對不起，殺了妳很抱歉，但她不可能說出口，所以很痛苦？有沒有可能是這種念頭，令她吐露仲西家當時是密室狀態呢？

我愛著那樣的女人，即便有妻有女，但我不惜拋棄她們，也打算與那個女人廝守。

我的掌心開始冒汗，即便手上握著冰涼的玻璃杯。我把剩下的可樂倒進杯中，泡沫發出宛如海潮的聲音。

28

感到秋葉起床的動靜，於是我睜眼。不是自睡夢中醒來，之前我只是在床上閉著眼而已，或許中間睡了一會，但我毫無那樣的自覺。

秋葉似乎正在沖澡，聽著那個聲音，我拉開窗簾，港口的海面閃著粼粼波光。山下公園裡，早已有散步的人群。

秋葉穿著浴袍出來。「啊！你醒了。」

「早。」

「欸，我完全不記得昨晚的事了。」

「我想也是。」

「到我們去『蝶之巢』為止我還記得……我有沒有做出什麼奇怪的舉動？」

「放心，妳只是中途就睡著了。」

「是喔，飲酒過量果然不是好事。」她往床上一坐，拿毛巾擦拭頭髮。「難得的白色情人節，結果都被我糟蹋了。」

「算了，偶爾一次有什麼關係。」

我這麼一說，她好像覺得很不可思議地歪起頭。「你怎麼了？」

「什麼？」
「你好像沒什麼精神。」
「沒那回事，我也喝多了，所以只是覺得頭重重的。」
「也許是葡萄酒的後勁太強吧。」她開始用毛巾漂亮地包裹腦袋。
我們在飯店的咖啡廳用了簡單的早餐，雖然沒胃口，但我還是勉強將吐司和炒蛋吞下去。
退房後，我們上了計程車。我對司機說，去橫濱車站。
「喂。」秋葉對我耳語：「你現在，還是非回去不可嗎？」
我一邊留意司機的耳朵一邊回答：「中午之前一定得回去。」
「可是，這是白色情人節的翌日，而且星期天才剛開始。」
「我拜託了朋友配合我撒謊，如果我回去得太晚，會讓他們的辛苦化為泡影。」
「那樣不行嗎？」
她的話，令我不禁錯愕地「啊」了一聲。
「化為泡影不行嗎？」她又再說一次。
「他們為了我特地聚在一起喝酒。即使我根本不會去。這都是為了掩護我偷吃。」
「偷吃？」秋葉的眼睛似乎炯然發光。
「總之，那樣不太好。」
「因為你不想被抓包？」她湊近看著我的臉。「被你老婆。」
我覺得司機的耳朵好像猛然抽動了一下。大概是錯覺吧，但我現在實在沒那個心情好好說話。

我小聲回答：「那件事待會兒再說。」

在橫濱車站下了計程車，正想直接步向車站，秋葉拽住我的手臂。

「我還想跟你在一起，我不是說過了嗎？我決定把你當成我的，你應該也同意了。」

「今天我還不想逞強。」

「逞強？你是指什麼？」

面對她的逼問，我無言以對。這種事遲早得向妻子坦白，無論是今天或明天都一樣，這點我也明白。

「隨便帶我去個地方，只要兩小時就好，之後你就可以回家了。」

「秋葉……」

「我就是不安嘛！」她流露出悲悽的眼神說：「只要一想到你要回家，我就無可救藥地不安，我覺得你好像再也不可能回到我身邊了。如果你說你不會，那就答應我的任性要求。」

她的哀訴動搖了我的心，我可以感受到她的難過。另一方面，我心裡也在盤算，站在這種地方說話，難保不會被什麼人給撞見。

「好吧。」我回答。

我們走進一間老舊的賓館，在彷彿已滲入芳香劑氣味的床上做愛。秋葉翻身在上時，我心頭一驚。因為她的眼眶含淚，但我沒有問她原因，我不敢問。

「我希望你答應我一件事。」完事後，她說。

「什麼？」我問。

「不管我發生了什麼事，我要你承諾一定會保護我，我想相信唯有你是站在我這邊的。」

我屏息，思考秋葉的話中之意。

「怎麼了？你無法承諾？」

我撫摸她的頭髮。

「沒那回事，一言為定。」

「太好了。」秋葉呢喃，把手放在我的胸口。

離開賓館後，我在品川車站與秋葉分開，踏上歸途。我從東京車站坐計程車，但占據腦海的，全是應該如何找藉口向有美子交代。時鐘的指針早已過了午後兩點。

不管怎麼想，我這次的行動都很不自然，雖然我經常與學生時代的哥兒們去喝酒，卻難得徹夜不歸。更何況，過了中午還沒回家，更是前所未有的事。

當然這點我打從一開始就已有覺悟，但我的心境，和不久之前有了微妙的差異。一言以蔽之，在我心中萌生了想要採取守勢按兵不動的心情。

我不得不承認，自己的心中存在著狡詐、卑劣的想法，我還沒有完全選擇秋葉，我想保留維持現狀——拋棄秋葉，重拾以往生活的可能性。正因如此，我才會試圖找藉口自今天這個困境安然脫身。

就在毫無結論的情況下，計程車已抵達公寓前，我很想再多思考一會兒，但是回家時間再拖延下去會更不妙。

拖著沉重的步伐，來到自家門前，我翻找口袋的鑰匙。我想像有美子一看到我的臉，會如何咄咄逼問，她說不定已給新谷他們打過電話。我不認為他們會露出馬腳，但是極有可能做出不自然的回答。

我做個深呼吸才開門，登時竄入耳中的是熱鬧的笑聲。笑聲來自客廳。

我探頭窺視客廳，除了有美子還有三個女人在，全都是生面孔，但就年齡和氣質判斷，應是園美的幼稚園同學們的母親。她們正圍繞餐桌而坐，桌上放著茶杯，中央擺著裝有餅乾的容器。

「哎呀，你回來了。」有美子轉向我說。她的臉上猶帶笑容。

打擾府上了，三名女性紛紛向我打招呼。我也低頭行禮，說聲大家好。

「這幾位是幼稚園的媽媽。」有美子說。

「小朋友們呢？」

「去幼稚園了，來了一個人偶劇團，應該就快演完了，我們說好了到時要一起去接小朋友，所以在那之前先來我們家喝茶。」

「原來如此，那各位慢慢聊。」我說完就關上門，走向寢室。

正在寢室換衣服時，有美子進來了。我不安地舔了舔唇。

「對不起。」她說。

我大為意外地回視她。「啊？對不起什麼？」

「沒徵求你的同意，就把大家帶回家裡，因為我們平時去的咖啡店今天公休，又沒有別的地方可去。」
「那倒是無所謂……」
我很困惑，因為我以為一定會因為遲歸的事挨罵。
「要幫你泡咖啡嗎？我可以替你端來這裡。」
「不，現在不用，待會兒我自己泡。」
「好吧。」她點點頭，便打算出去。
「那個，」我說：「倒是我，這麼晚才回來對不起。一不小心就喝到天亮，之後又拖拖拉拉走不掉……」
有美子在我說到一半時便開始苦笑。
「你們難得見一次面，有什麼關係。小心別把身體搞壞就好。」
「嗯，我知道。」
「玩得開心嗎？」
「那個，還好。」
「那就好。」有美子保持平靜的表情，就這麼離開房間。
我嘆了一口氣，在床邊坐下，然後順勢躺倒。
我覺得悵然若失，有美子的態度和我之前想像的截然不同。
是因為她比我以為的更信任丈夫嗎？是因為她安心地認定，丈夫偷腥這種事連萬分之一都不可能？

之後，過了一會，有美子便與其他媽媽們一起出門了。她帶園美回來，是又過了一個小時之後的事。

即便回來了，對於我，她也隻字未再問起昨晚的事，我本來以為剛才也許是因為有客人在，她才忍住沒審問我，但是看來顯然也非如此。

晚餐時，桌上擺滿有美子親手煮的菜，泰半是頭一次吃到的菜色，我問她這是怎麼回事，她說是白天跟那些媽媽學來的。

「老是吃同樣的菜色一定很膩吧？媽媽們的情報交流也很重要喔！」有美子說著笑了。

就這樣，安然無事地結束了一天。無須任何覺悟，也不必做任何決斷，只是個平凡的星期日。鑽進被窩後，我回想這兩天，心情很古怪，前半段的遭遇宛如在夢中發生。

但是，那當然並不是夢，我不得不做出結論的日子，正在分秒逼近。

29

翌日一到公司，便見幾名年輕職員聚在一起正在說悄悄話，田口真穗也在其中，但沒看到秋葉。

「怎麼了？」我問。

田口真穗做個留意四下動靜的動作後，才壓低嗓門說：「里村先生好像終於被甩了，被仲西小姐。」

「噢？這樣啊。」

對我來說，這個消息毫不意外，但我的反應似乎令田口真穗很不滿。

「您好像漠不關心喔！」

「那倒不是，不過妳怎麼會知道那種事？」

這個嘛，說著她做出垂涎欲滴的表情。

「里村先生白色情人節邀仲西小姐約會，聽說被拒絕了，但他不肯死心，昨天晚上好像跑去仲西小姐的公寓旁，他說想當面送上禮物，拜託跟他見一下面就好。」

「結果呢？」

「人家好像不肯收禮物。不僅如此，好像還對他說出相當決定性的話喔。」

「決定性？」

「自己已有交往的對象，感情已好到許諾將來，可能很快就會結婚——聽說是這麼跟他說的。」

看著田口真穗兩眼發亮的臉，我在一瞬間感到輕微的目眩，彷彿突然間被人從意想不到的方向揍了一拳。實際上，我也的確腳步踉蹌。

「您怎麼了？」

「不，沒什麼……嗯，這樣啊。我只是，呃……有點驚訝。」

「就是嘛！您想想看，仲西小姐當初在歡迎會上，明明說她身邊沒那種對象。所以，這表示她是來我們公司之後才找到那個對象的。說不定，那個人就是我們公司的人。」

「不會吧！」我的臉頰緊繃。

「我也覺得應該不大可能，因為我們公司又沒什麼像樣的男人。」田口真穗掩嘴，天真無邪地哈哈大笑。

到了上班時間，我回到自己座位，卻無心開始工作。

我悄悄朝斜後方偷窺，秋葉正面對電腦，但也許是察覺到視線，她朝我看來，開心微笑。

我連忙把臉轉向正前方，擔心被誰看到就糟了。

過去在公司她從不曾這樣對我笑，一舉一動總是小心翼翼，以免我倆的關係被發現。秋葉的心，已朝終點開始起跑了，所以在公司裡的言行舉止也逐漸變得大膽。

我無法責怪她，讓她變成這樣的正是我，是我宣稱要拋棄妻女選擇她，承諾不管發生任何事都會保護她。她相信我這些話，又有什麼錯？

雖然這麼想，但我還是很焦慮，我渴望與秋葉在一起，同時卻又因那過於險峻的路程不知如何是好。

當我不知第幾次嘆氣時，手機響了，是陌生的號碼，所以我一邊提高警覺，一邊接起。

「渡部先生，是吧？」開口便這麼問的男聲很耳熟，我的腦海浮現一張國字臉。

「我是芦原，」對方說：「現在我在貴公司附近，能否請你抽空和我見個面？」

「那是沒問題，但不知你有什麼事？之前我也表明過了，我什麼都不知道。」

「說不定現在與當時的狀況已經不同囉。總之，我現在就過去拜訪。」

芦原刑警說要去一樓的接待廳就掛斷電話。

無奈之下，我起身離席。那個刑警到底找我做什麼。

大廳裡，芦原刑警罩著米色大衣佇立。雖然他不像彼得•佛克⑯，但我好像可以稍微體會，被刑警可倫坡纏著不放的嫌疑犯作何感想了。

「讓你百忙之中抽空，不好意思。」他低頭行禮。

「我可沒有任何對你有益的情報喔。」

「哎，你別這麼說嘛！怎麼樣，要來杯咖啡嗎？」刑警指著自動販賣機。

「我不用了。」

⑯Peter Michael Falk，一九二七～。因主演美國推理影集「神探可倫坡」而知名。

「是嗎？那麼不好意思，我自己喝。」他買了柳橙汁。

隔著大廳的桌子面對而坐，他沒脫大衣，我多少鬆了一口氣，看來他無意久留。

「前天晚上，你見過釘宮真紀子小姐吧？」

他的話令我赫然一驚，同時也猜到他來找我的目的。

「是她告訴你的？」

「是的，她打電話通知我的，那個人的執著真是令我甘拜下風，她還沒死心。」

「那又怎樣？」

「她告訴我一件非常耐人尋味的事。」芦原刑警喝著果汁，痞痞地笑了。「據說仲西秋葉小姐趁著醉意，做出了非常驚人的告白。」

「你是說，屋子門窗全都從內側上鎖這件事嗎？」

刑警點頭。「我認為這不是可以隨便開玩笑的內容。」

「但也不是犯人會說的話吧。」

「這就是人類心理的複雜之處了。據我聽說，仲西秋葉小姐當時好像醉得很厲害。」

「就算是這樣，也不可能告白那麼重要的事吧。」

「那可不見得，長年隱瞞的事，在某種意外契機下一不小心說溜嘴，這是常有的情形。以前，不就發生過某個殺害幼兒的男子在酒家拿著屍體照片炫耀，因此遭到逮捕的事件嗎？犯人自己特地發出訊息，並不是什麼罕見的奇事。」

「那和這個是兩碼事。如果你這麼懷疑，何不去向她本人確認？你可以直接問她，那天是不是趁著醉意說溜了嘴。」
結果芦原刑警一臉傷腦筋地皺起眉頭，連嘴角也跟著扭曲。
「就算門窗全部上鎖是真的，她也不可能這麼告訴我吧。要是說得出口，她應該早在多年前就自首了。她不會告訴我的，不會告訴身為刑警的我……對吧？」
從他飽含深意看著我的眼神中，我醒悟他的真正用意，我搖頭。
「就算是在我面前，她也不會講的。」
「是這樣嗎？如果是你，她說不定會吐露真心話喔。我啊，判斷她現在已經動搖了，眼看時效將至，她正遭受良心的譴責。她在想，自己是否該這樣繼續逃避。我認為就是這種迷惘，導致她在酒酣耳熱時說出那番重大告白。正因如此，我想拜託你。如果她真的有所隱瞞，我想請你催促她吐露真相，這件事只有你能辦到。」
我瞪視刑警。「秋葉不是犯人，她沒有殺害本條小姐的理由。」
「那是從她母親身邊搶走父親的女人，她母親也因此自殺了。」
「仲西夫婦的離婚與本條小姐無關，我聽說他們夫婦分居後，仲西先生才開始與本條小姐交往。」
「是仲西先生告訴你的嗎？」芦原刑警的嘴角一歪。「那種說法，你真的相信？」
「那你有證據能證明那是假的嗎？」
「你可不要小看我們警方的搜查能力。仲西夫婦在表面上的確是和平分手，但仲西先生的外遇是離婚原因，這點已有多項證詞足以證明。」

「不可能。」

「相不相信隨便你，你最好想想，這也是為了你自己好。」

「為了我好？」

芦原刑警倚靠椅子，繃緊下顎看著我，他的眼中蘊藏著狡猾的光芒。

「再這樣下去，想必時效應會成立，但那並不會讓一切結束。釘宮真紀子小姐不會放手，即便做為刑事案件算是結束了，接下來還有民事等著，民事追訴時效是二十年，距現在還有五年時間。老弟，在那期間你也打算跟她交往嗎？」

「什麼意思？」

「我是在勸你，要分手就趁現在，現在仲西秋葉小姐的心就已經動搖了。時效成立後，她極有可能會說出真相，屆時如果提起民事訴訟，後果可就不得了了喔。就連你也不可能全身而退，你懂嗎？」

我搖頭，站起來。「你請回吧。」

「渡部先生，你最好想想，這可是關係到你的一生。」

「我相信她，因此，我也無意讓她自首，失陪了。」

雖然掉頭而去，我的心卻如鐘擺一樣來回擺盪。

我比任何人都明白，我對秋葉的信任，其實並不如我氣勢十足對刑警斷言的那麼堅定。

30

看到園美把納豆澆在飯上，我有點驚訝，因為我一直以為她雖然喜歡攪拌納豆，但是並不愛吃。

「你在看什麼？」有美子問道。

「沒有，因為園美在吃納豆。」

於是她看著女兒，噢了一聲點點頭。

「她從上個月開始就敢吃了喔。老公，你現在才發現？早餐已經出現過這樣東西好幾次了。」

「是嗎？是什麼原因讓她變得敢吃的嗎？」

「上次回長岡時，我爸吃的時候給了她一點，結果她說很好吃，其實和我們平常吃的納豆味道根本沒什麼差別，小孩子真的很不可思議。從此，她就開始主動吃那個了。」

「嗯……」

「說到這裡，那時候你不在場。」有美子露出回想的眼神。「那天你一個人，在傍晚出門去了，說要去滑雪。」

「是那晚嗎……」我的心頭一陣刺痛。

「算算都已過了一個多月了，你居然到現在才發現，太遲鈍了吧！」有美子的語氣不像在譴責我的漠不關心，反倒帶有只有她一個人注意到女兒變化的優越感。

「小孩子果真是天天在長大。」

我這麼一說，有美子苦笑著說：「事到如今你在說什麼傻話啊。」

「爸爸壞壞喔，園美敢吃納豆的事，他到現在才發現。」有美子對女兒說。

「壞壞喔！」幼小的女兒對我說。

「不好意思。」我耍寶地縮起脖子。

這是平凡無奇、一成不變的早晨對話。園美固然不用說，就連有美子，想必也毫無不懷疑今後會這樣度過每一天吧。若說有變，頂多只是園美多出弟弟或妹妹，作夢也不會想到我們之中會少了哪一個人。就連我自己，一年前也是如此。

但現在的我知道，這個風景不久就要變了，三人行本來是理所當然的，不久卻將變成兩人，不是別人，正是我自己將從這裡消失。

打從決定選擇秋葉的那一刻，我就不斷意識到這點。也許該用「覺悟」來形容比較好。不能再見到母女倆的痛苦是莫可奈何，但我感到心痛，是在我想像到她們的痛苦時。

尤其是想到園美會受到的心靈創傷，我便猶如被黑暗籠罩，沒有任何光芒，找不到出口，我也不認為她自己找得到。

沒有發現園美已經敢吃納豆，並非緣於我太遲鈍，而是因為我已無法再正眼面對不久便得拋棄的幼小女兒。

在妻子與女兒的目送下，我離開家門。出了公寓，人行道旁栽種的櫻花已接近盛開，原來已到了這種時節。

她們深信我會回來，絲毫沒想過我不回來的可能性。這令我很痛苦，如果我是個壞父親或許還好些，如果我是那種離開只會讓她們撫胸慶幸的壞男人，那就什麼問題也不會有了。但是——我自己這麼說或許很奇怪，我並非那種壞男人，我一直試圖繼續扮演好丈夫、好父親，事到如今，就連這種行為本身似乎也是罪惡。

到了公司，秋葉還沒來。我坐到自己位子上，正準備開電腦時，田口真穗帶著少根筋的笑容過來了。該不會又要告訴我關於秋葉結婚的小道消息吧，我暗自做好戒備。

「渡部先生，今晚您有安排節目嗎？」她小聲問。

「今晚？不，今晚我沒事。」

「我們打算替仲西小姐辦個送別會，她這個月底不是要離職了嗎？可是課長好像不想特地辦送別會，我們覺得那樣她太可憐，所以年輕同事想自己辦個送別會，但是大家都方便的日子只有今天，所以才臨時決定。」

「我去沒關係嗎？我可不是年輕人。」

「沒關係，渡部先生，您勉強過關，那我就當作您要參加囉！」

我很想質問這算哪門子勉強過關，但田口真穗撇下我，就這麼走了。

我看著秋葉的座位，不知幾時她已經到了，正要戴上眼鏡。動作做到一半時她朝我看來。我倆的視線相接。早安，今天也好嗎？——她朝我這麼默默傾訴。很好，我回答。其實暗懷苦惱，但是至少我得用眼睛撒謊。

秋葉的送別會在八丁堀那間居酒屋舉行。少了幾名當初參加歡迎會的成員，其中包括課長與里村。

想當然耳，大家開始針對秋葉的婚事發問，先從消息的真假問起。

「目前還沒有具體決定。」

她的回答令眾人全部圍上來。

「可是，有對象了吧？當初辦歡迎會時，妳說沒這樣的對象，那是騙人的嗎？」男職員問。

「不是騙人的，那時真的沒有。」

噢——除了我以外全場哄然變色。

「這麼說對方是公司的人？」

這個逼近核心的問題令我開始坐立不安，我喝芋頭燒酒摻水的速度加快了。

秋葉嫣然一笑，微微搖頭。

「很遺憾並不是。」

這句話，令全場的緊張登時鬆弛。搞什麼啊，坐我旁邊的男職員咕噥。

「那妳在哪認識的？聯誼？」田口真穗扮演起發問者。

「不，是在棒球打擊練習場。」

嘴裡含著燒酒的我差點嗆到。

「棒球打擊練習場？仲西小姐，妳會去那種地方？」
「去啊！那玩意對於發洩壓力非常管用。」
「噢？然後就在那裡邂逅了？」
秋葉點頭。「命運的邂逅。」
不知是誰咻地驚歎一聲，其他人也目瞪口呆。
「欸，對方是什麼樣的人？」田口真穗繼續發問。
秋葉像要思考般略微歪頭後才開口。
「他是個對工作充滿幹勁又溫柔的人，還有……我想他應該是個能夠重視家庭的人。」
「被妳這麼一講我想起來了，仲西小姐妳在歡迎會時就說過，不能盡到丈夫職責的人妳不要，對吧？」
一扯到這種話題，田口真穗似乎就會發揮過人的記憶力。
「還有，妳是不是也說過，如果對方外遇會殺了他？」
男職員的這個疑問，令好幾個人都迭聲附和沒錯沒錯。
「那時我們聽了還覺得超恐怖的。」
秋葉一邊報以微笑，一邊說：「外遇連想都別想。」繼而又說：「不過，如果是動了真心那也沒辦法。」
「動了真心？」田口真穗問。
「無論是男是女，我想都有可能移情別戀，因為就連我自己，交往過的男人也不止一個。

明明已有固定對象，卻還是喜歡上別人，我認為這個行為本身不該被譴責。無法原諒的是自己沒失去任何東西，也沒受傷，卻把負擔統統推給對方的行為。那樣不叫真心，純粹只是偷吃，無論是誰，應該都沒這種權利玩弄別人的感情吧？」

在秋葉以平淡語氣娓娓道來的過程中，每個人的表情逐漸凝重，但是神情最陰鬱的肯定是我。

「這麼說，妳不擔心那個人會偷吃囉？」田口真穗語帶開朗地問。

「我想沒問題，他應該沒那個膽子，因為他知道會被我殺死。」

這句話令大家重拾笑容。

「欸，妳最喜歡那個人的哪一點？」

田口真穗的問題，令秋葉再次歪頭思考。

「哪一點啊……老實說，我自己也不太清楚，而且如果是過去的我，也絕對不會喜歡上那種類型的人。不過多虧有他，的確讓我得以重新發現自己。」

「重新發現自己？」

「比方說連我自己也沒注意到的長處或短處或喜好，諸如此類。尤其是從那個人身上，我學到了道歉。我啊，在認識他之前，一直無法坦誠說出對不起，我老是認為自己沒有錯，我沒有對不起別人……」秋葉說完，逐一環視再度變得神情肅穆的同事們，深深一鞠躬。「都是我胡言亂語，把好好的氣氛弄僵了，對不起。你們看，我現在能道歉了吧？」

秋葉的笑話，拯救了本來快要陷入沉悶的氣氛。之後，包括田口真穗在內，再也沒人向秋葉問起她的男友，大概是猜測其中可能有什麼一言難盡的隱情吧！

送別會結束後，田口真穗邀我繼續喝下一攤，但我說太晚回家不方便推辭掉了。真正的原因，其實是在少數人中和秋葉一起太尷尬了。

和大家道別，我獨自鑽進計程車後檢查手機簡訊，有秋葉寄來的。

我也不參加第二攤，我在棒球打擊練習場前等你。

我慌忙對司機說：「不好意思，請改去新宿。」

我在棒球打擊練習場旁下了計程車，邊走，邊取出手機，但是還沒開始操作，便發覺秋葉站在眼前。

「妳是今晚的主角，不去參加沒關係嗎？」

她飛奔向我，一把挽住我的手臂。

「因為人家想跟你在這裡見面嘛！」

「剛才，妳自己說著說著也開始懷念了吧。」

「對呀，你呢？」

「我也很懷念，雖然僅僅是半年前的事。」

我想起秋葉臉色猙獰甩動球棒的模樣，想必就在那瞬間，我愛上了她。

「那晚，要是沒在這裡遇到，也就不會有現在的我們了吧。」秋葉望著棒球練習場的燈光說。

「大概吧。」

「說不定，那樣比較好吧，那我就用不著這麼痛苦，也不會苦苦折磨你了。」

「……很痛苦？」

被我一問，秋葉倏然垂眼，但她旋即抬起頭，嫣然一笑。

「不，沒關係，我不在乎，一點也不痛苦，能夠這樣很幸福。」

「我也不在乎。」

冷風吹來，我本想找家咖啡店進去坐，但秋葉提議散步。

「在夜晚的街頭四處走走吧，那樣更有祕密約會的感覺。」

「祕密約會嗎……」

我們手挽著手，開始漫步新宿街頭。街上擠滿了還沒享盡夜色的人們。

「下個星期一你有空嗎？我是說週一晚上。」秋葉邊走邊問。

「星期一是……」

「三十號。」她當下回答：「三月三十號。如果解釋得再囉唆點，是三月三十一號的前一天。」

我不禁脫口驚呼，那天的意義我當然明白。

「只要等到三十一號的午夜零時，那個案子的時效就成立了。屆時，我希望你跟我在一起。」秋葉駐足，放開我的手臂。她轉身面對我，繼續說道：「不行嗎？」

我呼地吐出一口氣。我可以感受到她那股拚命的氣勢，怎麼可能開得了口拒絕。

「好啊，那晚我們一起度過吧！」

我又得對有美子說謊了，然而，我覺得那已無關緊要。
「欸，你記得嗎？我之前講過的，等到三月三十一日那天，就可以說出很多事。」
「當然記得。」
「那一天終於快要來臨了，我的命運之日。」秋葉目不轉睛地盯著我的眼。「我會說喔。一切的一切，我都會說。」
我默然頷首。無論她要告白什麼，我都打算正面接受，其實此時此刻我就想問個明白，但我躊躇不決，不知是否該說出口，那樣等於輕忽她保持沉默長達十五年以來的覺悟。
「我也希望你答應我一件事。」秋葉說。
「什麼事？」
秋葉將視線從我轉開，迷惘地游移眼眸，然後做個深呼吸，再次將真摯的目光投向我。
「請你決定我們的事，我希望你做個決斷，看要怎麼做。其中也包含了你要拿現在的家庭怎麼辦。」
「我的心意並沒改變呀。」
她搖頭。
「我不是在懷疑你的心意，我是希望你能讓我見識一下那份心意有多強烈。剛才我說的話你都聽見了吧？如果你是真心的，我希望你不要逃避失去和受傷，如果你那樣做，就表示你不是真心的，那代表你的所做所為，純粹只是偷腥。」
秋葉說的每一字每一句都如利刃刺進我的心，我根本無力反駁。她說得一點也沒錯，是我逃避至今，我一直把負擔推給她一個人承受。

「知道了，屆時我也會給妳答案，在聽妳的告白之前，我會先跟我太太說清楚。」

「那可不行。」秋葉說：「你的答覆，等聽完我告白之後再說，我不想讓你後悔，縱使你沒有後悔，今後若要一邊懷疑你是否已經後悔一邊過日子，我也會很痛苦。」

「我不會後悔，我有把握不會。」

「即便那樣也不行。」秋葉的語氣很嚴厲。

我嘆息。

「既然妳這麼堅持，那就等我聽完妳的告白再說吧。之後，我會向我太太坦承一切，在三月三十一日那天，做個了斷。」

「那天一切都會結束，對吧。」秋葉再次挽住我的手臂。

「從那天起，一切都會開始。」我說著，邁步走出。

31

一出被窩，我就渾身哆嗦，明明應該是暖冬，最近卻每天早上都冷得要命。我壓抑想鑽回被窩的慾望，脫掉睡衣。

一邊穿上襯衫，我看著放在枕畔的月曆。今天是三月三十日，星期一，想到今天這個日子的意義，我再次渾身一震。

客廳裡正要展開早餐的風景。園美坐在桌邊，正在喝熱牛奶，盤子裡有她愛吃的香腸和荷包蛋。

「早。」我對園美說。

「爸爸早。」她說著笑了。

這張笑臉，我還能再看幾次呢？我暗忖。說不定這就是最後一次了，即便還會再見面，她想必也絕對不會原諒拋棄她們母女的父親吧。

「你也吃麵包，可以嗎？」有美子從廚房問。

可以啊，我回答。

「還有，臨時才說不好意思，今晚我不回來。」

「哎呀，這樣嗎？」有美子從廚房探出頭。「要出差？」

「對呀。」目前我姑且只能先這麼回答。

「行李收拾好了嗎？要去哪裡出差？」

「大阪，只住一晚，所以不用特別準備什麼，反正到了飯店也只是睡覺。」

是喔，有美子說著點點頭，又回廚房去了，看來她絲毫沒有起疑心。

我一邊吃吐司喝咖啡，一邊瀏覽早報，報上完全沒有提到東白樂命案即將屆滿時效。就世人看來，那只是微不足道的事件。

我在西裝外面罩上大衣，抱著公事包走向玄關。有美子也跟來，要送我出門。

「路上小心。」有美子接下我用完的鞋拔，一邊說道。

「嗯……那個，妳明天有事嗎？」

「明天？問這個幹嘛？」

「不是啦，我有點事想跟妳說。」

「有事？什麼事？現在不能說？」她不解地微微歪頭。

「那件事我想坐下來慢慢說，現在沒時間。」

「嗯……我明天倒是沒什麼事。」

「知道了，那今晚就先這樣，家裡拜託妳了。」我走出家門。

我深深感到正在確實接近某種事物，但等在那裡的將是幸或不幸，我不知道。我只知道，眼下的發展已無法遏止，即便是巨大的吊鐘，只要用指尖不斷戳動，最後也會產生共振大幅晃盪，過去那些瑣碎行動的累積，即將猛烈撼動我的人生。

即便到了公司，我也完全無心工作。我滿腦子都在想，等我離婚之後周遭的人會怎麼看待。而且離婚的原因是外遇。和派遣員工搞外遇，最後弄到離婚收場，連小孩也不要了。一切的一切，都是一年前我自己輕蔑過的行為，肯定有許多人就像當時的我一樣，會看不起我、嗤之以鼻。

在轉著那種念頭的空檔，我不時偷窺秋葉，其中有幾次與她四目相交。

就是今晚喔——我感到她在朝我如此囁嚅。

對，終於等到今晚了。一切將會結束，抑或一切即將開始，目前還不知道。

到了下班時間，我迅速整理好東西，立刻離開辦公室。與秋葉碰面的地點，早在上週就已決定。

出了公司，我坐計程車去汐留，我已預訂高層大樓頂樓的餐廳。在門口報上姓名後，穿黑色制服的女性領我去窗口的座位。

等待秋葉的期間，我邊喝啤酒，邊眺望夜景。

這是充滿回憶的店。去年的平安夜，我用了高空走鋼索般的特技手法與秋葉在這裡約會，明明只是三個月前的事，我卻感到似乎已是遙遠的往昔。

大約喝掉三分之一的啤酒時，秋葉出現了，她穿著隱約透出肌膚的妖豔襯衫。當然，在公司時，她並不是這身打扮。

「妳換了衣服？」

「對呀，因為今天是重要的日子嘛。」

以香檳乾杯後，她環視店內，微笑看我。

「上次能在平安夜見面讓我好感動，本來已經放棄了，你卻為我做到了。」

「妳說不可能，所以我死要面子非得爭口氣啊。」

「你這人，就是這麼好勝。」

「妳不也是嗎？看妳打棒球的那個架式就知道。」

「老掉牙的故事。」她噘起嘴把臉一撇，逕自喝香檳。

之後我們也不斷聊起種種回憶。連續劇的最後一集，有時會播出之前的精采片段，我們現在就等於是在自行上演那一套。

不過是半年多一點的時間而已，卻有道之不盡的回憶。或者，也許是因為記憶猶新，所以才能源源不絕地想起。

說是道之不盡，其實還是有限，最後忍不住連白色情人節及上週送別會後的約會都拿來回顧。不過到了那時，套餐也只剩下甜點了。

「九點了。」在位子上結完帳後，我看著錶說：「還有三個小時，接下來要做什麼？」

意識到午夜零時而發言，這是頭一次。到目前為止秋葉也沒提及。

「要換個地方繼續喝酒嗎？」我問。

秋葉沒點頭，她凝視我，嘴角浮現笑意。

「今晚你不回家也沒關係吧？」

「沒問題。」

「那麼，要不要陪我去那裡？」

「那裡是哪裡？」我一邊問，一邊已隱約猜到，她指的是何處。
「我家，那起事件的發生地點，東白樂的房子。」
「我就知道。」我回答：「今晚，妳父親不在嗎？」
「現在應該還不在，他有工作。」
「現在？意思是說，晚一點他就會回來了嗎？」
「預定是這樣，因為我叫他要回來。」
「妳叫他？」
「過了十二點再回來——我是這麼跟他說的。」

仲西家亮著門燈，一樓隱約透出燈光，但秋葉說那只是為了防盜，才一直開著燈。車庫裡只停放著我也坐過好幾次的富豪轎車。秋葉取出鑰匙，打開玄關，朝我轉身說了聲請進。
「打擾了。」我說著跨進大門。
「你想坐哪邊？要去我房間，還是客廳？」秋葉問。
「哪邊都行，由妳決定。」
她想了一下後，說：「那就去我房間。」
十幾年前還是高中生的秋葉用過的房間，和我上次來時一樣，床上的毯子和被子，似乎也保持我們那天離開時的形狀。
來這裡之前路過便利商店，我們買了罐裝啤酒和牛肉乾之類的東西。秋葉把那個袋子放在書桌上。

看著那張桌子上的鐘，我在一瞬間吃了一驚，因為時鐘的時間完全錯誤。不過仔細想想，這房間已經多年無人使用，時鐘沒電也是理所當然。

大概是察覺到我的視線，秋葉拿起那個鐘。

「現在幾點了？」

我看著自已的錶。「九點五十分。」

她轉動指針，調到九點五十分後才把鐘放回原位。「你要記得不時告訴我時間。」

「然後每次都要調鐘嗎？」

嗯，她說著點點頭。

我們用罐裝啤酒乾杯，咀嚼牛肉乾。也許應該等到午夜零時再乾杯才對吧？秋葉說出這種令人笑不出來的玩笑。

「現在幾點了？」她問。

我回答十點零五分，她再次轉動時鐘的指針，然後看著我，微微偏頭。

「我可以去你旁邊嗎？」

我正坐在床上。「可以啊。」我回答。

秋葉來到我旁邊，我伸手環抱她的背。她靠向我懷中，我在她的額上輕吻後，她仰起臉。我們的嘴唇相貼。

「妳父親不知幾點會回來。」

「還早得很，所以你不用在意。」

把罐裝啤酒放到地上，我們擁抱，一次又一次地親吻，極自然地開始脫下彼此的衣服。在兩人的合作下，我們很快就全身赤裸。中途，秋葉提議將燈光調暗。

「不會冷嗎？」鑽進被窩後我問。

「我不在乎，你呢，會冷嗎？」

「我也不要緊。」說著，我抱緊赤裸的她。

到此為止一如既往，按照兩人在數月之間聯手創造出的順序，很正常。但接下來就不同了。

無論再怎麼愛撫秋葉的身體，或者反過來受到她的愛撫，我的重要部位依然毫無反應。試了好幾次，但還是不成，那玩意好像不是自己的了。只是一坨柔軟的肉片垂掛在股間。

「怪了……」我不禁嘀咕。

「這也沒什麼嘛！我只要能跟你抱在一起就很幸福了。」

「嗯。」我點點頭。在這種緊要關頭出糗，我覺得很窩囊，到頭來我果然還是顧忌多多啊，我只能如此自我分析。

「現在幾點了？」她在我懷中問。

看著放在枕邊的手錶，我想起「南方之星」的〈任性的辛巴達〉，是啊～大致上～⑰

⑰「南方之星」一九七八年出道的成名曲，由桑田佳祐作詞作曲。歌詞中重複出現：「現在幾點了？是啊～大致上～」

「馬上就要十一點了。」

「嗯……」她扭動了一會兒後，凝視著我。「去樓下吧。」

「也好。」

我們穿上衣服，走下樓梯。客廳的空氣冰涼，而且有點灰塵，客廳的矮櫃上放著有裝飾的座鐘。那個鐘的指針在動，指向十一點整。

「要泡咖啡嗎？還是你要繼續喝啤酒？」

「都可以……不，還是喝咖啡好了。」

好吧，秋葉說著遁入裡屋。

我在豪華的皮沙發坐下，沙發冷冰冰的，起初彷彿會奪走體溫，坐了一會兒才漸漸溫暖起來。

我坐著再次環視室內，想到這裡在十五年前發生過殺人命案，實在無法保持平穩心情。我的目光停留在面向庭院的落地窗，我凝視著上面的弦月形鎖釦。

過了一會兒，秋葉回來了，托盤上放著茶杯和茶壺。

「找不到咖啡，所以我泡了紅茶，你不介意吧？」

「沒關係。」

茶杯冒出的蒸氣不知怎地令我感到真實，這棟屋子並非架空虛擬，而是真實存在，出過命案也是真實的。既已決定與秋葉共度此生，我想我必須面對一切現實。

喝下紅茶，她瞇起眼說身子都暖了。我從正面直視那張臉。

「白色情人節那晚，我們去了『蝶之巢』，那時的事妳還記得嗎？」

秋葉露出頗感意外的神情，但她立刻放鬆嘴角。

「嗯，我記得。」

「當時妳好像醉得很厲害。」

於是她用那雙丹鳳眼，定定回視我。

「我根本沒有醉。」

「可是妳——」

「我說我沒醉。」她用斬釘截鐵的口吻說：「你繼續說。」

我伸手去拿茶杯，忽然感到口乾舌燥，不祥的預感宛如黑煙，開始彌漫心頭。

「妳當時對釘宮真紀子是這麼說的：發現屍體時，有一扇落地窗沒鎖的說法是騙人的，其實，所有的門窗都是鎖著的，所以沒人進得了屋子，也沒人出得去——或許妳已經不記得了。」

秋葉彷彿要溫熱冰冷的指尖似的用雙手包覆茶杯。她保持那個姿勢凝視某一點，然後開口。

「我記得很清楚，因為我一點也沒醉。」

「妳如此說完之後，就立刻陷入昏睡了。」

「我知道，我睡著的期間，你和彩色夫人拚命勸釘宮真紀子小姐，你們說我講的都是醉話，要她千萬不能當真，可是釘宮小姐不接受。她斷定我的告白是一種勝利宣言，甚至還叫你們等我醒了之後告訴我：心是沒有時效的——」說完她看著我，嫣然一笑。「你看，我記得很清楚吧？」

我感到臉上血色全失，一切的一切都如她所言，勝利宣言、心是沒有時效的——釘宮真紀子的聲音在耳際重現，但她說那些話時，秋葉應該昏睡不醒才對啊！

「喝醉……是假裝的嗎？妳為什麼要那樣做……」

「對不起，但我沒有別的方法來迴避釘宮真紀子小姐的詰問。」

「那麼，妳打從一開始就別說不就沒事了。」

「那樣的話，那晚我去那裡就失去意義了，因為我是去執行最後的懲罰。」

「懲罰？」

我這麼說時，玄關響起聲音。是鑰匙開鎖的聲音。接著，門被打開了。

「推理影集的登場人物好像都到齊了。」秋葉站起來。

我尾隨她走向玄關，站在那裡的是仲西達彥和彩色夫人濱崎妙子。仲西先生穿著暗灰色西裝，夫人在深藍色毛衣外面套著白色大衣。兩人看到我，驚愕地瞪圓雙眼。

「這是重要的日子，所以我請渡部先生也來了，沒關係吧？」

兩人沒有回應秋葉的話，他們面面相覷後，默默開始脫鞋。

全體進入客廳後，秋葉看著父親與阿姨。

「要喝點什麼嗎？我們泡了紅茶。」

「我什麼也不要……」夫人垂著頭。

「我要喝杯白蘭地。不，我自己倒就好。」仲西先生連西裝也沒脫，就這麼打開矮櫃，取出人頭馬（Rémy Martin）的酒瓶和白蘭地酒杯。

秋葉凝視他的身影說：「剛才我向渡部先生坦白了一件大事，上次我在『蝶之巢』醉得一塌糊塗，其實全都是在演戲。我是早有心理準備，才向釘宮小姐吐露，案發當時，不可能有人進出這棟房子。」

「妳在胡說什麼？」仲西先生拿著酒杯說：「案發當時妳昏倒了，家裡的門窗有沒有上鎖，妳應該不知道吧。」

秋葉露出彷彿要看什麼愉快好戲的眼神。

「看來你什麼也不懂，我剛才也說了，我在『蝶之巢』醉態百出，全都是在演戲。那麼十五年前，你又怎知我沒有發揮同樣的演技呢？」

我花費了好幾秒才要理解她這句話的意思，但理解之後，立刻陷入一片混亂，同時渾身震顫了起來。

發現屍體時，據說秋葉是昏倒的，難道那是他們騙人的嗎？不，如果照她的說法，仲西先生和夫人等於也上當了。

「我當時很清醒，你們做的好事我統統都知道。」秋葉像戴了能劇面具一樣，面無表情地繼續說：「我知道你們為了隱匿我的犯行，拚命動了很多手腳。」

心臟的跳動——劇烈得不能再劇烈。耳朵深處，撲通撲通地響起脈動聲。在那之間，我的眼角瞄到時鐘。

午夜零時馬上就到了。

32

「倒數計時。」秋葉說著指向座鐘。

我屏息，凝視指針移動，仲西先生和夫人也沒吭聲。

時鐘清脆移動的指針，指向午夜零時，繼而越過。我在吐出胸中鬱積的悶氣前看向秋葉，同時倏然一驚，因為自她緊閉的眼縫間，溢出了淚水。

「秋葉。」我喊道。

她緩緩睜眼，呼地吁出一口長氣，轉身面對我，嘴角浮現笑容。

「時效成立，一切都結束了。」秋葉說。然後來回打量呆站不動的父親與阿姨。「辛苦你們了，很漫長吧？」

「妳在胡說什麼？」仲西先生滿臉苦澀地撇開目光。他在沙發坐下，開始將白蘭地注入杯中。

秋葉走近那樣的父親，俯視他。

「你的心情如何？十五年來，一直隱瞞女兒的犯行，現在終於抵達終點了，你輕鬆得想跳起來？或者，只想好好地沉浸在喜悅中？」

「別說了。」仲西先生舉杯喝白蘭地。

秋葉接著轉向夫人。

「那妳呢？有何感想？」

「我叫妳別說了！」仲西先生的聲音飛來。「妳說那種話做什麼，事件都已經結束了。」

這時秋葉倏然轉身，滿臉憤懣地看著父親。

「才沒有結束，你別說得這麼輕鬆，對於這起事件，你根本就不了解。」

「我哪一點不了解了？」

「沒有任何一點，你們什麼都不知道，在什麼都不知道的情況下，卻做出那種事。」

仲西先生瞪視女兒，張嘴好像有話想說。但在那之前，他朝我投以一瞥，彷彿改變念頭般嘆了一口氣。

「我看，還是先請渡部先生離開比較好吧，反正時效成立的事已經確認了，接下來我們自家人關起門來好好談談吧！」

秋葉看著我，歪起頭。

「你想走嗎？」

「不，沒那回事……可以的話，我也想聽妳敘述。」

「那就沒有任何問題了，因為我也想請渡部先生留下來聽我說——可以吧？」她向父親徵求同意。

仲西先生像要說隨便妳似的把臉一撇。

秋葉俯視大理石茶几，按住自己的心口，好像在忍受什麼東西湧至心頭。

「妙子阿姨買完東西回來，發現本條麗子小姐死在這桌上，胸口戳著　把刀。妙子阿姨大吃一驚，衝上二樓查看我的情況。」

「二樓？」我問：「妳當時不是倒在屍體旁邊……」

「不是的，我在二樓房間，吞下了大量安眠藥。」

「安眠藥……」

這當然是頭一次聽說，新聞報導沒有寫，釘宮真紀子和芦原刑警也沒掌握到這個消息。

「妙子阿姨通知了我父親，不久便趕回來的父親與妙子阿姨，不得不做出同樣的結論。門是鎖著的。窗子全都從內側上鎖。如此一來，刺殺本條小姐的必然是待在室內的人，而且那個人有動機。對她來說，本條小姐是將心愛的母親逼上自殺絕路的罪魁禍首——父親的情人。父親與妙子阿姨當下商量該怎麼辦，本來，應該保持現場狀態立刻報警，但這兩人沒有這麼做。他們選擇的路，是讓人以為犯行是外人幹的，因此，他們將客廳落地窗的鎖打開，藏起本條小姐的皮包，把四處留下的指紋擦乾淨。」

「別說了，事到如今，就算說那些又能怎樣。」仲西先生粗暴地將白蘭地酒杯放下。

「我只是在陳述事實，如果你認為不是事實，那麼哪裡有錯誤？請你明白說出來。」

秋葉的反擊，令仲西先生臉頰抽搐地低下頭。但我的臉似乎比他更僵硬。

「秋葉，妳是想承認犯行嗎？」我的聲音已經激動得破音。

她朝我溫柔微笑。

「我是在說出真相，或許很痛苦，但請你再忍耐一下就好。」

「那倒是無所謂。」我咕噥。

她再次朝父親與阿姨露出憤怒的表情。

「等我醒來後，這兩人對我面授機宜：我看到屍體當場暈倒了，被之後返家的他們倆抬到房間。所以發生了什麼事，我毫無所知——如果刑警問起什麼，他們教我就照這樣回答。可是，他們一次也沒問過我，是否殺了本條小姐。於是我下定決心，既然他們不問，那我也不要回答，如果他們認定人是我殺的，那就任他們這樣想好了。」

秋葉以女性標準來說偏低的嗓音，在一片死寂的客廳中回響，等到回響完全消失後，我倏然挺直腰桿。凝視她的側臉，眨巴著眼。

啊？我脫口喊出。幾乎同時，垂首的仲西也抬起頭。他的雙眼充滿血絲。

「妳說什麼？」他發出如同呻吟的聲音：「這話是什麼意思？」

秋葉雙手掩口，不斷後退，一直退到背部碰上牆壁。她來回看著仲西先生與夫人，發出笑聲。但那聽來實在不像自然發出的笑聲。

「我在問妳那是什麼意思！」仲西先生站起來。

秋葉的手離開嘴巴，臉色恢復正經。

「你聽不懂嗎？就是字面上的意思。因為你們不問，所以我也沒回答。面對警方時，我也按照你的吩咐回答，我沒有機會說出真相。十五年來，一次也沒有。」

「慢著，秋葉。」我說：「妳……沒有殺人嗎？」

秋葉朝我看來，一臉歉疚地搖頭。

「對不起，即便是你問這個問題，我也不能回答。就像刑警與釘宮真紀子小姐質問時我不能回答一樣。我能回答的，只有在這個人發問時。」說著她指向仲西先生。「早在十五年前，我就這麼決定了。」

仲西先生站起來，朝她走近一步，他的臉色蒼白。

「人不是妳殺的嗎？」

聽到這個問題的瞬間，秋葉的眼眶迅速泛紅，彷彿內側有什麼東西逐漸膨脹，正欲自她體內穿透而出。她的紅唇蠕動。

「不是，不是我殺的。」

我聽到用力吸氣的聲音，是夫人發出的。她以手掩口，杏眼圓睜，看得出她在微微顫抖。

「不可能，怎麼會……」仲西先生呻吟著說：「那麼，究竟是誰？」

「那時，要是你肯這麼問我就好了，只要你肯問一聲出了什麼事，事情就不會變成這樣。也就沒必要整整痛苦十五年了。」

「出了什麼事？」仲西先生問。

「那天，我在二樓吹奏豎笛，我連樓下發生了什麼事都不知道，還在悠哉吹奏。後來我口渴了想喝點東西，於是下樓，就發現了死掉的本條小姐。」

「妳說什麼？」我脫口而出。

仲西先生與夫人都沒說話，那是因為他們發不出聲音，看他們倆的表情就知道。

「本條小姐她啊，是自殺的，是她自己拿刀往心口戳。」

「怎麼會……」仲西先生嘶聲喊道。

「聽來或許難以置信，但這是真的，因為她留下了遺書。」
「遺書？我根本沒看到那種東西。」
「那當然，被我藏起來了，因為那種東西，我覺得不能讓警方看到。」
「那上面到底寫了什麼？」我問。
秋葉悲傷的眼光轉向我。
「這兩人是最低級的人，根本不配活在世上，他們為了隱瞞自己的不倫關係，犧牲了一名女性。」
「妳說這兩人？」我交互看著仲西先生與夫人。兩人的沉默說明了秋葉的說法是真的。
「不會吧，」我喃喃低語：「可是，妳父親的對象不是本條小姐嗎……」
「她也愛著我父親，打從心底深愛著，但我父親真正的外遇對象是妙子阿姨。打從與我母親結婚時，兩人便已有不可告人的關係。說什麼離婚不是因為外遇根本是鬼扯！我父母正是因為那個而離婚的，但是，我母親並不知道父親的外遇對象是誰，因為父親不肯說。他怎麼可能說得出口嘛，居然勾搭上妻子的親妹妹。」
「那麼，妳父親與本條小姐是……」
「我之前不也說過，父親與本條小姐發生進一步的關係是在他與我母親分居後，那是事實。」
「意思是說他與本條小姐也有外遇關係？」
「她呀，是被當成煙幕彈。」
「妳說什麼？」

「我母親向父親要求，若想要她在離婚協議書上蓋章，便得說出外遇對象是誰。站在父親的立場自然不能說真話，如果那樣做我母親絕對不會答應離婚，於是父親為了矇騙母親，就利用了本條小姐。他與她發生關係，然後才好向母親交代外遇對象就是本條小姐。自分居到正式離婚之所以拖了一段時間，並不是因為我母親不肯妥協，而是因為他必須先讓本條小姐變成真正的情婦。」

「不可能，那種事怎能……」

「想必一般人都會覺得不可能，但是千真萬確，我也上當了，我一直認定從母親身邊搶走父親的是她。因為這麼認定，所以母親死時我很恨她，就連本條小姐自己也深信自己是父親唯一的情人。」秋葉用哭得通紅的雙眼瞪視父親。「她是真心愛著爸爸，那份愛意有多深，我直到看了遺書才明白。對於這樣的她，這兩人，卻做出了令人難以置信的殘酷行為。在『情人是本條小姐』這個沒有明言的共識背後，他們一直在偷偷幽會。怎樣？我說的有哪裡不正確嗎？」

仲西先生劇烈聳動胸口，徐徐開口。

「我也喜歡本條，絕非單純只是利用她。」

「你少信口開合了！」秋葉尖聲反駁：「虧你說得出那種話，如果不是利用，難道你是同時在她與妙子阿姨之間劈腿？那麼，妙子阿姨為什麼沒對這件事提出抗議？她為什麼沒有要求你別和別的女人上床？不就是因為要維持你們的關係，這是莫可奈何之舉，所以她只好勉強接受？」

夫人彷彿崩潰了，當場歪身一蹲。仲西先生痛苦扭曲的臉孔垂得低低的，他的手放在胸口，在我看來就像被利刃在那裡戳了一刀。

「本條小姐她呀，得知爸爸你的愛是假的，所以在大受打擊下選擇自殺，她不惜拿刀戳自己的胸口，可見她的心情有多麼絕望。」

我想起有一次秋葉曾經說過，刀子要刺中心臟的困難。她說面對抵抗的對象要那樣做是高難度動作。意思是說，如果是不抵抗的對象——也就是自己，那就有可能嗎？即便如此，那畢竟是個驚人的自殺方法，不惜選擇這種手段，可以感到本條麗子的絕望有多深。

「遺書上寫了全部的真相，我看了遺書後，你知道我作何感想嗎？我什麼都無法再相信了，只覺得眼前一片漆黑，對於過去一直憎恨本條小姐的自己也感到氣憤。我心想，乾脆我也死掉算了。於是我回到房間，吞下大量的安眠藥，那是我從媽媽那邊拿到的安眠藥。可是，那樣並未讓我死掉，因為我立刻反胃噁心，把藥幾乎全吐出來了。妙子阿姨回來時，我雖然意識不清，卻並未睡著，但也沒有力氣起床。最主要的是，我根本不想看到你們的嘴臉，所以，我才假裝睡著。」

秋葉靠著牆，就這麼一路往下滑，最後跌坐在地上。

「爸爸與妙子阿姨打算怎麼做，我當時不知道。等警察趕來就得說出一切，所以我以為你們兩個一定會身敗名裂，我覺得那樣最好。沒想到兩人做出的結論實在很誇張，這兩人居然認定是我殺死本條小姐。而且，還私下動手腳企圖偽裝成強盜殺人。」

不知幾時，仲西先生已肅然正坐。他的頭垂得很低。

「她說的都是真的嗎？」我問他。

仲西先生的脖子稍微動了一下。

「我一直以為是秋葉殺的，我壓根沒想到那會是自殺……」

「在我按照爸爸的吩咐撒謊的期間，我就已下定決心了。在時效屆滿之前我絕不說出真相。只要我保持沉默，對於爸爸與妙子阿姨來說，我就是殺人兇手，這兩人就必須保護我，就等於背負起隱瞞莫須有犯罪的十字架。我認為那就是懲罰，也是對本條小姐的贖罪。」

夫人——濱崎妙子趴在地上，忽然放聲哭喊，聲音聽來甚至令人懷疑喉嚨會扯破。她的眼淚滴滴答答落在地毯上，轉眼已暈開一片水漬。

秋葉緩緩站起，她看著我的臉，握住我的右手。

「我們走吧，這裡已經沒我們的事了。」

「這樣好嗎？」我看著不斷號泣的濱崎妙子與宛如石像文風不動的仲西先生。

「沒關係，之後的事就讓這兩人自己去想。」

走吧，她說著拉扯我的手。

我邁步走出，背後傳來的濱崎妙子的哭聲中，開始混雜著咻咻喘哮宛如鳴笛的聲音。

走出大宅，空氣的冷冽令我不自覺縮起身子。我摟住秋葉的肩，開始邁步。

「接下來怎麼辦？」我問。

秋葉出其不意地止步，從我的懷中倏然抽身離開。

「我自己回家。」她說。

「妳自己……」

「你也回家去吧，現在還不算遲，只要說出差計畫臨時取消，你太太應該不會起疑。」

「可是我本來打算，今晚要一直陪著妳。」

「謝謝，但是我們已經不能在一起了。」

我赫然一驚凝視秋葉的臉，她沒有避開目光。

「我，利用了你。和你發生婚外情，是為了折磨那兩個人，因為無論我做出多麼不道德的事，他們都無法指責我。」

「妳騙人。」

「很抱歉，這是真的。你還記得在我家門前，頭一次見到我父親的情景？我父親看到你面露不悅時，我就靈機一動想到這個扭曲的計畫。雖然對你很抱歉，但外遇本來就是不對的行為，所以你也算是自作自受吧？另外若要再說一點，那就是我想體驗外遇，我渴望知道那會是什麼感覺。所以，當初對象是不是你都無所謂。」

騙人，我在心中不斷重複。沒說出口，是因為我很清楚那已是白費力氣。

秋葉不是殺人犯。這點令我安心，但不容否認的是，隱藏的真相也令我不知所措。能夠把自己不是犯人的這句話，埋藏在心中整整十五年的女人，不可能毫無覺悟就與我交往。

「其實你自己想必也鬆了一口氣吧？」

我不解其意，回視她的雙眼。

「我已決定把你當成我的了——被我這麼一說，你一定有點害怕吧？你想必非常苦惱，不知能否把一生都賭在一個也許是殺人犯的女人身上吧？關於我之前對公司的人說打算結婚，你八成也很焦慮吧？但是，這下子已經統統解決了，你再也不用煩惱。」

秋葉的話令我恍然大悟。這段日子她莫名積極的言行舉止，原來一切都是刻意為之嗎？

「我最怕的，就是你在衝動之下離婚，我並不想破壞你的家庭，唯獨那點我希望能夠避免。如果我態度積極，你一定會退縮遲疑，我是這麼猜想。我想，我應該還算了解你的個性喔。」

「秋葉……」

「剛才說的是假的。」秋葉微笑。「對象並非不是你也行，我還是很慶幸對象是你，跟你在一起很快樂，也充滿了興奮與驚喜。謝謝你。」

即便在昏暗中，也能看出她的眼瞳因淚水而閃閃發亮，表情天真無邪猶如少女。也許她已重回十五年前了吧，我想。

我上前一步，想給她最後一吻。但她似乎猜到我的意圖立刻往後退。

「不可以，遊戲已經結束了。」說著秋葉舉起手，一輛計程車緊貼在我們身旁停下。

「我送妳回去。」

聽到我這麼說，她搖頭，雖然滿臉淚痕，還是給了我一個最後的微笑，就這麼默默上了車。我隔著車窗湊近看她，但她不肯把臉轉過來。

33

回到家時將近兩點，我一邊小心不發出聲音，一邊走進客廳。打開燈，我在廚房灌了一杯水。

一切恍如一夢，不僅是秋葉的敘述超乎我的想像，今早離家時，我也絲毫沒想到將會與她分手。當時我滿腦子想的，全是該怎麼對有美子開口談離婚才好。

走出廚房，正欲步向沙發時，我發現餐桌上放著奇妙的東西。用奇妙來形容，是指在時節上不合常理。那是用蛋殼做的聖誕老人。

我拿在手中打量之際，傳來走過走廊的腳步聲，門開了。身穿睡衣的有美子見到我，不停眨眼。

「你不是去出差了嗎？」

「改成當天來回了。」

「噢，肚子餓了嗎？」

「不要緊。」我現在完全沒胃口。「重點是，這是做什麼？」

「聖誕老公公。」

「這個我當然知道，我是問為什麼現在還擺著這玩意？」

有美子看著我的手，微微偏過頭。

「不為什麼，忽然就想看看，因為看著那個可以撫平心情。」

「嗯……」

「我可以回我們的寢室了嗎？」

「去吧，我再過一會兒也要睡了。」

「晚安，」她說著走向門口，但途中突然轉過身來。「不好意思，那個聖誕老公公，幫我放回去好嗎？裝聖誕用品的紙箱，就擱在老地方。」

「好，我知道了，晚安。」

晚安，她又說一次，走出客廳。

裝聖誕用品的紙箱在這個房間的櫃子裡，我打開櫃門，取出紙箱。箱子裡放了小型聖誕樹以及蠟燭等物。

我一邊思忖蛋殼做的聖誕老人該怎麼收起來才好，一邊翻箱子，結果翻出一個超市購物袋。隱約可見裡面裝著紅色物體。

我心生好奇打開一看，當下吃了一驚。

袋中是大量的蛋殼，全都裹著紅布，是那些聖誕老人。有美子說過，要帶去幼稚園給大家的。那些東西怎麼會在這裡？而且——

聖誕老人全都是破碎的，感覺上不像不小心弄壞，而是故意破壞的。因為裹著布，所以沒有粉碎成一片一片，但每一個都被壓扁了。

當我心生問號時，某種想像在腦海浮現。

平安夜的那個早上，這些東西尚無異狀，這表示聖誕老人被捏碎是之後的事。聖誕老人被捏碎，該不會是在我與秋葉見面的期間，不，說不定是在我為了約會預作安排的期間吧？

我在腦中描繪有美子把她精心製作的聖誕老人一個接一個捏碎的情景。明知丈夫要去會情人卻佯裝不知，一心期盼丈夫總有一日會回頭的妻子。沒有責罵丈夫，是因為妻子認為那只會引發毀滅。捏碎聖誕老人的行為，該不會是平息暴怒的手段吧。

我把超市的袋子放回原位，將蛋殼聖誕老人放在最上頭，闔起紙箱。

關上燈，我走出客廳，朝著妻子等待的寢室，邁步走過走廊。

番外篇——新谷君的故事

0

渡部找上我商量他的外遇，真是笨蛋，平安夜居然想和情人幽會簡直太不像話了，而且看樣子，這小子相當認真。弄得不好，說不定還打算跟老婆離婚。

我苦口婆心地諄諄告誡渡部，他正試圖做出多麼任性妄為的行為，我說只要他有那麼一丁點想與情人正式廝守的念頭，都會造成殺傷力極大的後果。但我那番忠告他似乎一點也不理解，結果那小子還是無法割捨平安夜與情人約會的美夢。害我只好絞盡腦汁，替他擬定一個可以實現夢想的策略。幸好計畫是成功了，但下次我死都不幹了。

其實渡部的心情我感同身受，外遇的滋味甘美如蜜。只要嘗過一次，就再也捨不得放手。但要保持蜜汁的美味是有條件的，如果對那條件視若無睹，或者貪求更甜美的蜜汁，立刻會釀成無可挽回的大禍。我就是想讓渡部明白這點。

1

那一瞬間，英惠的表情凍結，瞪大的雙眼試圖凝視我，或者該說是我的內心。

「你胡說什麼……」她臉色慘白地說：「你為什麼要說那種話？」
「對不起。」我低頭致歉。「是我太任性，所以我會盡可能補償妳。」
「你這算什麼……突然說出這種話，你教我該怎麼辦？」
我陷入沉默，凝視放在餐桌上的茶杯。之前我說有點事要談，英惠便替我泡了茶。雖然她的神情有點緊張，但八成作夢也想像不到我居然會提出這種要求吧。
「為了女人？」英惠問。
我猶在遲疑該如何回答之際，「是這樣沒錯吧？」她又說。
沒錯，我說。我覺得坦誠相告比較容易解決，更何況，我也沒有辦法可以矇騙過去。
「哪裡的女人？」英惠的語氣令我悚然一驚。她說「女人」時的聲音聽起來冷酷得嚇人。
「是妳不認識的女人啦。」
「所以我才問你是哪裡的女人，你說呀！」
「那種事，沒必要說吧！妳知道了又能怎樣？」
「我要去找她理論，要她跟你分手。」
「等一下，我現在是在說我想跟妳離婚。」
「哪有那樣的……」英惠閉眼，頹然垂首。她用雙肘撐桌抱住腦袋，就這樣動也不動。
「我剛才也說了，我會盡可能補償妳，也打算努力確保妳今後生活無憂。」
英惠說了些什麼，但聲音太模糊聽不清楚。
「妳說什麼？」我試著問。

「我無法接受。」她依舊抱著頭說：「那種事，我無法接受。」

「我想也是，但這也沒辦法。」

「什麼叫沒辦法?!」英惠突然抬起頭。她雙眼通紅，臉上淚痕交錯得一塌糊塗，之前壓根沒有哭泣的動靜，因此我吃了一驚。

對不起，我說。

「這不是道歉就能解決的問題吧！」英惠用宛如哀號的聲音大喊：「做出這種事你真以為能得到原諒？我告訴你，我討厭那樣，這是不正常的，絕對不正常。老公，結婚時你是怎麼說的？你說過會讓我幸福吧？你說過不會背叛我吧？那些承諾到哪去了？你不是當著大家的面發過誓嗎？那些算什麼？全都是假的？只要愛上別的女人就再也不算數了？開什麼玩笑啊！太沒天理了吧。那我怎麼辦？用過即丟？那樣算什麼，開什麼玩笑啊！別把人當傻瓜耍！」

雖然早有挨罵的心理準備，但我沒料到英惠會激動到這種地步，她本來應該是那種冷淡的個性。

「可是以前，妳自己不是說過嗎？妳說如果發現我偷吃，絕對會立刻跟我離婚。妳說要拿一筆贍養費，然後和我斷得乾乾淨淨。」

「我是說過，但我沒想到你竟然真的會偷腥，枉費我那麼相信你。」

「對不起。」我低頭道歉。今晚我打算讓我怎麼道歉都行。

「老公，你心裡其實根本不覺得對不起我吧？你只想趕快談妥離婚吧？事情沒你想得那麼容易。只有你一個人得到幸福，那種事我是絕對不會容許的。」

英惠說著站起來，走出客廳，進了隔壁寢室，粗魯地把門一關。然後便傳來哇哇大哭的聲音。

我嘆口氣，自櫃子取出威士忌酒瓶。從廚房拿來酒杯，沒摻水就直接喝。

2

我說已向妻子提出離婚，繪理的臉蛋在一瞬間猛然發亮，但她並未露出欣喜的表情，反倒憂心忡忡地仰望我。

「結果……怎麼樣？」

「嗯，唉，起了一點爭執。」我抓抓鼻翼。

我在繪理位於江戶川橋的公寓，是一房一廳的小套房。床旁的桌上擺滿了繪理親手做的菜，有炸雞、馬鈴薯燉肉、燙菠菜，全都是她的拿手好菜。我邊喝啤酒，不時伸筷夾菜。

「怎麼個爭執法？」

「就是那種半瘋狂狀態，不過我想這也是人之常情。」

「是嗎……對不起，都是我害的。」

「妳沒必要道歉，這是我決定的事，況且我本來就有責任。」

「你太太，會答應嗎？」

「她不答應也不行，況且她應該也清楚，就算死纏不放也沒用。妳放心，一定會解決的。」

繪理還抱住我的脖子。我好開心，她在我耳邊如此呢喃。我抱緊她纖細的身體。

這樣就好了，我告訴自己。今後或許會有很多困難，但只要有繪理陪在身邊我就能忍受，無論任何障礙我都能克服。

繪理直到一年前還在六本木的酒廊上班，她當時是大學生。我對她一見鍾情，硬是擠出時間和金錢去找她。之後我們開始在外面約會，想當然耳地發展至上床的關係。即便她大學畢業後，辭去酒廊的工作開始在設計事務所上班，我們的關係也沒斷。

我和她不僅在音樂與食物上的喜好一致，彼此覺得感動、有趣的點也很相近。重視什麼、在什麼樣的情況下可以割捨，這些所謂的價值觀也有相通之處。我也發覺，只要跟她在一起，心情就能變得從容溫柔。

我確信繪理才是對自己來說的理想伴侶，我有自信為了她什麼都能做得到，也無法想像失去她的日子。古人常說紅線綁住了另一半，那正是繪理，但不巧我們相遇太遲。我早已有了家室。

我與英惠在交往四年後結婚，那是兩年前的事，我並不是真的很想結婚，但最後算是屈服在英惠想要趕在三十歲之前結婚的訴求下。一方面也是我灰心地認為不可能再有新的戀愛對象出現。

婚姻從我身上拿走了很多東西，包括任意使用薪水的權利，玩通宵和外宿的自由，以及最重要的，和其他女人的風流韻事。當然，從婚姻得到的東西也不是沒有，不用再煩惱吃飯和家事的問題的確是幫了大忙。隨時都有洗乾淨的內衣，也不會再像單身時那樣，臨到出門前才找不到另一隻襪子急得團團轉，屋子角落也不會堆滿塵埃。但我開始一天甚於一天地感到，用來交換這種舒適生活所付出的代價有多大。婚前我想都想像不到，我對英惠居然能漠不關心到如此地步。

察覺自己竟然千方百計想逃避與她上床，我為之愕然。

我就是在那時邂逅繪理，我再次感到這樁婚姻是錯誤，要是早點認識繪理，我絕對不會與英惠結婚。

我提出要與妻子離婚，是在兩週前。繪理當時十分驚訝，但她的臉上充滿期待與喜悅之情。那種事我本來想都不敢想，她說。

「因為，我聽說離婚這碼事，過程會非常辛苦，我捨不得讓阿俊那麼辛苦。」

繪理的這種地方讓我很感動，我決定無論如何都要讓她幸福。

「妳放心，包在我身上。」我堅定地這麼說。

3

當然，我會這麼說是抱著某種程度的勝算，因為英惠以前就這麼說過：

「常常聽說有人因為偷吃的老公下跪道歉就無奈地原諒他，但我實在無法理解。我就不相信在那之後還能像以前一樣過日子，與其那樣還不如拿筆贍養費，馬上離婚，盡快去找下一個對象比較好，否則拖拖拉拉的人都老了，到時要再找對象也會很困難。」

英惠以女性的標準來說算是想法比較實際的人，自尊心也很強，所以我不認為她會又哭又鬧不肯離婚。我只擔心贍養費的部分，但關於那方面，我也有付出相當金額的覺悟。

但我的預料完全落空，英惠對於離婚死都不肯點頭。不過，她倒也沒有再像我頭一次提出離婚的那晚那樣又哭又鬧，反倒像是從來沒聽說過那種事，態度平淡地像以往一樣做家事。我摸不透她在想什麼。

「妳到底想怎樣？」我問。

她的回答大抵相同——不知道。

「但是繼續這樣的生活也沒意思吧，只會讓彼此不愉快而已，不是嗎？」

「你就那麼想趕快離婚？」

「我是覺得早點了卻一樁心事比較好才這麼說。」

「了卻心事的只有你吧！」

一被她這麼頂回來，我就無話可說了。

我也想過索性離家出走和繪理同居算了，但是那樣做肯定只會讓離婚的事拖得更久。現在住的房子是一結婚便買下的分售式公寓，如果英惠不肯搬走，房子就不能賣掉，今後我也無法居住。

我不知究竟該如何是好，只好姑且與繪理繼續見面接受她的安慰鼓勵，然後帶著她給的勇氣回家忍受我與英惠之間的尷尬氣氛，這逐漸成了我的例行日課。

就在這樣的某晚，我一回到公寓，發現英惠倒在走廊上。我大吃一驚抱起她，她嘴裡散發出酒味。

「妳在搞什麼鬼，喂，妳醒醒！」

我搖晃她，但她毫無反應。我抱起她進客廳，讓她在沙發躺平後，我一看桌上，又吃了一驚。別人送的兩瓶葡萄酒和一瓶才打開的威士忌全都被喝光了，平常幾乎滴酒不沾的英惠一下子喝了這麼多，就算昏迷不醒也不足為奇。

我去廁所檢查。果然，馬桶中還留有嘔吐物，周圍也有噴濺的痕跡，她大概連沖馬桶都忘了，就這麼在走廊陷入昏睡吧。

回到客廳，我檢查英惠的頭部，確定沒受傷後，便從寢室拿來毯子蓋在她身上。那時我才發現，英惠的眼眶下留有淚痕。看到那個的瞬間，我感到一股勒緊心口的自我厭惡。

我是個爛男人，我再次這麼感覺到，也許這樁婚姻是錯誤的，但結論不該由我一個人做出。我很後悔沒有多花點時間慢慢來。

然而已經太遲了吧，我已無法回頭。我思忖，至少在離婚成立之前必須守在英惠旁邊，以免她在衝動之下做出傻事。

翌晨，我去客廳一看，英惠早已醒了。令我吃驚的是她正著手準備早餐，她的臉色慘白。

「妳還好嗎？」我對廚房的她揚聲。

嗯，她點點頭。「是你替我蓋的毯子吧？謝謝。」

「那倒是沒什麼，妳下次別再喝那麼多酒了。」

結果她停下烹調的手，一逕垂著頭說：「不然，你去幫我弄安眠藥來。」

「安眠藥？」

「嗯。因為我睡不著好痛苦，因為我忘不了難過的事。」見我沉默，她又繼續這麼說：「毒藥也行喔。你們公司，應該有什麼氰酸鉀之類的吧？你放心，我會等你不在時再吃。」

我用力做個深呼吸後說：「妳別說傻話了。」

英惠把宛如能劇面具的臉孔轉向我。

「我是說真的。」

4

按下門鈴，好像有人從門上的貓眼窺視，然後傳來開鎖的聲音。

「晚安。」打開門，繪理嫣然一笑。那是像幼兒一樣開朗、表裡如一的笑容。

嗨，我邊說，邊迅速鑽進屋內。

我像平時一樣邊吃繪理做的菜，邊喝啤酒，房間角落放著食譜，她大概是看那個做的菜吧。

「對了，今天我買了好東西回來喔！」繪理把紙袋拉過來，從中取出深藍色睡衣。「怎麼樣？和我的是成套的喲！」

「噢……」

「床單我也換了新的，還買了枕頭。」

「妳怎麼突然想到買這些？」

「因為，從今以後你可以留下來過夜了吧？上次你不是說，已經跟你太太攤牌了，所以今後不用再偷偷摸摸了。」

我的確有印象說過類似這樣的話，因為那時我認為如果索性公然外宿，想必英惠也會受不了而死心，但是現在的狀況和那時已有微妙的不同。

「關於那個，我想我暫時還是得像以往一樣回家。」

「啊？為什麼？」是我的錯覺嗎？繪理的眼中好像倏然閃過一絲冷光。

我一邊抓頭，一邊把英惠爛醉如泥，以及她暗示要自殺的事說出來。

繪理面無表情地凝視半空，然後開口：「可是，那也是沒辦法的事吧？」

「沒辦法？」

「對呀，你本來就知道會傷到你太太吧。況且，是你自己說離婚應該立刻就會成立的。」

「是這樣沒錯，但是現在變得比我想像中更複雜。」

繪理對我的說法未置一詞，她默默把睡衣裝回紙袋。

餐後，我們像往常一樣開始做愛，保險套通常是繪理替我戴上，可是今晚她沒那樣做便騎到我身上，我立刻慌了手腳。

「喂，妳幹嘛？不戴不行！」

「有什麼關係，直接來啦！」繪理淘氣地說，但我察覺她的眼中蘊藏著認真，當下心頭一跳。

「現在不妥啦，總之，今晚不行。」

她不置可否地哼了一聲，從抽屜取出保險套。

完事之後我開始準備回家，繪理突然喊我：「你跟你老婆不會做吧？」

「做什麼？」

「做愛。」

「別傻了。」我笑。「怎麼可能會做。」

「那就好。」繪理也放鬆嘴角。「做的話我絕不饒你。」

「我知道啦！」我回答。

5

我兩天去一次繪理住處，除此之外盡量待在家裡，維持這樣的生活模式。只要不提起離婚的話題，和英惠的生活就還算平穩，有時看電視上的搞笑節目，甚至還會兩人一起笑出來。但我當然不會因此就有讚揚雙重生活之感。不僅沒有，甚至覺得就像蒙眼走在綳得緊緊的繩索上。

睡覺時我已改睡沙發，和英惠睡同一張床，就各種意味而言都令我心生抗拒。

結果有一晚，英惠來到躺在沙發上的我身旁，語氣平靜地這麼說：「老公，你去床上睡，我會待在這裡。」

「不，我睡這裡就行了。」

「反正我在寢室也睡不著，算我求你，請你跟我換。」

我坐起上半身。「妳還是睡不著嗎？」

「嗯，不吞點什麼不行。」

大概是打算喝酒吧，我如此解釋。

「難道就沒有什麼好方法可以讓妳入睡嗎？」

我這麼一說，英惠拉起我的雙手。

「很簡單，只要你這樣做就行了。」她把我的手放到她脖子上。「只要你稍微用力掐緊，我就可以解脫了。」

「妳胡說什麼。」我縮回雙手。「我就是怕妳會這樣胡思亂想，所以現在不是每晚照常回這裡嗎？」

「所以，我才說你可以不用這麼麻煩了。」

「如果妳真的這麼想——」

「就答應離婚。你想這麼說？」英惠淺笑。表情冰冷。「老公，你腦中就只想著那個耶。」

這時，我的手機響了，就時間判斷，肯定是繪理打來的。

「你接呀，我會走開。」英惠出了客廳。

我拿起手機，果然是繪理打來的。怎麼打來了？我問。

「我好寂寞。」繪理細聲說：「一個人在家，我不安得要命，一想到你可能再也不會回來，我就好害怕。」

「那怎麼可能呢。」

「不然，你為什麼不肯陪在我身邊？為什麼要讓我獨守空閨？」

「那個我之前不就說過了嗎？」

「因為擔心你老婆？那你就不擔心我？你以為我就不會死？你以為我就不會喝酒昏倒？」

「不是的，我知道我對不起妳，但是……」

電話彼端傳來啜泣。

「夠了，這種情況我再也受不了了，我受夠了！」電話斷了。

我慌忙回撥，但是打不通。我焦急地換好衣服走上走廊，卻發現英惠站在那裡，宛如幽魂。

「你要去她那裡？」

「她好像不大對勁。」

「噢。」

英惠垂眼，嘴唇抿成一線，在我看來那種表情彷彿象徵某種決心，甚至可稱之為不祥的預感。但我忽視那種感覺，穿上鞋子，抓起車鑰匙。留下佇立原地的英惠，我走出屋子。關門，上鎖。

就在下一秒，室內傳來撕裂絹帛般的悲鳴，聽來不像人類的聲音，但我知道那肯定是英惠。我皺起臉，甩頭拒絕那個聲音，快步跑過公寓走廊，進了電梯。

大約三十分鐘後，我已在繪理的住處。她跑到陽台上，口口聲聲說她要跳下去。

「妳別做傻事。」

「不管，我要死！阿俊，你根本不在乎我的死活，對不對？」

「就跟妳說沒有那回事。」

「那好，你不要再回去了，一直留在這裡。」

「妳別為難我了，現在離婚尚未成立。」

「那是因為你會回家，如果你不回去，你老婆一定會死心。」

「事情哪有那麼簡單。」

「好吧，那我跳下去，這樣你也不在乎？」繪理把手放在陽台邊緣。

妳明明就不想死，我暗忖。如果真的想死，在我趕到之前應該就已跳下去了。

但我當然不可能說出那種話，要是那樣會傷到她的自尊心，為了保住自尊心，她說不定真的會一時衝動跳下去。

為了安撫一直嚷著要尋死的繪理約莫耗了兩小時，我已累壞了。

「我可以去一下廁所嗎？」

「你想幹嘛！你敢去我就跳樓。」

「拜託妳饒了我吧，我真的憋不住了。」

我衝進廁所，正在小便時，手機響起收到簡訊的鈴聲。是英惠傳來的，我戰戰兢兢地打開看。

我沒事。她的情況如何？回家時小心開車，如果累了，先休息一下再回來也行。

凝視液晶螢幕，我忽然有種莫名的辛酸。之前英惠的尖叫是終於決心放棄一切之後的吶喊，而她還在擔心我與情婦的糾紛是否會令我過於疲勞開車肇事。

我一出廁所，繪理又開始叫喊。

6

我的外遇故事到此結束。之後，是怎麼發展的就任由各位想像吧。如果單說事實，我現在仍與英惠一起生活，並且不再與繪理見面。

這個事件距今已有好幾年，我與英惠之間沒有提過當時的事，但是，影響至今猶存。

比方說，我現在盡量不去有年輕女孩接待客人的店，一方面固然是因為怕被英惠發現了不妥，但更重要的還是為了我自己。既已結了婚最好就不要再談什麼戀愛，如果迷上那種東西，到頭來只會搞得自己支離破碎。況且我也快要四十歲了，肚子也出來了。

在世人看來我們是歐吉桑，甚至不是男人——我決定這麼想。

不再看電視連續劇，也是自那起事件之後。連續劇這種玩意，往往會在不意之間提到戀愛問題，如果那與外遇有關更是糟糕。慌忙轉台固然奇怪，站起來走開更尷尬，所以，我乾脆打從一開始就對連續劇敬而遠之。

關於繪理，我很快就忘了，毫無留戀。當初是在互相謾罵、彼此撕破臉的情況下不歡而散，所以自然不可能還會產生那種依戀。

紅線嗎？沒那種東西，這點我敢斷言。

渡部與情人的關係今後會如何發展，這我不知道，那小子似乎深信那個女人就是真命天女，但我比任何人都清楚，那種直覺根本靠不住。不過，就算如此，他的外遇下場也不見得會跟我一樣。

渡部的老婆我不熟，也不知道她能否做出像英惠那麼逼真的演技。如果她也使出那一招，渡部難保不會節節敗退，但我想應該還不至於到那個地步吧。換言之，渡部豁出去向老婆招認一切，他老婆聽了之後大為震怒但還是同意簽字離婚，這種事也不是不可能發生。

要是真的那樣又如何呢？

老實說，站在我的立場會有點掃興，我無法容忍唯有那小子一帆風順。外遇就該以外遇告終才對。

所以今後我也會繼續給渡部忠告，勸他不要衝動。

謎人俱樂部

歡迎加入**謎人俱樂部**！為了感謝您對皇冠出版的推理、驚悚小說的支持，我們特別規劃推出讀者回饋活動，您只要按照規定數量蒐集每本書書封後摺口上的印花（影印無效），貼在書內所附的專用兌換回函卡上，並詳填個人資料後寄回，便可免費兌換謎人俱樂部的專屬贈品！詳細辦法請參見【謎人俱樂部】活動官網。

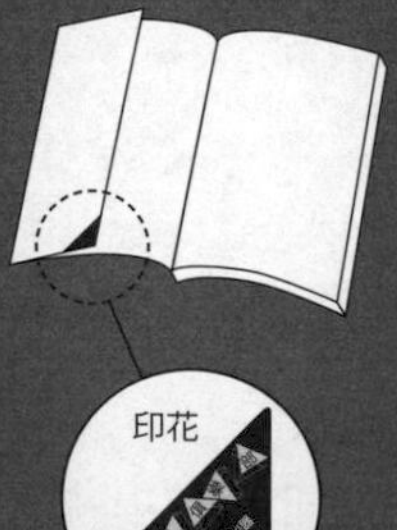

【謎人俱樂部】臉書粉絲團
www.facebook.com/mimibearclub

□集滿4個印花贈品（二款任選其一）：

A：【推理謎】LOGO皮質燙銀典藏書套一個
（黑色，25開本適用，限量1000個）

B：【推理謎】吉祥物『獨角獸』圖案皮質燙金典藏書套一個
（咖啡色，25開本適用，限量1000個）

□集滿8個印花贈品（二款任選其一）：

C：【推理謎】LOGO皮質燙金證件名片夾一個
（紅色，11.5cm x 8.6cm，限量500個）

D：【推理謎】吉祥物『獨角獸』圖案環保購物袋一個
（米色，不織布材質，41.5cm x 38.6cm，限量1000個）

□集滿12個印花贈品（二款任選其一）：

E：【推理謎】LOGO不鏽鋼繩鑰匙圈一個
（限量500個）

F：【推理謎】吉祥物『獨角獸』圖案馬克杯一個
（白色，320cc容量，限量500個）

謎人俱樂部會不定期推出最新限量贈品提供兌換，請密切注意活動官網和粉絲專頁。

?

【注意事項】
◎本活動僅限台灣地區讀者參加。
◎贈品兌換期限自即日起至2017年12月31日止（以郵戳為憑）。
◎贈品圖片僅供參考，所有贈品應以實物為準。
◎所有贈品數量有限，送完為止。如讀者欲兌換的贈品已送完，皇冠文化集團有權直接改換其他贈品，不另徵求同意和通知。贈品存量將定期在【謎人俱樂部】活動官網上公佈，請讀者在兌換前先行查閱或直接致電：（02）27168888分機114、303讀者服務部確認。
◎皇冠文化集團保留修改或取消謎人俱樂部活動辦法的權利。辦法如有更動，將隨時在【謎人俱樂部】活動官網上公佈。

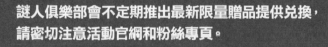

國家圖書館出版品預行編目資料

黎明破曉的街道 / 東野圭吾著；劉子倩譯. -- 初版.
-- 臺北市：皇冠, 2011.05　面；公分. --
(皇冠叢書；第4115種　東野圭吾作品集；9)
譯自：夜明けの街で
ISBN　978-957-33-2792-9 (平裝)

861.57　　100005207

皇冠叢書第4115種

東野圭吾作品集 9

黎明破曉的街道
夜明けの街で

作　　者—東野圭吾
譯　　者—劉子倩
發 行 人—平雲
出版發行—皇冠文化出版有限公司
台北市敦化北路120巷50號
電話◎02-27168888
郵撥帳號◎15261516號
皇冠出版社(香港)有限公司
香港上環文咸東街50號寶恒商業中心
23樓2301-3室
電話◎2529-1778　傳真◎2527-0904
行銷企劃—李邠如
印　　務—林佳燕
校　　對—陳秀雲・鮑秀珍・尹蘊雯
著作完成日期—2007年
初版一刷日期—2011年04月
初版七刷日期—2017年08月
法律顧問—王惠光律師

讀者服務傳真專線◎02-27150507
電腦編號◎527006
ISBN◎978-957-33-2792-9
Printed in Taiwan
本書定價◎新台幣300元/港幣100元

謎人俱樂部贈品兌換卡

我要選擇以下贈品（須符合印花數量）：□A □B □C □D □E □F

1	2	3	4
5	6	7	8
9	10	11	12

【個人資料蒐集、利用及處理同意條款】

您所填寫的個人資料，依個人資料保護法之規定，皇冠文化集團將對您的個人資料予以保密，並採取必要之安全措施以免資料外洩。您對於您的個人資料可隨時查詢、補充、更正，並得要求將您的個人資料刪除或停止使用。

本人同意皇冠文化集團得使用以下本人之個人資料建立該集團旗下各事業單位之讀者資料庫，做為寄送出版或活動相關資訊、相關廣告，以及與本人連繫之用。本人並同意皇冠文化集團可依據本人之個人資料做成讀者統計資料，在不涉及揭露本人之個人資料下，皇冠文化集團可就該統計資料進行合法地使用以及公布。

□同意　　□不同意

我的基本資料

姓名：____________________

出生：________ 年 ________ 月 ________ 日　性別：□男 □女

職業：□學生 □軍公教 □工 □商 □服務業

□家管 □自由業 □其他 ____________________

地址：□□□□□ ____________________

電話：（家）____________________（公司）____________________

手機：____________________

e-mail：____________________

我對【東野圭吾作品集】系列的建議：

寄件人：

地址：□□□□□

北區郵政管理局登
記證北台字1648號
免 貼 郵 票

〔限國內讀者使用〕

10547

台北市敦化北路120巷50號

皇冠文化出版有限公司 收